PART 3
The dog is hot
kiss that frog
AIR MAIL
25
Home Run yeah!
I want you
I ♥ YOU

Sonja Kaiblinger

Tulpen und Traumprinzen

Alle Titel von Verliebt in Serie:

Folge 1: Rosen und Seifenblasen
Folge 2: Lilien und Luftschlösser
Folge 3: Tulpen und Traumprinzen

Sonja Kaiblinger

TULPEN und TRAUMPRINZEN

verliebt in Serie

Folge 3

Loewe

Für alle Serienjunkies.
Es gibt wahrlich schlimmere Formen der Sucht.

FSC
www.fsc.org
MIX
Papier aus verantwortungsvollen Quellen
FSC® C014496

ISBN 978-3-7855-7880-3
1. Auflage 2016

Umschlagillustration: Eva Schöffmann-Davidov
Umschlaggestaltung: Tobias Laxy
Printed in Germany

www.loewe-verlag.de

Happy End, Happyend ['hɛpi 'ɛnt]: beschreibt eine aus dem Amerikanischen übernommene Bezeichnung für einen glücklichen Filmschluss. Das Happy End wird in Filmen, Serien und Büchern gerne verwendet, da der menschliche Glückstrieb sich nach einem erfreulichen Ende sehnt und Filme mit einem glücklichen Schluss höhere Einnahmen erzielen als jene mit tragischem Ende. Typische Beispiele für Happy Ends in Filmen und Serien sind z. B. Schlüsse, bei denen der gut aussehende Hauptdarsteller die absolute Traumfrau findet, der Bösewicht ins Gefängnis wandert, die Welt gerettet wird etc.

Und doch gibt es Filme, Serien sowie Bücher, in denen das Happy End bis zuletzt auf der Kippe steht oder auch gar nicht eintritt.

Neulich bei Ashworth Park

Seit die mysteriöse Abigale Barrington-Whitley auf Ashworth Park aufgetaucht ist, herrscht mehr Chaos als je zuvor. Nicht nur Serienschönling Julian dichtet schwülstige Gedichte für sie, schenkt ihr seine Haarlocke und hält sie für die Einzige, die ihn von seinem Liebesfluch erlösen kann – allmählich muss sich auch Julians Bruder Jasper eingestehen, dass er sich den Ungereimtheiten, die Abby umgeben, nicht länger entziehen kann.

Doch die aufkeimende Romanze zwischen Abby und Jasper wird jäh unterbrochen, als DeWitt, Serienbösewicht, zu neuer Höchstform aufläuft. Nun, da sein Plan, seine hübsche Tochter Lydia mit Julian zu verkuppeln, gescheitert ist, möchte er sich bei der Kandidatur des Lords zum Bürgermeister unentbehrlich machen. Doch Abby ahnt Böses. Will er wirklich helfen? Oder plant er, Lord Ashworth zu zerstören?

Abbys Vermutung wird bestätigt: Lord Ashworth erreichen Erpresserbriefe, in denen ihm damit gedroht wird, dass ein großes Familiengeheimnis der Ashworths offengelegt wird. Doch als Abby und Gladys den Urheber finden wollen, entdecken sie etwas Unglaubliches: Hinter den Erpressungen steckt niemand Geringeres als Jasper, für den Abby starke Gefühle hegt. Und der vor einiger Zeit erfahren hat, dass er sein

Leben lang belogen wurde. Nicht Lord Ashworth, sondern DeWitt ist sein leiblicher Vater. Außerdem ist DeWitt wahrlich nicht der, der er zu sein vorgibt, sondern Lady Ashworths vergrämter Liebhaber Bobby Mason, der seinen eigenen Tod vorgetäuscht hat. Und der hat noch eine Rechnung mit den Ashworths offen …

Ashworth Park.
Täglich um 19:00 auf Channel Island TV.

Prolog

Queens, New York, 1995

Dass das Hamsterrad nicht mehr quietschte und das Rascheln im Stroh verstummt war, hatte Horatio Eversmith gar nicht richtig bemerkt. Vielleicht war es erst heute früh so still geworden oder gestern oder Alexander Fleming hatte schon vor ganzen zwei Wochen das Zeitliche gesegnet. Kein Wunder, denn Horatio konnte sich nicht erinnern, wann er das Tier zum letzten Mal gefüttert hatte. Wüstenspringmäuse kamen oft Wochen ohne Wasser aus, doch offensichtlich konnten sie das nicht ewig. Aber das war jetzt egal.

Alles, was zählte, war das hier. Diese unglaubliche Entdeckung. Es war total verrückt, ja, aber vielleicht war ihm, Horatio Eversmith, damit endlich etwas Bahnbrechendes gelungen. Etwas, an dem niemand vorbeikam, so wie der Gameboy, der gerade den Markt überschwemmte. Dann würde er selbst so berühmt werden wie Bill Gates, der mit diesem Betriebssystem namens Windows in allen Zeitungen stand. Und in fünf Jahren, im Jahr 2000, war er, womöglich bereits Millionär.

Horatio hielt sich für clever, keine Frage. Das hatte auch das Massachusetts Institute of Technology erkannt, als sie ihn vor vier Jahren zum Studium der Theoretischen Physik zugelassen hatten. Aber dass es tatsächlich er sein könnte, der die entscheidenden Erkenntnisse über Parallelwelten gewann, das war schon eine Sensation.

Die Sache würde mindestens so groß werden wie das Internet. Obwohl, ach was, das Internet war eigentlich gar nicht so toll. Niemand würde sich in zwanzig Jahren noch an das Internet erinnern. Dagegen würde er, Horatio Eversmith, das Weltbild revolutionieren – wie Galilei und Kopernikus, nur bedeutsamer. Er musste unbedingt ein schönes Foto für die Geschichtsbücher von sich machen lassen, möglichst ohne diesen fiesen Oberlippenbart, den er sich hatte wachsen lassen und der ihm gar nicht stand. Und hatte eigentlich schon einmal jemand unter fünfundzwanzig Jahren den Nobelpreis gewonnen?

»Horatio, dein Dad möchte Baseball gucken! Die New York Yankees spielen und irgendetwas stimmt mit der Satellitenanlage nicht.« Die Stimme seines Halbbruders Richard tönte durch das morsche Treppenhaus und kam, begleitet von elefantenartigen Schritten, immer näher.

Wie sollte man da die Dimensionen des Multiversums erforschen, Herrgott? Einstein hatte sich nicht mit einem nervigem Bruder herumschlagen müssen, der längst alt genug war, um auszuziehen.

»Du musst mir helfen. Wir müssen aufs Dach … Huch!« Richard stieß die Tür zu Horatios Zimmer auf und sah sich um. Betrachtete das Kabelgewirr, das sich quer über den Fußboden schlängelte, dazu die ausgebauten Röhren von Dads altem Fernseher aus den Sechzigern. »Ach du meine Güte, was ist denn hier passiert? Und warum zum Teufel laufen die Kabel aus dem Fenster? Laufen die etwa bis aufs Dach?«

»Schscht. Nicht so laut.« Horatio stakste durch das Zimmer und schloss die Tür hinter Richards Rücken. »Du hast nun die Gelegenheit, bei einer Sternstunde der Wissenschaft dabei zu sein, großer Bruder. Du weißt doch noch, was ich dir neulich über die Blasen des Multiversums erzählt habe. Dass unseres nicht das einzige Universum ist. Sondern viele Welten nebeneinander koexistieren.«

»Ein Multiversum? Horatio, nicht das schon wieder.« Richard ließ sich auf das Bett seines Bruders fallen, das mit unzähligen technischen

Bauteilen übersät war. Horatio hatte erst vorhin einen Computer, einen Fernseher und eine Fernbedienung auseinandergebaut. »Ich dachte, du wolltest dein Abschlussprojekt am MIT über Röntgenstrahlen schreiben.«

»Röntgenstrahlen sind einfach nicht sexy genug.«

»Und abgefahrene Pseudowissenschaften sind es?«

»Mir ist klar, dass ihr Normalos nichts damit anfangen könnt. Komm her.« Horatio zog einen Stuhl heran und verband das Antennenkabel mit seinem Computer. Dann deutete er auf seinen Bildschirm. »Aber wenn du dir das ansiehst, denkst du anders darüber. Siehst du diese wabernden Linien auf dem Bildschirm? Ich habe es geschafft, dass unsere Antenne über einen Transmitter eine bestimmte Wellenfrequenz ins All schickt. Irgendwo dort stößt sie auf unbekannte schwarze Materie und reflektiert das Bild zurück auf meinen PC. Ähnlich wie bei einem Radargerät.«

Richard nahm Platz. »Ich sehe bloß grüne, wabernde Flecken. Sieht aus wie Glibberschleim.«

»Das ist kein Schleim, das sind Blasen. Genauer gesagt die Blasen des Multiversums, du Dussel. Außerdem ist das bloß Level eins.« Horatio fühlte ein Kribbeln im Bauch, so wie immer, wenn er von seinem Lieblingsthema sprach. Das Multiversum sprengte seine eigene Vorstellungskraft. Es sprengte die Vorstellungskraft jedes Menschen. Bestimmt fühlte es sich genauso an, wenn man verliebt war, bloß dass Physik einfach besser war! »Stell dir nur mal vor, wie viele Universen es da draußen gibt. Level eins bis Level vier. Mindestens.«

»Hä?«

»Nun, es gibt viele verschiedene Arten von Parallelwelten«, erklärte Horatio geduldig. »Level eins sind solche, in denen die physikalischen Gesetze uneingeschränkt gelten. So wie hier bei uns. Dort geht im Osten die Sonne auf. Der Himmel ist blau.«

»Und alle Typen vom MIT bekommen nie eine Freundin«, ergänzte Richard.

Horatio überhörte es. »Und dann gibt es solche, in denen Gesetze vertauscht sind. Alles zunehmend abstrakt wird. Möglich, dass da draußen Welten existieren, in denen es keine Farben gibt. Oder in denen Menschen Kuhscheiße futtern. Oder welche, in denen jedes Essen wie Hummer schmeckt.«

»Hummer? Das wäre äußerst ungünstig.« Richard lehnte sich zurück. »Ich habe eine Krustentier-Allergie.«

»Die hättest du in einer Parallelwelt nicht.«

Richard überlegte angestrengt. »Du sagst also, dass es in einem dieser grünen Waberschleimblasen-Parallelwelten-Dingern noch einen zweiten Richard E. Preston gibt?«

Horatio hob die Schultern. »Nicht in allen Welten. Aber in manchen gewiss. Wer weiß das schon. Wie ich schon sagte: Je höher der Level, umso abstrakter werden die Welten und umso mehr ist darin möglich. Manche Universen bestehen aus nichts als einem sprechenden Hotdog und der Zahl Sieben.«

Horatio hatte erwartet, dass sein Halbbruder lachte, immerhin aß er täglich Hotdogs, doch der grinste nicht mal. Im Gegenteil, er sah erschrocken aus. »Du bist irre«, murmelte Richard schließlich, während sein Blick auf den Mäusekäfig fiel. »Und du hast Alexander Fleming getötet.«

»Ach, die Maus. Die hatte einen Herzinfarkt«, antwortete Horatio beiläufig.

Richard trat zu dem Käfig und beäugte die Wüstenspringmaus. »Kannst du nichts mehr für sie tun? Mum hatte die Maus so gern.«

»Ich? Was soll ich denn tun? Fleming ist mausetot. Da hilft auch kein Penizillin«, schnaubte Horatio und drehte sich zurück an den Bildschirm. Diesmal war er nicht verwundert, dass Richard nicht lachte. Sein Halbbruder interessierte sich nicht für Erfindungen und hatte natürlich nicht den leisesten Schimmer, dass der Wissenschaftler Alexander Fleming, nach dem er seine Wüstenspringmaus benannt hatte, das Penizillin erfunden hatte.

Richard war angehender Drehbuchautor und nicht besonders klug. Kein Wunder. Immerhin war er besessen von Daily Soaps.

1

Wenn ich eins wusste, dann das: Tage, an denen mir die Donuts bei *Benny's* nicht schmeckten, waren wahrlich keine guten Tage. In meinem Leben hatte es bisher nur zwei davon gegeben: Der erste war der, als Mum mir verkündete, dass sie sich von Dad scheiden lassen würde, weil der mit seiner Geliebten Gertrud am Stadtrand ein neues Leben beginnen wollte. Ein Schock für uns alle. Und am zweiten Tag hatte ich mir zuvor eine Lebensmittelvergiftung eingefangen.

Und dann war da der heutige Tag. Heute hatte ich nicht nur keine Lust auf Donuts, sondern ebenso wenig Lust auf Menschen. An diesem Abend wünschte ich mir nichts anderes, als mich in vollkommener Dunkelheit irgendwo einzusperren und so lange zu warten, bis mein jämmerlicher Zustand von alleine vorüberging.

Nur leider war man in einer Millionenmetropole wie New York selten allein. Weder in unserer Wohnung, wo meine Mum jederzeit von einem ihrer mysteriösen Dates zurückkommen konnte, noch irgendwo in der Öffentlichkeit. Man konnte noch nicht einmal heimlich in einen Gullideckel kriechen, denn selbst im Untergrund gab es eine Vielzahl von Kanalarbeitern und eine Vielzahl von Kanalratten. New York war ein wahrer Albtraum für Menschen mit gebrochenen Herzen.

»Hallo, ist jemand zu Hause?«, stöhnte Deborah, drückte sich an mich und klopfte mit ihren Fingerknöcheln unsanft auf meine Stirn. »Abby, hör auf, Löcher in die Luft zu starren, und sprich mit uns. Wir müssen uns bis morgen etwas einfallen lassen und dafür sorgen, dass Jasper in der nächsten Folge nicht auf die Bühne klettert und das schlüpfrige Familiengeheimnis der Ashworths ausplaudert.« Ich stieß sie unsanft von mir weg, aber das hinderte meine Schwester nicht daran, lauthals weiterzunerven. »Heilige Scheiße, ich fasse es immer noch nicht, dass unser Superbösewicht DeWitt Jaspers leiblicher Vater ist. Das ist eine Wendung von starwarsschem Ausmaß!« Sie versuchte sich an einer Darth-Vader-Grimasse, was ihr kräftig misslang (in Wirklichkeit machte sie bloß ein ulkiges Doppelkinn), und murmelte mit mechanischer Stimme: »Jasper, ich bin dein Vater.«

»Hast du gerade wirklich *starwarsschem Ausmaß* gesagt, Deborah?«, unterbrach sie meine Freundin Morgan, die uns gegenübersaß und einen Oreo-Keks-Shake schlürfte. »Was ist denn das bitte für ein Wort? Steht das überhaupt im Wörterbuch?«

Deborah beugte sich streitlustig über den Tisch. »Willst *du* mir etwa erklären, welche Wörter im Wörterbuch stehen, Miss Abgefahren, Ultracool und Megahypergigasuper –«

»Genug jetzt. Das bringt uns nicht weiter, meine Damen«, unterbrach Tante Gladys die beiden mit ihrer unumstößlichen Autorität, der man einfach gehorchen musste. Gleich nach meinem Rücksprung aus Ashworth Park hatte Tante Gladys mir eine SMS geschickt und um ein Treffen bei *Benny's Donuts* gebeten, um gemeinsam darüber nachzudenken, was wir als Nächstes tun könnten, um die Serie zu stoppen.

Um ehrlich zu sein: Ich hatte keine Lust mehr nachzudenken. Ich hatte in den letzten Tagen schon viel zu viel nachgedacht. Über die absurde Lage, in der ich mich befand. Dass ich durch irgendeine Art von kosmischer Magie und einen unbekannten Fernsehtechniker namens Horatio Eversmith Tag für Tag um neunzehn Uhr in eine schräge Parallelwelt geschleudert wurde. In eine Welt, die nach Seriengesetzen funktionierte und aus der ich mich nur befreien konnte, wenn ich es schaffte, ein Happy End herbeizuzaubern.

Was, nebenbei bemerkt, unmöglich war. Denn in Ashworth Park tauchte immer wieder ein neues Drama »starwarsschen Ausmaßes« auf, wie Deborah sagen würde. Wie etwa der neueste Clou, eine brisante Enthüllung: Jasper Ashworth, der jüngste Sohn der Familie, war nämlich in Wahrheit nicht der Sohn von Lord Ashworth, sondern der von Darth Vader. Ähm, DeWitt. Zugegeben, das war ja so gut wie das Gleiche, nur ohne Lichtschwert, dafür mit einer Extraportion Schmalz im Haar. Auf jeden Fall genug Zündstoff für eine ganze Staffel an Folgen.

»Schon gut, Gladys, wir vertragen uns.« Deborah schien ihren ewigen Zwist mit Morgan für kurze Zeit unterbrochen zu haben. »Aber wie sollen wir bitte schön eine Lösung finden, wenn der Schlüssel zu dem Drama mit einer Kapuze überm Kopf wie ein Häufchen Elend in der Ecke hockt, an den Nägeln knabbert und Zuckerperlen von ihrem Donut pult? Verglichen mit Abby sehen sogar die zugedröhnten Junkies vor dem Grand Central Bahnhof aus wie das blühende Leben.«

Schönen Dank auch. Den netten Kommentar zu meinem Aussehen ließ ich unerwidert, obwohl ich meiner Schwester gerne den Donut ins Gesicht geschleudert hätte. Zum einen, weil mir diesmal keine schlagfertige Antwort einfallen wollte, zum anderen, weil sie vermutlich recht hatte. Ich trug immer noch das Kleid mit Liliendruck, das ich für die Wahlkampfparty im Rathaus von Ashworth Park bekommen hatte und das inzwischen nach Schweiß und Donutfett miefte. Zurück in New York, hatte ich mir bloß Dads ausgeleierten NYPD-Sweater übergeworfen, der den riesigen Vorteil besaß, dass er so groß war, dass man darin verschwinden und selbst in New York ein wenig unsichtbar werden konnte.

»Jetzt lass Abby doch mal außen vor«, ergriff Morgan für mich Partei. »Kapiert ihr denn gar nichts? Abby kann jetzt nicht denken. Jasper hat ihr gerade das Herz gebrochen. Sie hätte das Recht, sich die Decke über den Kopf zu ziehen und in purem Selbstmitleid zu ertrinken, aber sie tut es nicht. Sie ist stark. Hab ein wenig Respekt, Deborah.«

Jetzt kam doch noch Leben in mich. »Das ist totaler Blödsinn. Warum sollte ich Liebeskummer haben? Etwa, weil Jasper Ashworth mich erst geküsst hat und danach seinem dämlichen Superschurkenvater erzählt hat, dass ich ihm nichts bedeute?«, rief ich und spürte gleich darauf, wie mir die Tränen in die Augen stiegen und ich absolut nichts dagegen tun konnte.

Toll. In der Öffentlichkeit zu heulen, war so ziemlich das Peinlichste, was einem passieren konnte. Nur gut, dass Crazy Fred, der irre Besitzer des Donutladens, heute nicht da war. Der war normalerweise stets neugierig auf die Gesprächsthemen seiner Kunden und bekam auch noch hinten bei den Vanillesaucen ganz genau mit, worüber wir uns unterhielten. Und glücklicherweise war auch niemand aus unserer Schule zu sehen. Der einzige Vorteil, wenn man zwar im schicken Manhattan zur Schule ging, aber bestenfalls in einer Mittelklassegegend wohnte.

»Ist schon okay, Abby-Schatz.« Morgan setzte sich neben mich und nahm mich in den Arm. »Es ist keine Schande, sich in einen Serienstar zu verknallen. Das ist mir auch schon passiert.«

Ich zog eine Augenbraue hoch. »Ach, echt?«

Morgan nickte. »Ich war ganze zwei Wochen wie irre in diesen blonden Schönling aus *Gossip Girl* verliebt. Du weißt schon, der Typ, auf den Blake Lively in der Serie steht und der danach mit ihrer Freundin Leighton Meester turtelt. Es ist mir ein bisschen peinlich, das zuzugeben, aber es stimmt. Ich verstehe dich also nur zu gut.«

»Vielen Dank, Morgan«, erwiderte ich lahm, weil ich nicht unfreundlich sein wollte und Morgan keine Schuld traf, dass Jasper ein Idiot war und ich nun unter New Yorks Gullideckel kriechen wollte. Aber diese Story konnte man wirklich nicht mit meiner Lage vergleichen. Höchstens dann, wenn ein kosmischer Fluch Morgan ebenfalls in die Serie *Gossip Girl* gebeamt und ihr der blonde Schönling darin unmissverständlich seine Liebe gestanden hätte, bevor er beschloss, dass sein Plan, seinen Ziehvater zu zerstören, wichtiger war als sie. Nein. Der Vergleich hinkte.

»Sag mal, Abby, wie war das eigentlich? Also, Jasper zu küssen?«, wollte Morgan jetzt wissen. »War es ganz okay? Oder war es einer von diesen besonderen Küssen, die bis in die Zehen gehen und bei denen dir schwindlig wird?«

»Also es hat schon mal ziemlich lange gedauert«, warf Tante Gladys ein.

»Dann war es ein richtiger Kuss?«, vergewisserte sich Morgan. »Oder doch nur ein Filmkuss? Du weißt schon, dieses unechte Geöffnete-Lippen-Aneinanderpressen, das Schauspieler immer machen, weil der Co-Star zuvor am Setbuffet noch eine Zwiebelpizza reingeschaufelt hat.«

»Also das würde mich jetzt auch interessieren«, mischte sich Deborah ein und ließ die Brille auf ihre Nase gleiten, als hätte ich mich in eine rotäugige Labormaus verwandelt. »Und es könnte uns außerdem neuerliche Informationen zu den Gegebenheiten und der Beschaffenheit der Serie liefern.«

»Ich … ähm«, stotterte ich verlegen. Deborah sollte sich gefälligst davor hüten, meinen Kuss zu sezieren wie einen Frosch im Biounterricht. »Ich werde euch bestimmt nichts verraten. Das ist Privatsache.«

»Sie muss gar nichts sagen.« Deborah biss zufrieden in ihren Donut. »Ich habe die Folge wieder aufgenommen. Wir könnten sie noch mal anschauen.«

»Das wagst du nicht!«, schrie ich mit einer Inbrunst, von der sich selbst die übertriebene Lady Ashworth noch etwas abschauen konnte. Einige Teenager an der Theke drehten sich erschrocken zu uns um.

Nein, wir würden uns die Episode sicher nicht zusammen ansehen! Ich musste unbedingt daran denken, das Band zu verbrennen und die Asche in den Hudson River zu streuen.

»Oh … oh«, japste Deborah mit vollem Donut-Mund. »Sie wird rot. Abby, erst habe ich dir ja wirklich Respekt gezollt, Jasper so berechnend zu küssen, damit Tante Gladys DeWitts Haus durchsuchen konnte. Aber dass du dich tatsächlich Hals über Kopf in ihn verliebst? Mein Gott, so toll ist der Kerl doch gar nicht. Zumindest längst nicht so toll wie Julian.«

Da lag Deborah leider falsch. Jasper sah ziemlich gut aus, auch wenn er keiner dieser glatten Poster-Boys war wie der Typ aus *Gossip Girl* (oder wie Jaspers stets aus dem Ei gepellter Bruder Julian mit der unverwüstlichen Haarpracht). Doch Jasper hatte schöne dunkelblaue Augen, dichtes, wenn auch schwer zu bändigendes Haar, und wenn er lächelte, was zugegeben ziemlich selten geschah, verschwand sein ruppiges Wesen und der echte Jasper tauchte auf. Ach ja, und küssen konnte er auch. Ja. Das konnte er leider sogar ziemlich gut.

»Hört endlich auf. Ich bin nicht unglücklich verliebt!«, rief ich ungestüm. Aber weil sich irgendwo zwischen meinen Augen schon prompt eine neue Heulattacke zusammenbraute und mir die Sicht vor lauter Tränen vernebelte, blieb ich dann doch bei der Wahrheit: »Na ja, vielleicht ein wenig, aber ich schaffe das. Ich brauche euer Mitleid nicht.«

»Ha! Endlich gibst du es zu!« Deborah haute triumphierend mit der Handfläche auf den Tisch. Aus Mangel an eigenen Erfahrungen besaß meine Schwester in Sachen Liebe das Fingerspitzengefühl einer Dampfwalze. »Neulich, als wir hier gesessen haben und du uns von deiner Schwärmerei für Jasper erzählt hast, fand ich es ja noch ganz lustig. Aber jetzt ...« Tadelnd schüttelte sie den Kopf. »Jetzt hast du ein gebrochenes Herz wegen eines Jungen, der nicht mit dir zusammen sein kann, weil er vorhat, mit DeWitt von der Insel zu verschwinden? Du bist traurig, weil ihr beide auf der Isle of Roses kein kitschiges Serienleben zusammen verbringen könnt? Wie lange, verdammt noch mal, hattest du denn vor, auf der Insel zu bleiben, hm?«

Ich schwieg und starrte auf meine Finger.

»Abby, ich glaube, du hast große Probleme, Serienwelt und Realität zu unterscheiden. Selbst wenn Jasper auf der Isle of Roses bleibt, was anzunehmen ist, weil die Figuren die Insel nicht einfach verlassen können – wohin soll diese Liebe führen? Willst du in der Serie bleiben? Wolltet ihr zusammen sein, irgendwann heiraten und … ähm … kleine Serienkinder bekommen? Zur Hälfte Mensch, zur Hälfte … Ja, was sind diese Serienfiguren denn eigentlich?«

»Lass das«, wehrte ich ab, doch Deborahs Worte brachten mich zum Grübeln. Wenn man es so betrachtete … Was hatte ich mir eigentlich erhofft? Es lag mir fern, das zuzugeben, aber meine Schwester hatte absolut recht. Ich konnte nicht mit Jasper zusammen sein, selbst wenn *er* es ebenfalls wollte.

»Du musst bei der Sache mit Jasper knallhart den Stecker ziehen, bevor es richtig anfängt, und darum verhänge ich ab jetzt ein unumstößliches Serien-Kuss-Verbot.« Deborah stampfte mit dem Fuß. »So!«

»Ein Kuss-Verbot?«, wiederholte Tante Gladys enttäuscht. »Das ist aber nicht sehr zweckdienlich bei der Suche nach meinem fünften Ehemann. Oder nach einer Liebelei, falls für eine Hochzeit keine Zeit mehr bleibt, bis wir den Fluch los sind.«

Deborah ignorierte sie. »Wenn Abby es nicht tut, muss ich eben dafür sorgen, dass aus Jasper und Abby nicht … Jabby wird!«, erklärte sie und verzog nicht eine Miene, während sich Morgan und Tante Gladys über »Jabby« schlapplachten. Deborah beachtete sie nicht weiter, sondern fixierte mich: »Abby, ich fürchte, du hast den Bezug zur Realität verloren«, stellte sie ihre finale Diagnose.

»Das sagst gerade du«, half mir Morgan. »*Du* stehst doch selbst total auf diesen Bilderbuch-Beau und Traum-von-Schwiegersohn-Verschnitt Julian Ashworth und ärgerst dich, dass ihn die Serie nie beim Klamottenwechseln zeigt. Ich weiß doch, wie du neulich geguckt hast, als es diesen Schnitt gab, bevor Julian unter die Dusche gehüpft –«

»Vielleicht trifft dich gar keine Schuld, Abby. Gut möglich, dass Realitätsverlust einfach eine Nebenwirkung ist«, plapperte Deborah weiter und gab sich alle Mühe, Morgan keines Blickes zu würdigen. »Eine Begleiterscheinung, wenn man sich so lange wie du in Parallelwelten aufhält, die unserer, mal abgesehen von einigen Details, zum Verwechseln ähnlich sind. Und wer weiß, die Auswirkungen der Überschneidungen werden vielleicht sogar noch schlimmer, wenn wir dich da nicht bald rausholen.«

»Oh Mann. Jetzt kommt wieder das mit der Apokalypse«, jammerte Morgan und behielt damit recht. Was folgte, war eine neuerliche lange Analyse der von Deborah vorhergesehenen Gefahren, die sich durch meine und Tante Gladys' Sprünge oder, anders gesagt, die Überlappung der Blasen des Multiversums ergeben konnten. Angefangen von Realitätsverlust (Evakuiert New York! Es hat bereits angefangen!) bis hin zum Weltuntergang, der alles Leben in diesem Universum plattmachte.

Aber das war mir eigentlich ganz recht, denn immerhin sprach nun niemand mehr über Jasper und mich und unseren Kuss.

Morgan erwiderte daraufhin, dass Deborahs Theorie mit den Gefahren durch die Weltenüberlappung nur Spekulation sei und sie das doch gar nicht wissen konnte, solange wir nicht mit Horatio Eversmith gesprochen hatten.

Horatio Eversmith. Den würde ich ja nur zu gerne kennenlernen. Wenn man Tante Gladys, dem einzigen Menschen der Welt, der mein Schicksal mit dem Serienfluch teilte, glauben konnte, war Horatio so etwas wie der Drahtzieher des Ganzen. Weil Tante Gladys und ich seiner Meinung nach besonders begabt waren, Happy Ends zu erzeugen (sie betrieb eine Partnervermittlung, ich bloß eine läppische Kummerkastenkolumne in der Schulzeitung), waren wir ausgesucht worden, um die Serie mit einem Happy End zu stoppen. Vorher würde man uns nicht entlassen.

»Dann müssen wir eben Horatio Eversmith finden«, beschloss meine Schwester.

»Das ist nicht so einfach. Der Mann ist wie ein Phantom. Ich habe ihn das letzte Mal vor zwanzig Jahren gesehen.« Tante Gladys blickte Deborah an. »War er nicht neulich bei euch? Als er die Satellitenschüssel neu ausgerichtet hat und etwas von Wartungsarbeiten erzählt hat?«

Deborah kaute an ihrem Fingernagel. »Ja. Aber ich kann mich kaum an ihn erinnern, ich habe noch nicht mal genau hingesehen. Er war auch wirklich kein gut aussehender Typ. Alles, was ich mit Sicherheit sagen kann, ist, dass er eine Uniform und eine Kappe trug. Außerdem hatte er ziemlich viel Bart im Gesicht.«

Das führte uns nicht unbedingt weiter. Bärtige Kerle gab es in Brooklyn viele. Das schien beinahe ein neuer Modetrend unter den Kreativen hier im Viertel.

»Na fein.« Morgan knetete ihre Hände. »Wenn wir nicht wissen, wie wir Horatio finden können, dann lasst uns zumindest überlegen, was Abby in der nächsten Folge tun könnte, um zu verhindern, dass Jasper auf der Wahlparty ans Podium tritt und ganz Rosington verkündet, dass sein Vater Mr Schleimvisage und die glückliche Familie Ashworth nichts als eine Lüge ist. Denn das wird nämlich passieren, wenn es morgen um sieben Uhr erneut losgeht. Wir brauchen einen Plan.«

»Und welchen?« Tante Gladys wirkte unsicher. »Soll Abby Jasper erneut ablenken?«

»Das hatten wir schon«, zischte Deborah zwischen den Zähnen hervor. »Abby wird ihn bestimmt nicht noch mal küssen, denkt an das Kuss-Verbot. Sie sieht jetzt schon erbärmlich genug aus, wir brauchen keine Neuauflage der Romanze zwischen ihr und dem Hunde kidnappenden, Erpresserbrief schreibenden Junior-Schurken, verstanden?«

»Okay«, stimmte ihr Morgan zu. »Dann lassen wir uns etwas anderes einfallen. Und dann denken wir darüber nach, wie wir Abby schleunigst ein Date mit Trevor verpassen, um über Jasper hinwegzukommen.«

»Echt jetzt?« Deborah schnitt eine Grimasse. »Trevor? Der mit dem Intelligenzquotienten einer Kokosnuss? Muss das sein?«

»Vielleicht hat er seinen Basketball einmal zu oft gegen die Rübe bekommen, aber er ist ganz niedlich und er schreibt Tagebuch, wie Abby. Außerdem befinden sich zwischen den beiden keine Welten, sondern bloß die Brooklyn Bridge. Och, komm, Abby, sag doch auch mal was!«

Na fein, das konnten sie haben.

»Gute Nacht, allerseits«, sagte ich also, stand auf und schob das Tablett mit dem angeknabberten Donut in den Rollwagen. Heute Abend hatte ich ohnehin schon zu lange zugesehen, wie Deborah und Morgan munter über mich, mein Liebesleben und meine Reisen in die Serienwelt von Ashworth Park bestimmten, als wären die beiden Drehbuchautoren eines eigenen kleinen Laienspiels – mit mir als ihrer Marionette.

Als Morgan anbot, mich zu begleiten, lehnte ich ab. Sollte sie doch bis zum Ladenschluss mit Deborah und Tante Gladys beratschlagen, was mit DeWitt, Horatio Eversmith und den Blasen des Multiversums als Nächstes zu tun war. Ich für meinen Teil wollte nichts weiter, als mich in ein ruhiges, menschenleeres Loch zu verkriechen. Und weil im Untergrund von New York kein Laptop mit Horrorfilm-DVDs auf mich wartete, der mich ablenken konnte, entschied ich mich dann doch für mein gutes altes Zimmer.

Keine gute Entscheidung.

Das Erste, woran ich dachte, als ich die Wohnungstür aufsperrte und mich umsah, war ein Einbrecher. Hier war eindeutig eingebrochen worden!

Auf dem Wohnzimmerboden kullerte eine Menge Krempel herum. Krempel, den man sonst nur in Mums Atelier im hinteren Teil unseres Lofts fand: Staffeleien, Leinwände, geöffnete Dosen und allerlei Pinsel. Es roch nach einer Mischung aus Farbe und Terpentin.

Doch gerade, als ich schon überlegte, nach meinem Handy zu greifen und die Polizei zu rufen, entdeckte ich auf einer Staffelei ein neues Bild, das Mum erst heute Abend gemalt haben konnte. Es war ein abstraktes Gemälde, das einen Menschen darstellen sollte. Einen halb nackten Menschen, um genau zu sein. Verdutzt blieb ich vor dem Gemälde stehen und sah es mir genauer an. Es stellte einen ziemlich unattraktiven, schlaksigen Kerl mit dunkelblondem, schütterem Haar, grauen Augen, hoher Stirn, langer Nase und einem spitz zulaufenden Kinn dar.

War das etwa der Typ, mit dem sie sich seit Wochen heimlich traf und um den sie so ein Geheimnis machte? Der Gedanke ging mir nicht mehr aus dem Kopf und jetzt, als ich mir das Bild länger ansah, kamen mir die wild skizzierten Gesichtszüge sogar bekannt vor. Vor Schreck machte ich einen Schritt zurück, stolperte über eine offene Farbdose und knallte mit dem Hintern auf den Teppich. Zähe rote Farbe quoll über das Parkett. Nun wurde auch noch unser Dackel Pebbles wach, begann zu kläffen, schoss aus der Küche und tapste mit seinen Dackelpfoten in die rote Farbe.

»Huch? Abby? Ist alles in Ordnung?« Plötzlich ging hinten das Licht an und Mum kam um die Ecke. Ihr Haar war zerzaust, dazu trug sie Jeansshorts und ein Shirt mit Farbklecksen. Sie wandte sich um, kicherte neckisch und wisperte irgendetwas über ihre Schulter.

Huch. Mum war also doch zu Hause.

»Mum? Du bist hier? Ist da etwa jemand bei dir?«, fragte ich, doch noch während ich es aussprach, baute sich eine Vorahnung in meinem Kopf auf.

Kurz darauf erschien die Vorahnung auch schon im Türrahmen.

Meine Mum hatte eine Affäre mit Crazy Fred, dem Besitzer des Donutladens.

Normalerweise war ich echt tolerant. Mir war ziemlich egal, mit welchem Mann sich Mum traf, solange sie ihn mochte. Immerhin war sie schon seit Ewigkeiten Single, außerdem begann ihre Kunst langsam unter ihrem Liebesfrust zu leiden. Aber ausgerechnet Crazy Fred? Morgan und ich fanden es nicht nur schräg, dass er die Donuts nach den Anfangsbuchstaben ihrer Geschmacksrichtung, die Vanillesoßenpäckchen nach der Anzahl ihrer Konservierungsstoffe sortierte und an die Existenz von Aliens glaubte – wir stellten uns manchmal auch vor, welche Hobbys Fred wohl hatte: wie er in einer Kellerwohnung in Queens mit ausgestopften Teddybären sprach, seine geschnittenen Nasenhaare aufbewahrte und Organe von Mordopfern in säurehaltigen Reagenzgläsern konservierte.

Wie ich schon sagte, ich mochte Horrorfilme. Ich mochte es nur nicht, wenn die vermeintlichen Hauptdarsteller mit meiner Mutter knutschen. Und das tat er. Ich kannte meine Mum zu gut, um zu wissen, wie sie aussah, wenn man sie ertappt hatte. Es war der gleiche Blick wie an Weihnachten, als sie den Braten hatte liefern lassen und Grandma ihr auf die Schliche gekommen war.

»Hallo, Abby«, begrüßte mich Crazy Fred freundlich-dümmlich, so wie immer, wenn ich seinen Donutladen betrat. »Deine Mutter und ich waren gemeinsam im Kino und danach hat sie angeboten, ein Porträt von mir zu malen.« Als ich nicht reagierte und immer noch grimmig dreinblickte, fügte er schnell hinzu: »Aber eigentlich wollte ich gerade heimgehen.«

Stille machte sich breit, während ich ein paar Sekunden brauchte, um das alles zu verarbeiten. Seltsamerweise ging das heute ziemlich langsam, was wohl daran lag, dass ich den ganzen Heimweg über an Jasper gedacht und nicht damit gerechnet hatte, noch einen zweiten Schlag in die Magengrube zu kassieren. Konnte an einem Tag so viel Furchtbares passieren?

»Stimmt«, pflichtete Mum ihm bei, weil das peinliche Schweigen langsam kaum mehr zu ertragen war. Sie knetete ihre Hände. »Weißt du, Liebes, Fred und ich treffen uns. Du weißt doch, dass ich euch von *Benny's* gerne Donuts mitbringe. Dabei haben Fred und ich uns angefreundet. Wir haben so viel gemeinsam, außerdem haben wir die meiste Zeit nur über dich und Deborah geredet. Fred mag euch beide sehr gerne. Ihr seid seine Lieblingskundinnen.«

Lieblingskundinnen? Fand Mum es etwa nicht merkwürdig,

dass ein Kerl in ihrem Alter Freundschaft mit ihren zwei Teenagertöchtern schließen wollte und gerne deren Gespräche belauschte? Wie auf Knopfdruck musste ich leider wieder an Morgans verrückte Theorie mit den konservierten Innereien denken. Ich schob sie schnell beiseite.

»Ihr habt euch also *angefreundet*«, murmelte ich, auch wenn ich Mum viel lieber gepackt und geschüttelt hätte. Aber vor Fred konnte ich schwer zugeben, dass wir gruselige Theorien über ihn anstellen. »Ihr trefft euch seit Wochen und findet es nicht der Mühe wert, es mir zu erzählen?«

Mum wirkte verblüfft über meine Reaktion. Dachte sie, wir würden es cool finden, dass die beiden sich trafen? Von wegen Gratisdonuts und so? »Ich hatte vor, euch davon zu erzählen, ehrlich, aber ich wollte noch etwas warten. Immerhin seid ihr befreundet, nicht wahr?«

Befreundet? Na ja, so würde ich das nicht gerade nennen. Wenn man von seiner schrägen und viel zu neugierigen Art absah, war Crazy Fred immer freundlich zu uns gewesen und hatte uns die extraleckeren Donuts aufgehoben. Aber er war nun mal eben Crazy Fred. Nun, da ich wusste, wer ihr heimliches Date war, tat es mir leid, dass Deborah mit ihrer Theorie, Mum knutschte heimlich unseren schrulligen Mathelehrer Mr Clifford, nicht recht behalten hatte. Der trug zwar Pullover mit Rautenmuster, aber glaubte wenigstens nicht an Aliens.

»Lass uns ein anderes Mal darüber reden, Mum. Ich hatte einen echt harten Tag und muss dringend ins Bett«, sagte ich und rieb mir die Augen. Das war zwar nur die halbe Wahrheit, aber jede Minute strengte mich furchtbar an, außerdem brachte ein Gespräch um diese Uhrzeit und vor Crazy Fred nicht besonders viel. Wenn wir das vertagten, hatte ich zudem Deborah dabei, um Mum Crazy Fred auszureden. Ich konnte es kaum erwarten, ihr Gesicht zu sehen, wenn sie das hörte.

Fred verschwand im Atelier, um seine Sachen zu packen, während mir Mum die mit Farbe verdreckte NYPD-Kapuzenjacke abnahm und mich einer genauen Musterung unterzog. »Du siehst krank aus, Schatz. Fühlst du dich nicht gut?«

»Alles bestens, wirklich«, beteuerte ich. Anders als sonst fühlte ich mich heute nicht einmal mies beim Lügen. Mum tat immerhin auch nichts anderes, was ihre Treffen mit Fred betraf.

Sie strich mir eine braune Locke hinters Ohr. »Übermorgen ist dein fünfzehnter Geburtstag, Liebes. Was hältst du davon, wenn wir uns einen schönen Nachmittag in der Stadt machen? Du, ich und Deborah. Wir kaufen dir ein paar neue Klamotten für den Sommer und schauen uns danach irgendeinen blutrünstigen Horrorschocker an, bei dem ich mir fürchterlich in die Hosen mache, der dir aber gefallen wird. Abgemacht?«

Ganz ehrlich? Das klang nach der besten Idee des Tages. Ein Nachmittag in der Mall. Ein Kinofilm. Ich hatte meinen Geburtstag in all dem Tumult beinahe vergessen und in diesem Augenblick erschien mir mein Leben plötzlich wieder ein kleines Stück normal.

Doch das war es nicht. Nicht mal annähernd. Als ich mich im Bett wälzte und den Sirenen in der Ferne lauschte, graute mir vor dem morgigen Sprung nach Ashworth Park. Das lag nicht nur an meinen Gefühlen für einen Jungen, mit dem ich niemals zusammen sein konnte (zumindest wenn mir etwas an einem normalen Leben lag), sondern auch daran, dass ich keinen Plan hatte, welche Happy-End-Strategie ich in der Serie verfolgen sollte. Doch weil ich viel zu müde war, um weiter darüber nachzudenken, schlief ich einfach ein.

RATHAUS - ROSINGTON. WAHLKAMPF-VORABEND.

Nachdem **JULIAN ASHWORTH** vor Publikum zwei dichterische Glanzleistungen abgeliefert hat (Ja! Glanzleistungen! Mit seinen Fähigkeiten geht es bergauf!), tritt sein jüngerer Bruder **JASPER** vor das Podium. Jaspers leiblicher Vater **DEWITT** steht abseits und reibt sich zufrieden die Hände.

LADY ASHWORTH *(hält sich die Hand vor Augen)*
Grundgütiger. Wer hat zugestimmt, dass Jasper vor Publikum sprechen darf? Schaff ihn da weg, aber schnell. Wer weiß, was er zu sagen hat? Er ruiniert noch deinen ganzen Wahlkampf, Monty.

LORD ASHWORTH *(drückt ihre Hand)*
Nun lass ihn doch, Cordelia. Vielleicht will der Junge bloß sagen, wie sehr er uns liebt. Hast du daran schon mal gedacht?

LADY ASHWORTH *(macht sich los)*
Er? Uns liebt? Jasper liebt uns so sehr wie alle, die hinter uns in der Thronfolge gelistet sind und hoffen, wir würden uns beim Duschen das Genick brechen. Ich spüre, dass da etwas im Busch ist. Ich sagte: Schaff ihn da runter.

JASPER räuspert sich. Er wirkt unsicher und hat nervöse Flecken auf dem Hals.

DAME AUS DER MENGE
Hast du etwa noch mehr Poesie für uns, mein Junge?

BETRUNKENER MANN
Alles, nur das nicht. Sing doch lieber etwas für uns. Kannst du singen?

MÄDCHEN
Vielleicht gibt es ja heute wieder eine Versteigerung eines Junggesellen. Ich biete zehn Pfund für dich.

JASPER *(mit fester Stimme)*
Nein, ich werde mich nicht versteigern lassen, genauso wenig werde ich letztklassige Poesie vortragen oder mich sonst wie zum Gockel machen. Was ich zu sagen habe, ist von Bedeutung für die morgige Wahl. Etwas, das ihr alle wissen solltet, wenn ihr gedenkt, Lord Ashworth zu wählen.

Stille. Die **BEVÖLKERUNG** von Rosington blickt gespannt zu ihm hinauf.

LORD ASHWORTH *(klatscht in die Hände)*
Nur zu, mein Junge.

LADY ASHWORTH
Schscht. Ermutige ihn nicht auch noch.

JASPER hält inne.
Verunsichert gleitet sein Blick über die Köpfe der Anwesenden.

JASPER *(öffnet den obersten Hemdknopf)*
Ich bin hier, um euch zu sagen, dass …

BETRUNKENER MANN *(lacht)*
Wir haben nicht ewig Zeit, Junge. Es ist bereits nach Mitternacht und wir wollen heute noch einen neuen Bürgermeister wählen.

JASPER
(schirmt seine Augen vor den Scheinwerfern ab)
Ich wollte sagen, dass … nun, dass das Wahlrecht eine entscheidende Errungenschaft unserer Zeit ist. (Er lächelt unsicher.) Früher durften in England bloß die Reichen wählen, heute darf das jedermann. Also, machen Sie von Ihrer Stimme Gebrauch und gehen Sie wählen. Und zwar Lord Ashworth! Mit Pferdestärke voran für Rosington!

MENGE *(antwortet)*
Für Rosington!

Die Band spielt einen Tusch und geht über zu einer Polka, während das Klirren von Champagnergläsern ertönt.

LORD ASHWORTH
Siehst du, Cordelia? War doch halb so schlimm.

LADY ASHWORTH *(erzürnt)*
Halb so schlimm? Monty, dieser Auftritt war unsagbar peinlich! Jasper hätte sich zumindest die Krawatte binden können.

2

Er hatte es also nicht getan. Jasper hatte Lord Ashworth doch nicht gesellschaftlich den Garaus gemacht.

Während die Lautstärke nach seiner Rede stetig wieder anschwoll, hing ich keuchend über einem hübsch geschmückten Stehtisch am Eingang und sah zu, wie Jasper mit undefinierbarem Gesichtsausdruck in der Menschenmenge verschwand.

Ich war überzeugt gewesen, dass ich zu spät kommen würde, um ihn zu stoppen. Was daran lag, dass *dieser* Rücksprung in die Serie von allen bisherigen am meisten wehgetan hatte. Ich war nämlich nicht exakt dort gelandet, wo ich die Serie verlassen hatte, sondern einige Zentimeter weiter links, und war so in einen mit Jacken, Hüten und Federboas behängten Kleiderständer gekracht und mit ihm zu Boden gegangen. Beim Sturz hatte ich mir den Absatz meiner Schuhe abgebrochen, doch dann hatte ich mich zusammengerissen, die kaputten Schuhe in die Ecke gekickt und war Jasper und DeWitt mit bloßen Füßen hinterhergehetzt. Die ganze Sache war bereits verloren geglaubt gewesen. Blieb die Frage, warum Jasper plötzlich einen Rückzieher –

»Sachertörtchen, was um alles in der Welt … Du siehst ja wieder mal aus, als wäre dir etwas zugestoßen.« Tante Gladys war vor mir aufgetaucht, tupfte mir mit einem Taschentuch den Schweiß von der Stirn und zupfte mir eine Feder von der roten Federboa aus dem Haar. »Alle Leute starren dich an.«

Nicht mich starrten sie an, sondern *sie*. Tante Gladys war immerhin diejenige mit einem hautengen Catwoman-Kostüm, dunkler Schminke und schwarzen, hohen Hacken. Um die Logik in der Serie nicht zu zerstören und nicht aufzufallen (Deborah nannte es: die Kontinuität), mussten Tante Gladys und ich nämlich immer die gleiche Kleidung tragen, die wir in der vorherigen Folge unmittelbar vor dem Cliffhanger angehabt hatten. Besonders Deborah hielt sich für die Hüterin der Kontinuität, und so hatte sie mir vor dem Sprung auch tatsächlich die Haare genauso frisiert, wie ich sie in der letzten Folge getragen hatte.

Eine Idee, wie ich Jasper stoppen konnte, war mir nicht mehr gekommen. In der Schule war die Hölle los gewesen, und bevor ich michs versehen hatte, stand wieder Ashworth Park auf dem Tagesplan. Es war keine Zeit mehr geblieben, sich einen soliden Schlachtplan auszudenken, und Deborah hatte auch nicht wieder damit angefangen, mich damit zu quälen. Andererseits, konnte es vielleicht sein, dass ich gar nichts hatte tun müssen? Ich konnte mir gut vorstellen, dass Deborah die Aufgabe gestern Abend bei *Benny's Donuts* an Tante Gladys delegiert hatte – weil ich wegen akuter Liebesviren vorübergehend geistig nicht zurechnungsfähig war.

Trotzdem war ich neugierig.

Ich zog Tante Gladys zur Seite. »Und jetzt sag schon. Wie hast du das angestellt?«

Tante Gladys lächelte. »Was denn angestellt, Honigbrötchen?«

»Na, das da.« Ich deutete aufs Podium, wo eben noch Jasper gesprochen hatte. »Ihr … ich meine, *du* hast doch sicher einen

Plan gehabt, um Jasper davon abzuhalten, Lord Ashworths Wahlchancen zu ruinieren.«

Tante Gladys' Gesichtszüge hellten sich auf. »Oh ja, natürlich hatte ich einen Plan. Ich wollte Jasper überwältigen, kidnappen und in die Abstellkammer da zerren.« Sie deutete auf einen Raum mit der Aufschrift »Zutritt nur für Berechtigte«, dann zückte sie ihre schwarze Handtasche und zeigte mir den Inhalt. »Ich habe sogar Handschellen und Klebeband dabei. Und ein paar Socken, um ihn zu knebeln. Weißt du, das Orchester ist heute zu nichts zu gebrauchen und macht ständig Pause, man hätte seine Schreie ganz doll gehört.«

Ich sog empört die Luft ein. »Tante Gladys!«

Sie zwickte mich in die Wange. »Keine Sorge, Pfefferminzbonbon, ich hatte vor, ihn wieder freizulassen. Spätestens morgen Abend nach der gewonnenen Wahl. Ich weiß ja, dass du etwas für ihn übrig hast.«

»Aber du *hast* ihm nichts angetan?«

»Nicht mal ein Haar gekrümmt.« Tante Gladys schnalzte mit der Zunge, als täte ihr das etwas leid. »Ich habe ihn einfach nicht in die Finger bekommen, außerdem ist er so glitschig wie ein Aal, mit dieser öligen DeWitt-Mähne.«

Ich hielt Ausschau nach Jaspers Haarschopf, unerklärlich froh darüber, dass er knapp Tante Gladys' Catwoman-Überfall entronnen war, nur leider konnte ich ihn nirgends entdecken. Die einzigen bekannten Gesichter waren Cooper und Clarissa, die an der Bar heftig miteinander turtelten (ja doch!), Julian, der sich immer noch heillos mit Bloody Marys betrank (nicht doch!), sowie das ständig streitende Ehepaar Ashworth – bis mir vor der Bühne schließlich DeWitt ins Auge stach.

Er diskutierte heftig mit einem von Lord Ashworths Sicherheitsbeauftragten, die die Bühne absperrten und ihn nicht aufs Podium lassen wollten. Etwas weiter links entdeckte ich DeWitts brutalen Handlanger Blackwood, der ihm durch die Menschenmenge zu Hilfe eilte.

»Da ist ja Blackwood«, staunte Tante Gladys, die meinem Blick gefolgt war. »Huch. Ich dachte, DeWitt muss seinen Wachhund versteckt halten, weil er neulich im Schuppen Jasper k. o. geschlagen hat?«

»Stimmt. Aber heute ist das DeWitt egal.« Ich packte Tante Gladys an der Hand und drückte mich mit ihr näher an die Bühne, plötzlich überzeugt davon, dass die Katastrophe heute noch nicht ausgestanden war. »Er geht jetzt aufs Ganze. Wenn Jasper nicht den Mut hat, das Image der Ashworths zu ruinieren, dann macht er es eben selbst.« Ich blieb stehen und blickte sie eindringlich an. »Hast du für DeWitt etwa auch was in deinem magischen Handtäschchen?«

Tante Gladys spitzte die Lippen. »Wenn ich mich mit DeWitt anlege, habe ich auch Blackwood am Hals. Und für die zwei bräuchte ich … ähm … mehr als nur den Kram, den ich mir für mein Politessen-Kostüm zu Halloween gekauft habe. Ich bräuchte Chloroform. Du hast nicht zufällig ein Fläschchen Chloroform dabei, mein kleiner Weihnachtsstollen?«

»Naturlich nicht, Tante Gladys.« Als ob man das so einfach in der Apotheke kaufen könnte.

»Oh, wie schade. Also wenn wir DeWitt und Blackwood nicht narkotisieren wollen, könntest du natürlich auch über die Feuertreppe ein Stockwerk tiefer in den Keller laufen, dort den Hauptschalter suchen und den Strom abdrehen. Dann ist die Tonanlage tot und niemand hört auch nur ein Wörtchen von DeWitts wichtigtuerischer Bekanntgabe.«

Aus den Augenwinkeln sah ich, wie Blackwood einem der Securityleute einen Kinnhaken verpasste und dieser in die Menge torkelte. Spitze Schreie ertönten.

»Okay«, stimmte ich rasch zu. Den Strom abzudrehen klang etwas weniger drastisch, auch wenn ich DeWitt nur zu gerne narkotisiert hätte. »Und du, Tante Gladys?«

»Ich improvisiere inzwischen.« Sie verpasste mir einen Schubs. »Und jetzt los.«

Na fein, dann also los. Eilig presste ich mich durch die Menschenmenge wieder in Richtung Ausgang, wo die Feuertreppe einen Stock tiefer führte, doch kurz bevor ich das Geländer erreichte, stellte sich mir Julian in den Weg. Seine Augen waren blutunterlaufen, sein Hemd stand halb offen, nur sein Haar glänzte immer noch frisch und voluminös, als hätte man ihn gerade unter der Trockenhaube hervorgeholt.

»Abigale! Dusiehsfantastischaus!« Julian schwenkte den Inhalt seiner Bloody Mary im Glas, während er mich ein wenig offensiver als sonst von oben bis unten musterte.

Ich seufzte gequält. Armer Julian. Heute war er zum trinkenden Abbild von Lady Ashworth mutiert, dabei kippte er an normalen Tagen noch nicht einmal alkoholischen Hustensaft. Morgen früh würde er sich wünschen, er wäre tot.

»Julian, bitte. Wenn ich dir irgendetwas bedeute, dann geh mir aus dem Weg«, beschwor ich ihn eindringlich. »Ich muss in den Keller, und zwar schnell.«

»Du … ignoriesmich … *hicks* … schon den gansen Abend.« Julians Lider flatterten, während sein Kopf auf- und abwippte. Immer noch bohrte er die Beine in den Boden und rührte sich keinen Millimeter von der Stelle.

»Okay. Aus. Dem. Weg. Letzte Chance! Nein? Ich habe dich

gewarnt«, verkündete ich, steuerte frontal auf ihn zu und krachte mit dem Ellenbogen voran in ihn hinein, sodass er stolperte und mir aus Mangel an Standfestigkeit den Durchgang frei machte.

»Aua! Bleib da … *hicks* … Sogehtdasnich!«, lallte Julian mir hinterher und mit Schrecken erkannte ich, dass er mir torkelnd in den Keller folgte.

Egal. Nicht aufhalten lassen. Weiter.

Unten am Treppenabsatz erwartete mich eine einzelne eiserne Tür, die glücklicherweise nicht verschlossen war. Doch dahinter erstreckte sich ein weites, unterirdisches Kellerlabyrinth aus dunklen und eisig kalten Räumen. Das Rathaus schien alt zu sein, hier gab es keine elektrische Beleuchtung – oder ich fand den Schalter nicht –, jedenfalls reichte das Licht aus dem Obergeschoss kaum drei Meter in das erste Kellerabteil. Herrje! Und wo war nun dieser gottverdammte Hauptschalter, den ich umlegen musste?

»Wastussuda?« Julian war hinter mir aufgetaucht und hauchte mir die Wörter beinahe romantisch in den Nacken.

Ich fuhr energisch herum. »Julian. Hör zu.« Der Junge war zwar sternhagelvoll, aber wenn er schon einmal hier war, konnte er mir vielleicht helfen. »Du musst dich konzentrieren. Warst du schon mal hier unten? Wir müssen den Hauptschalter finden und den Strom nach oben in den Festsaal kappen. Kannst du mir dabei helfen? Weißt du, wo er sich befindet?«

Julian runzelte angestrengt die Stirn und sah aus, als wollte er die Quadratwurzel aus tausendsiebenhundertneunzehn ziehen. »Nee, isch fürchte nisch.«

»Hast du denn wenigstens eine Taschenlampe dabei?«

»Nee.« Julian schüttelte den Kopf.

Ich seufzte. Herrje, war denn kein bisschen Heldenmut in Lord Julian James Llewelin Ashworth mehr übrig? Was war mit dem unverwüstlichen Serienschönling passiert, der für jedes Problemchen das richtige Werkzeug in der Satteltasche parat hatte? Kaum agierte er ein einziges Mal nicht nach dem klassischen Heldenrollen-Prinzip, war er so nutzlos wie Raumspray.

»Na gut. Wenn du zu sonst nichts zu gebrauchen bist.« Ich nahm Julians Schultern und drückte ihn mit dem Rücken gegen die offene Eisentür, unpassenderweise begann er dabei zu schnurren wie ein Kätzchen. »Du bist der Türstopper. Du bleibst hier stehen und hältst die Tür auf, damit ich hier drin genügend Licht habe. Und ich suche nach dem Schalter. Kapiert?«

»Türschtopper. Hab's gespeichert, Baby.«

Ich schnaubte innerlich, während ich mit nackten Füßen ein paar Schritte über den kalten Boden machte. Also wenn *dieser* Julian die Alternative war, wählte ich doch lieber den, der hirnverbrannte Limericks über die Isle of Roses dichtete. Der nannte mich wenigstens nicht »Baby«.

»Autsch.« Ich war mit den Beinen gegen etwas Hartes geknallt, das metallisch raschelte.

»Bissuokay?«, fragte Julian.

»Ja. War nur eine Kiste mit … ähm, ich glaube, das waren Buttons. Ich versuche es etwas weiter links.«

Als ich um die Ecke bog und mich immer weiter in die Dunkelheit vorwagte, ertastete ich ein Stück über mir einen in die Wand eingelassenen Kasten aus Metall. Das musste der Sicherungskasten mit dem Hauptschalter sein.

»Mist«, fluchte ich. »Der Sicherungskasten hängt zu hoch.«

»Keine Bange … isch helfe dir«, rief Julian an der Kellertür.

»Nein! Bleib, wo du bist«, entgegnete ich erschrocken, doch da hörte ich schon, wie die Tür ins Schloss knallte und uns in vollkommene Finsternis hüllte.

Nervös drehte ich mich um meine eigene Achse. Es war stockfinster, so finster, wie ich es noch nie zuvor in der Serie erlebt hatte. Ich wusste schon jetzt nicht mehr, wo Julian eben noch gestanden hatte. Wie sollten wir jemals wieder hier rauskommen, wenn wir nicht mal unsere Hand vor Augen sehen konnten?

»Abigale.« Wie aus dem Nichts fasste Julian nach meinem Arm, danach betastete er mit den Fingern mein Gesicht und rubbelte über meine Lippen. »Oh, guuut. Dabissu.«

Ich wehrte mich. »Lass das.«

»Ich will nisch … unhöflisch sein, aber …« Er räusperte sich. »Aber wäre es möglisch, dass wir … uns küssen? Duweisschon, der Liebesfluch. Nurumsusehen, ob –?«

»Julian!«, schrie ich entsetzt. Ich fasste es einfach nicht! Über uns ging es um die soziale Existenz seiner Familie und ihm nur darum, herauszufinden, ob ich seine Cinderella war. Denn seit Julian alt genug war, Mädchen zu küssen, folgte jedem Kuss eine Katastrophe – so lange, bis er die Richtige erwischte. Der Liebesfluch plagte ihn und noch mehr plagte ihn die Annahme, ich könnte ihn mit einem Kuss für immer davon erlösen.

»Och, büdde!«

Ich spürte, wie Julian immer näher kam. Und ich konnte mich nicht dagegen wehren – ich würde seine Lippen ja gar nicht kommen sehen. Dabei würde der Kuss selbst noch nicht mal das Schlimmste werden. Denn wenn ich nicht die Richtige war und der Liebesfluch loslegte, dann plumpste womöglich eine fette Ratte aus dem Luftschacht direkt auf unsere Köpfe. Doch *wenn* ich die Richtige war und der Liebesfluch nicht ausbrach, dann ... Hm. Ich glaube, ich würde doch lieber die Ratte wählen.

»Julian!« Ich begann zu schwitzen. »Nicht! Ich sagte –«

»Was ... was ist das?« Anstatt mich zu küssen, begann Julian plötzlich zu husten. Ich hörte, wie er einige Schritte zur Seite machte.

»Was ist *was*?« Ich lauschte angestrengt, aber bis auf das Tropfen einer entfernten Wasserleitung war es totenstill. Ich sah mich um, aber in der Finsternis konnte ich nicht das Geringste erkennen.

Doch dann *roch* ich es.

Der Geruch von Rauch und Schwefel kletterte mir in die Nase, während es um mich herum ganz furchtbar stickig wurde. Fast so, als würden Rauchschwaden durch den Lüftungsschacht zu uns wandern. Mir war nicht klar, dass ich nach der Kuss-Panik noch nervöser werden konnte. Doch ich konnte es.

»Julian!«, schrie ich entsetzt. »Das ist Qualm! Irgendwo ist ein Feuer ausgebrochen! Wir müssen hier raus. Wo war noch mal die blöde Tür?«

Julian packte mich an den Schultern und drehte mich nach links. »Hier.« Er torkelte zur Seite. »Nein, hier.«

»Wo denn nun?« Ich machte mich los und schoss geradewegs ins Dunkel, bis ich unsanft mit dem Knie gegen eine kalte Wand krachte und vor Schmerz zu Boden ging. Doch ich rappelte mich auf und tastete mich an der Wand entlang, erfühlte ein nasses Rohr, heraushängende Kabel und bröckelnden Verputz, aber keine gottverdammte Tür.

»Hilf mir doch mal, Julian!«, rief ich verzweifelt und kämpfte gegen meine Tränen. Die Angst, die in meinem Inneren heraufkroch, hielt mich davon ab, klar zu denken. Verbot mir, mich zu konzentrieren, aus welcher Richtung wir gekommen waren. Sie verbot mir sogar, auch nur einen Gedanken daran zu verschwenden, warum ich in Ashworth Park plötzlich Rauch riechen konnte. »Wir müssen die Tür finden, sonst –«

Ich hörte, wie Julian keuchend zu Boden ging und sich die Seele aus dem Leib hustete.

Die Kellerräume waren groß, normalerweise würde es dauern, bis der Qualm ihn ausfüllte, doch das Lüftungssystem arbeitete rasch. Oder half die Serie nach, uns schneller dranzukriegen?

»Julian! Ist alles okay?« Ich stürzte in die Richtung, in der ich ihn vermutete, während mein Herz wie wild pochte. Das konnte doch nicht wirklich passieren. Würden wir jetzt tatsächlich in den Gewölben von Rosingtons Rathaus den Geist aufgeben? Wenn ich auf der Isle of Roses bisher Gefahren ausgesetzt gewesen war, dann immer nur durch diese Geisteskranken DeWitt und Blackwood, aber doch nicht durch einen blöden Unfall. Nein. Wir mussten hier raus. Und zwar schnell. Ich durfte nicht aufgeben.

Voller Tatendrang stob ich erneut gegen eine andere Wand und knallte prompt gegen die Eisentür.

»Julian! Ich hab sie«, jubelte ich, griff nach der Türschnalle und drückte sie nach außen. Im selben Moment zog jemand von der anderen Seite daran und so segelte ich aus dem Raum, direkt auf einen großen Schatten mit glatt gebügelter Haarpracht zu.

»Jasper!« Ich sprang förmlich in seine Arme, unendlich froh, ihn zu sehen. Und angesichts meiner Lage war es mir für einen Moment egal, was davor zwischen uns geschehen war.

»Abby! Na endlich!«, seufzte er, strich über mein Haar und drückte mich an sich. Hinter seinen Schultern waberte dicker Rauch über die Treppen in unsere Richtung. »Was um alles in der Welt suchst du im Keller? Es brennt und sie evakuieren das Gebäude.«

»Ich … ähm. Lange Geschichte.« Ich machte mich los.

Einen Augenblick später tauchte Julian hinter uns auf, er war ziemlich wackelig auf den Beinen – allerdings lag das mehr am Rausch als am Rauchgas. »Oooh, Jasper ist da, um nach Abby su sehn«, lallte er gedehnt. »Is klar, ne? *Hicks* … Ach, wäre isch doch lieber hier drin geblieben, anstatt mich auch von Mister Mysteriös retten zu lassen.«

Kommentarlos packte Jasper Julian unter den Armen und gab ihn an Tante Gladys weiter, die ein paar Stufen weiter oben auf uns wartete. »Und jetzt komm schon, Abby. Wir sind die Letzten.«

Er nahm mich an die Hand und zog mich eilig durchs Foyer. Dort glitt mein Blick durch die Flügeltür in den festlichen Rathaussaal, der lodernd in Flammen stand. Das Feuer tanzte auf den Vorhängen und verbrannte Lord Ashworths Wahltransparente, während sich ein Einsatzkommando bemühte, die Feuerzungen mit Schaum zu ersticken. Wie konnte es sein, dass hier jeder Rasen, aber keins der Häuser eine Sprinkleranlage besaß? Das war ja wieder mal typisch Serie.

Vor dem Rathaus wartete inzwischen ganz Rosington und beobachtete das Feuer, das hinter den hohen Glasfenstern loderte, die Einsatzfahrzeuge, die heranrauschten, und die Feuerwehrmänner, die den Brand bekämpften.

Neugierig rümpfte ich die Nase. Hier lagen wiederum keinerlei Gerüche in der Luft. Kein Schwefel, kein Rauch. Bloß die spürbare Hitze und die gut sichtbaren Rauchschwaden zeugten von einem Brand. Merkwürdig. Hatte ich mir das unten im Keller alles nur eingebildet?

»Tja, sieht so aus, als wäre ich ab heute nicht mehr der einzige Brandstifter der Insel. Die Leute erzählen sich, dass irgendjemand die Vorhänge mit einem Flambiergerät aus der Küche in Brand gesetzt hat«, unterbrach Jasper meine Gedanken und lehnte sich gegen Tante Gladys' Rolls-Royce, der in sicherer Entfernung zum Rathaus parkte. »In exakt der Sekunde, als Robert das kleine, pikante Geheimnis meiner Eltern verkünden wollte. Zum Glück wurden alle Gäste aus dem Festsaal in Sicherheit gebracht.«

Mein Blick fiel auf Tante Gladys, die einen immer noch torkelnden Julian mit staubigem Hemd an seine Eltern übergab.

»Der Brand ist also mutwillig gelegt worden?«, fragte ich, während mir Stück für Stück ein Licht aufging. Das älteste Gebäude der Insel abfackeln? *Das* verstand Tante Gladys also unter Improvisation? Damit war es jetzt amtlich: Sie war komplett durchgeknallt. Aber der Zweck heiligte bekanntlich die Mittel.

»Ich muss zugeben, ich hatte ja erst dich in Verdacht, Abby.« Jaspers Augen wirkten dunkel, doch ich glaubte trotzdem, etwas in seinem Blick zu lesen – und zwar, dass er ganz glücklich darüber war, dass heute nicht seine Eltern ruiniert wurden, sondern nur ein denkmalgeschütztes Rathaus. »Aber ich glaube, so verrückt bist nicht mal du.«

3

Die Wahl zum Bürgermeister fand letztlich nicht im Rathaus, sondern im Mr Buckleys Fleischwarenhandlung am Marktplatz von Rosington statt. Der Brand war inzwischen gelöscht worden, doch bis auf die Grundsubstanz des alten Gemäuers war nicht mehr viel übrig geblieben. Hoffentlich kam niemand dahinter, dass Tante Gladys den Brand gelegt hatte.

Mittlerweile war es Sonntagvormittag und das Herrenhaus der Ashworths lag nahezu verlassen da, was daran lag, dass der Lord schon frühmorgens zu Buckleys gefahren war, um der Erste zu sein, der unter dem Jubel der Presse seine Stimme in die Urne warf. Ich war extra früh aufgestanden und hatte es geschafft, ihn in seinem Arbeitszimmer im ersten Stock abzufangen.

»Oh Abby!« Lord Ashworth hatte mich gedrückt und überschwänglich auf die Wange geküsst. »War das nicht ein zauberhafter Abend gestern? Die Musik, das Essen, die wundervollen Reden.«

Ähem … der alles zerstörende Brand? Waren wir auf der gleichen Feier gewesen? Aber wie immer blendete der Lord die unangenehmen Dinge aus und konzentrierte sich auf die Schokoladenseite. »In der Tat, ein … äußerst interessanter

Abend. Aber hören Sie, Lord Ashworth, der eigentliche Grund, warum ich dringend mit Ihnen reden möchte, ist DeWitt.«

»DeWitt? Unser Erpresser?« Seine Miene verfinsterte sich. »Ich habe ihn gestern links liegen lassen wie ein ausrangiertes Paar Socken. Ich hoffe, das ist diesem Schurken eine Lehre.«

Ich seufzte. Wenn es nur immer so einfach wäre.

»Nun ja. Es hat sich herausgestellt, dass nicht DeWitt für die Erpresserbriefe verantwortlich war, sondern einer seiner Hintermänner«, log ich. Ganz ehrlich, Jasper da reinzureiten, half niemandem. Das blähte das Drama nur wieder unnötig auf, zumal Jasper nun ohne einen Penny des Erpressergeldes dastand und, so schien es, seine Tat langsam bereute. »Es war jemand, der ihm sehr nahesteht, aber aus Angst vor dem Gesetz bereits von der Insel verschwunden ist.«

»Ein Hintermann? Kurios«, verkündete der Lord. Nun, da die Wahl nur noch Formsache war und niemand mehr sein Image ruinieren konnte, war ihm die Sache nicht mehr wert als ein Schulterzucken. »Wie schön, dass er es sich doch noch anders überlegt und unser Geheimnis für sich behalten hat.«

»Was Ihr Geheimnis betrifft …« Ich trat von einem Bein aufs andere. »Nun ja, das kenne ich bereits. Ich weiß von Cordelias Affäre mit Bobby Mason. Und dass Sie nicht Jaspers leiblicher Vater sind.«

Er zwang sich in ein viel zu enges Jackett und sah auf. »Ach?«

»Sie und Lady Ashworth sollten dringend mit Jasper reden. Ich glaube, er ist inzwischen … verhandlungsbereit.« Es fehlte nur noch eine große, tränenreiche Versöhnung – ein weiterer wichtiger Schritt in Richtung Happy End. »Aber um noch mal auf DeWitt zurückzukommen: Ich bin hier, um Sie zu warnen. Die Sache ist noch nicht ausgestanden.«

»Nicht ausgestanden? Aber die Wahl ist in wenigen Stunden vorüber. Außerdem habe ich Sicherheitsvorkehrungen getroffen. In diesem Zimmer befindet sich ein neuer Hightech-Safe für unsere Erbstücke, versteckt hinter diesem unscheinbaren Gemälde namens *Pudel nebst Obstschale in Öl.* Und das ist noch nicht alles. Die Zimmertür kann nun sogar mit einem Geheimcode verriegelt werden.« Lord Ashworth präsentierte mir ein Kästchen mit silbernen Zahlen, das neben dem Türrahmen in die Wand eingelassen war. »Wenn DeWitt also erneut an mein Vermögen will, muss er früher aufstehen.«

Ein Safe, versteckt hinter einem Gemälde (sehr originell übrigens!), und eine Sicherheitstür? Das war Lord Ashworths Antwort auf DeWitts Machenschaften?

Wenn er dachte, diesem Schurken damit ein Schnippchen schlagen zu können, täuschte er sich gewaltig. Um ihm das zu verdeutlichen, versuchte ich es mit einer etwas abgedroschenen Metapher, die zu einem Möchtegern-Politiker wie Lord Ashworth passte: »Sie mögen vielleicht die Schlacht gewonnen haben, aber nicht den Krieg. Er wünscht Ihnen immer noch den Tod.«

»Den Tod?«

»Den gesellschaftlichen Tod.« Zumindest den, da war ich mir sicher.

Lord Ashworth griff nach seinem Hut. »Aber warum sollte DeWitt das tun?«

»Weil ... « Ja, warum? Sollte ich ihm erzählen, dass DeWitt in Wahrheit Bobby Mason war, der Ex-Lover von Lady Ashworth, der unter falschem Namen Rache üben wollte? Dass er es war, der Cordelia immer noch Liliensträuße schickte? Würde der Lord dann seiner Frau die Wahrheit sagen? Und würde die womöglich ins Cottage laufen … um … äh … die alten Flammen der Leidenschaft wieder auflodern zu lassen?

Ich entschied mich dagegen. Wenn es DeWitt nicht selbst tat – ich, Gladys und hoffentlich auch Jasper hatten nicht vor, die Bombe platzen zu lassen, wenn es nicht unbedingt nötig war. Und eine zurückgehaltene Information bedeutete immerhin ein Drama weniger.

»Tja, weil DeWitt Sie … beneidet«, rettete ich mich. »Für Ihre Courage, Ihr Rückgrat und Ihre souveräne politische Integrität.« Okay, das klang nach einem Spruch, den man auf eine Dollarnote drucken konnte, und er war mir auch nicht selbst eingefallen, sondern stammte aus einer Politserie mit Kevin Spacey, aber bei Lord Ashworth schien er ins Schwarze zu treffen.

Er öffnete mehrere Schatullen und pinnte sich goldene Abzeichen an sein Revers, die aussahen, als könnte man mit jedem einzelnen eine Vorstadtvilla finanzieren. Zum Schluss steckte er einen Wählt-Lord-Ashworth-Button an. »Das muss es sein. Dieser Halunke!«

»Außerdem hat DeWitt mich bedroht, Lord Ashworth«, versicherte ich ihm. »Und auch Blackwood könnte man wegen mehrmaliger Körperverletzung vor Gericht zerren. Und wegen Verunglimpfung der Sprache, nebenbei bemerkt.« Eindringlich sah ich ihn an. »Sie müssen die beiden finden und sie verhaften lassen. Noch heute. Es ist von äußerster Dringlichkeit.«

Auch wenn der Lord gutmütig war wie ein Kätzchen mit gestutzten Krallen, er musste jetzt hart durchgreifen und dafür sorgen, dass DeWitt und Blackwood von der Bildfläche verschwanden. Die beiden waren immerhin mein Hauptpuzzlestück in Sachen Happy End. Sobald ich sie abhaken konnte, war der Rest viel einfacher – auch wenn ich immer noch keinen Plan hatte, wie Serienschönling Julian die große Liebe finden sollte. Der gestrige Ausflug in den Keller war wieder einmal Beweis genug, dass Julian nicht leicht kooperierte.

»Versprochen, Abby. Sobald ich in der Stadt bin, schicke ich einen Streifenwagen zum Cottage der alten Lady DeWitt. Sie sollen die beiden vorübergehend festnehmen, zu ihren Motiven befragen und Jasper und Lydia indes hier abliefern.« Er drückte mir fest die Hand und ich hoffte, es war kein leeres Politikerversprechen. Dann zog Lord Ashworth die Tür auf. »Vielleicht versteht der Junge unsere Gründe für die Lüge um seinen wahren Vater, die Familie verträgt sich wieder und wir können alle in Frieden weiterleben. Ohne endlose Streitigkeiten, Kleinkriege, Brände, Intrigen, Erpressungen oder Mordanschläge.«

Das war ja mal der Satz des Tages.

Und er klang beinahe zu schön (und zu einfach), um wahr zu sein.

Inzwischen war es später Nachmittag und Clarissa und ich saßen auf einer Sitzgruppe vor der Freitreppe und spielten Karten.

Ich hasste Kartenspiele, aber sie halfen, mich abzulenken und mir die Zeit zu vertreiben. Denn bis jetzt hatten wir weder etwas vom Ausgang der Wahl gehört noch mitbekommen, ob der Lord sein Versprechen wahr gemacht und ein Polizeikommando ins Cottage geschickt hatte. Wurden DeWitt und Blackwood in diesem Augenblick verhört? Und was würde mit

Jasper und Lydia geschehen, wenn die Polizei die beiden Ganoven auf dem Revier behielt?

Allen Hoffnungen zum Trotz war Jasper gestern Nacht wieder ins Cottage gefahren und stand zu seinem Entschluss, nie wieder einen Fuß auf Ashworth Park zu setzen. Ich konnte nur beten, dass seine Loyalität zu DeWitt langsam bröckelte – aber sicher sein konnte ich mir nicht.

»Du machst dir Sorgen um Jasper, nicht wahr?«, erriet Clarissa meine Gedanken. War aber auch keine Schwierigkeit: Ich hielt seit Sekunden tatenlos mein Blatt in der Hand und starrte in Richtung des Cottages, auch wenn man es von hier aus nicht sehen konnte. »Wenn er dir etwas bedeutet, musst du ihm das sagen. Er ist nicht so eitel wie Julian, der hinter jedem Kompliment für sein schickes Haar eine Liebeserklärung wittert. Er braucht klare Worte.«

»Ich mag ihn. Ich mag ihn leider viel zu sehr. Aber die Sache ist komplizierter, als du denkst.« Ich spielte eine Karte aus, um Clarissas Blick auszuweichen. »Ich komme aus New York und Jasper lebt nun mal hier. Irgendwann muss ich wieder nach Amerika zurückgehen.«

Meine Worte stimmten Clarissa sichtlich traurig. »Aber du kannst doch wiederkommen, oder? In den Weihnachtsferien. An Weihnachten gibt es hier Ente mit Orangenfüllung und traditionellen Fruchtkuchen.« Sie deutete unters Dach, wo Jaspers altes Zimmer lag. »Giles fällt jedes Jahr eine Tanne, die bis zum Dach reicht. Und Julian spielt Dudelsack, dazu trinken alle den besten Scotch, na ja, die Lady immer etwas zu viel. Und manchmal passieren auch echt verrückte Dinge, wie zum Beispiel, als Cooper beim Montieren der Dekoration vom Dach gestürzt ist oder als Lady Gladys sich an einer Kerze den

Hut verkohlt hat. Und einmal ist Gatsby durch den Schornstein gefallen und rußgeschwärzt wieder auftaucht. Alle haben geglaubt, er wäre ein Grizzlybär. Du weißt ja, bei uns ist immer was los.«

Ich seufzte. Ach, wenn es doch nur so einfach wäre. Wenn ich mit Mum und Deborah auf eine Reise zur Isle of Roses sparen konnte, dann hätten Jasper und ich den Hauch einer Chance, zusammen zu sein. Eine Fernbeziehung in derselben Welt zu führen, wo man sich trotz des Atlantischen Ozeans per Handy erreichen und skypen konnte, erschien mir plötzlich wie ein Geschenk des Himmels. Doch so lief das nicht. Jasper und ich waren tatsächlich Welten voneinander getrennt.

Ich dachte an Deborahs Worte. Meinen Realitätsverlust und ihre Empörung darüber, weil ich so dusselig war, mich hier zu verlieben. »Tut mir leid, Clarissa. Ich fürchte, ich kann nicht wiederkommen.«

»Oh. Tja, aber dann solltest du erst recht mit Jasper reden«, konstatierte sie streng. »Ach, aussichtslose Liebe finde ich furchtbar traurig.«

»Aber es muss doch nicht immer so sein«, wechselte ich das Thema, weil sich zwischen meinen Augen schon wieder so ein fieses Heulattacken-Ding zusammenbraute. Dank des Abends bei *Benny's Donuts* kannte ich nun die Vorzeichen. »Bei dir könnte es viel besser laufen.«

»Bei mir?«

»Na, bei dir und Cooper!«

»Cooper?« Clarissa ließ ihre Karten fallen. »Woher weißt du das?«

»Ich habe euch gestern gesehen.« Ich lächelte hintergründig. »Und ich habe gehört, wie Cooper dir eine Geschichte über

Pferdeäpfel nach der anderen erzählt hat und du allesamt zum Brüllen komisch fandest. Er sieht ganz gut aus im Smoking. Mit Hemd besser als ohne. Und er mag dich.«

Clarissa seufzte. »Aber ich bin ein Dienstmädchen und keine Lady wie Lydia.«

»Und Cooper ist der Stalljunge! Außerdem, wer braucht schon Lydia?« Lady Lydia DeWitt war ja inzwischen zur Neben-Neben-Figur degradiert worden, nachdem sie es versäumt hatte, Julian für sich zu gewinnen. Und ihres heimlichen Lovers Cooper wurde sie langsam auch überdrüssig, weil sie keinen Hausarrest mehr wegen ihm kassieren wollte. Selbst gestern im Rathaus hatte sie gelangweilt in einer Ecke gesessen, Sandwiches in sich reingestopft und dabei gegähnt, ohne sich die Hand vor den Mund zu halten.

»Er kommt! Er kommt!« Giles, der Butler, stand plötzlich neben uns und klatschte energisch in die Hände. »Clarissa, schnell, hol Cooper, Lily und die anderen. Der neue Bürgermeister rollt gerade durchs Tor.«

»Oh, wie wundervoll!« Clarissa sammelte eilig die Spielkarten ein und half mir auf. Cooper und Lydia schienen schlagartig vergessen, pflichtbewusst, wie Clarissa nun mal war. »Der neue Bürgermeister! Ist das nicht aufregend? Lord Ashworth hat gewonnen. Oh, ich wusste, dass er das Rennen machen wird. Herrje, was bin ich stolz, hier zu arbeiten.«

Er hatte also gewonnen. Ein erfolgreicher Wahlkampf, das war dem Happy End ganz sicher zweckdienlich, dachte ich, während das Personal aus allen Türen des Herrenhauses schoss und sich entlang der Freitreppe aufreihte, als hätten sie das Dutzende Male zuvor geprobt. Einige unter ihnen winkten mit der britischen Flagge, andere wiederum schwenkten eine

Fahne, auf deren weißem Hintergrund eine schlichte rote Rose aufgedruckt war und die ich als die Flagge der Isle of Roses erkannte. Ich schämte mich, es zuzugeben, aber ich fand sie hübsch.

»Oh, da ist er. Da ist er!«, jubelte Clarissa, als ein blumengeschmückter Rolls Royce zwischen dem perfekt gestutzten Rasen entlangrollte und vor dem Brunnen hielt. Aus dem Auto kletterten ein mit Schärpe dekorierter neuer Bürgermeister, eine aufgetakelte und bis zu den Ohrläppchen grinsende Lady Ashworth und ein etwas grüngesichtiger Lord Julian.

»Vielen Dank, vielen Dank!« Lord Ashworth hob die Hände, während einige der Bediensteten ihm sogar Rosen vor die Füße streuten. »Bereits übermorgen, während der Rosingtoner Frühlingsgartenschau, werde ich offiziell mein Amt übernehmen und gebe euch allen frei, damit ihr mit mir feiern könnt. Denn nur dank euch und eurer Unterstützung habe ich die Wahl gewonnen. Speziell Giles, Clarissa, Cooper und meine Buchhalterin Lily haben sich unentbehrlich gemacht.«

»Und natürlich Mr DeWitt, den dürfen wir keinesfalls vergessen«, ergänzte die Lady. Sie wandte sich ans Personal. »Mr DeWitt und seine wundervolle Tochter Lydia mussten bereits heute Morgen wegen eines dringenden Notfalls bis auf Weiteres die Insel verlassen, somit kann er unseren Sieg nicht auskosten.« Betrübt senkte sie den Kopf. »Wir sind mit unseren Gedanken bei ihm.«

Lady Ashworths Rede traf mich so unerwartet wie ein Blitz am heiteren Serienhimmel. Was sagte sie da? DeWitt und Lydia (und Blackwood, das war anzunehmen) hatten tatsächlich die Insel verlassen? Wegen eines dringenden Notfalls? Oder weil sie ahnten, dass sie verloren hatten und nun vor dem Gesetz büßen mussten? Hatte das Einsatzkommando der Polizei die DeWitts etwa nicht angetroffen, weil sie längst über alle Berge waren? Und wo zur Hölle steckte Jasper?

Unruhig taxierte ich den Himmel. Das Wetter war gut, aber das konnte unten am Hafen ganz anders aussehen. Hatte die Überfahrt stattfinden können? Mit Jasper, einer der Hauptfiguren an Bord? Das fand ich unwahrscheinlich, denn ich wusste, dass er schon mehrmals versucht hatte, die Insel zu verlassen, und jedes Mal kläglich gescheitert war. Also musste Jasper noch hier sein oder … oder die Serie hatte ihn, genau wie die DeWitts, freiwillig gehen lassen. Mein Herz wurde mit einem Mal schwer.

Ich musste mit Lord Ashworth reden. Aber das war nicht so einfach, wenn die Lady permanent um ihn herumschwirrte wie eine Kampfdrohne. Also musste ich mich in Geduld üben. Und hoffen, dass sich der nächste Cliffhanger noch etwas Zeit ließ.

Beim Abendessen wurde die politische Zukunft der Insel diskutiert. Oder eher das, was Lady Ashworth dafür hielt, denn sie hatte wieder mal ihre eigenen Pläne. Das Budget der Stadt sollte in einen aufwendigen Jahrmarkt (zu Ehren des Bürgermeisters), ein Erntedankfest (zu Ehren der Ashworths) und in den Verein zur Erhaltung der Traditionen investiert werden, den Lady Ashworth leitete. Das, was übrig blieb, stopfte man ihrer Meinung nach am besten in Benimmkurse und Etikette-Seminare für jedermann, weil Mr Goddard bei jedem Essen die Suppe schlürfte, Reverend Pemberton sich öffentlich im

Schritt kratzte und der alte Mr Watersborough beim Sprechen spuckte wie ein Wasserspeier.

Über Jasper fiel kein Wort. Wie auch schon am Tag seines Verschwindens wurde sein Fehlen geflissentlich ignoriert. Und doch musste Clarissa seinen Platz aufdecken und dort den Hauptgang auftragen, der vor sich hin dampfte, bis er irgendwann kalt wurde – ein sonderbares Zeichen, dass ihn seine Eltern noch nicht ganz abgeschrieben hatten.

Nach dem Dessert verabschiedete sich der Lord eilig ins Arbeitszimmer (Staatsgeschäfte warteten, und doch verschwand er mit der eingerollten Pferdezeitschrift unterm Arm), während die Lady ein neuerliches Gläschen Scotch kippte und sich im Bad der Schönheitspflege widmete. Selbst Julian, der sonst immer für ein Schwätzchen nach dem Essen aufgelegt war, wagte es heute kaum, mich anzusehen, verschwand mit einer Schachtel Kopfwehtabletten auf sein Zimmer und ließ mich mit der Gewissheit zurück, dass Lord Julian Ashworth zum ersten Mal in seinem Leben etwas peinlich war.

Es war ruhig im Haus, als ich kurz vor Mitternacht in Tante Gladys' Zimmer am Fenster saß und durch mein Tagebuch blätterte. Ungewöhnlich ruhig, ganz ohne DeWitt und Jasper, ohne laufende Verschwörungen, Intrigen und Geheimnisse, ohne Eheringe, die durch die Luft flogen und in Hundenäpfen landeten. War das Happy End etwa schon zum Greifen nah? Fehlte etwa nur noch ein letztes Puzzlestück, und zwar ein in eine neue Angebetete verliebter Julian-Mr-Perfect-Ashworth, und die Sache war geritzt? Nur fühlte es sich nicht so an. Es schien eher wie ... die Ruhe vor dem Sturm.

Meine Funktion als Kummerkastentante der Manhattan Riverside Academy hatte ich wegen Ashworth Park sträflich vernachlässigt, also hatte ich mir einige Briefe aus New York mitgeschmuggelt, um sie zu beantworten. Es waren Klassiker zum Thema Beziehungen und Aussehen dabei, aber auch schräge Dinge, wie: »Warum gibt es auf Facebook keinen Gefällt-mir-nicht-Button?«, »Auf welche Schule muss ich gehen, um YouTube-Star zu werden?« oder (verstörend) »Meine Mum bekommt Zwillinge, ist sie nun achtzehn Monate schwanger?«.

Trotzdem nahm ich mir die Zeit, um die Antworten säuberlich in meinem Tagebuch zu protokollieren, damit ich sie in der Schülerzeitung abdrucken konnte. Beim Lesen des letzten Briefes wäre ich beinahe eingenickt, als mich ein lautes Klirren am Fenster hochschrecken ließ.

Oje. Sofort witterte ich ein neues Drama. Einen nächtlichen Überfall. Einen Tornado. Oder eine Fledermaus, die gegen die Scheibe geflogen war. Allerdings klang es eher nach etwas Größerem … wie einer Eule.

Als ich die Vorhänge aufzog, entdeckte ich einen zentimeterlangen Riss in der Scheibe (Tante Gladys würde durchdrehen) und schließlich Jasper, der unten im Hof stand und im Regen mit einem zweiten Stein, groß wie ein Tennisball, ausholte.

Mann, dieser Junge schaffte es einfach nicht, mal nichts anzustellen.

»Nicht!«, schrie ich panisch. »Lass das!«

Jasper ließ den Stein sinken. »Oh, gut. Entschuldige die Störung«, rief er und leuchtete mit einer Taschenlampe zu mir hoch. Jasper war nicht alleine, ein regennasser Gatsby tänzelte um seine Beine. »Aber das Tor ist verriegelt, Giles schläft und ich will unten keinen Lärm machen.«

Aha. Dann doch lieber ein Wurfgeschossangriff.

»Na fein. Bleib, wo du bist. Ich mache auf«, verkündete ich, schlüpfte aus dem Rosennachthemd und stieg in die einzige Jeans, die ich auf Ashworth Park besaß. Dann prüfte ich mein Spiegelbild und machte mir die Haare zurecht (eher aus Reflex, nicht wegen Jasper, wirklich), bevor ich die Wendeltreppe nach unten nahm.

»Du bist also zurück«, stellte ich fest, als Jasper und ich uns gegenüberstanden. Ich betrachtete die drei dicken Taschen und seine ganze Fotografenausrüstung, die auf Gladys' Rasen lagen. »Ziehst du etwa wieder in dein altes Zimmer? Hattest du Ärger mit DeWitt wegen deiner verpatzten Rede? Und … sind die DeWitts wirklich von der Insel verschwunden? Hast du deinen Eltern etwa verziehen, dass sie dich belogen haben?«

»Können wir das bitte drinnen klären?« Zitternd folgte Jasper Gatsby ins Haus. »Ich kann mir keinen kälteren Winter vorstellen als einen britischen Sommer.«

Wir gingen in den Blauen Salon, wo Jasper Holzscheite in die Feuerstelle stapelte und sie mit einem Streichholz anzündete. Als das Feuer loderte, verschwand er in die Küche und kam schließlich mit zwei dampfenden Bechern zurück. Gatsby verkroch sich indes zufrieden in sein Hundekörbchen in der Ecke.

Jasper reichte mir einen Becher, setzte sich neben mich und zog die Beine an. »Hier. Ich weiß ja, dass du für Tee nicht allzu viel übrig hast.«

Ich traute meinen Augen kaum. Heiße Schokolade! Mit zwei Mashmallows darin! Das war ja fast wie in New York. Ich wusste nicht, wann ich in der Serie je glücklicher gewesen war.

Auch Jasper schien sich wohlzufühlen. Kein Wunder, die Polstermöbel hier waren wirklich weich, außerdem knisterte das Feuer so schön und tauchte den Raum in ein weiches

Licht. »Manches habe ich doch vermisst«, räumte er ein und ließ sich aufs Sofa fallen. »Hier ist es doch etwas schöner als in Roberts Wohnzimmer – all die grauenvollen Zierkissen mit Katzenmotiv und dann die altmodischen Topflappen.«

»Hmmhmm«, machte ich und nahm einen Schluck von der wunderbaren Schokolade. *So* übel fand ich DeWitts Wohnzimmer nicht. Das lag daran, dass grauenvolle Zierkissen und altmodische Topflappen für mich für immer untrennbar mit unserem Kuss verbunden sein würden.

»Aber in Roberts Cottage kann ich nun ohnehin nicht mehr zurück, denn Robert, Blackwood und Lydia haben heute Morgen die Insel verlassen«, erzählte Jasper weiter. »Robert wollte mir keine Gründe für die überstürzte Abreise nennen, aber ich fürchte, es liegt an mir.«

Ich blickte auf. »An dir?«

Jasper nickte. »Nun, da Robert Montgomery nicht länger auf seiner Seite weiß, musste er verschwinden. Und Montgomery ist nur deshalb so wütend auf Robert, weil er ihn für den Verfasser der Erpresserbriefe hält.«

»Bereust du die Sache mit den Briefen?«

Jasper sah ins Feuer. »Es war eine blöde Idee, aber letztlich konnte ich Montgomery schlecht vor versammelter Mannschaft bloßstellen. Aber ich werde ihm nicht verzeihen, dass er mir nie von meinem leiblichen Vater erzählt hat.« Sein Blick wanderte zu mir. »Ich bin wieder hier, aber nicht, weil ich zurück in den Kreis der Familie möchte. Was sich verändert hat, bleibt … unverändert.«

Ich schluckte. Er hatte also nicht die Seiten gewechselt. Trotzdem kapierte ich es nicht. Warum war Jaspers hier, wenn sich nichts verändert hatte? »Aber ich dachte, DeWitt hätte dir sein Wort gegeben und wollte dich von der Insel fortbringen?«, erkundigte ich mich. »Oder steht er nicht mehr zu seinem Wort, nachdem du ihn im Rathaus hängen gelassen hast?«

»Natürlich will er mich immer noch bei sich haben. Ich bin sein Sohn«, entgegnete Jasper beinahe empört, als wäre es ein Skandal, dass ich dem Serienschurken Betrugsabsicht unterstellte. »Aber ich habe abgelehnt und um einen Aufschub gebeten.«

»Einen Aufschub? Ich dachte, du wolltest nichts lieber als weg.«

Jasper ließ den Kopf hängen und lachte, als hätte ich etwas Süßes und gleichzeitig ungeheuer Dummes gesagt. »Oh, Abby! Das haben wir doch schon gestern Abend im Rathaus diskutiert. Du weißt, ich wollte weg, nichts mehr als das. Aber nachdem du mich im Cottage aus heiterem Himmel geküsst hast, konnte ich doch nicht gehen. Nicht, weil ich das dreistündige Terror-Zeremoniell vermisse, das sie hier Abendessen nennen. Oder die Scotch-Versteckspiele mit meiner Mutter. Oder das Klingeln im Ohr, wenn sie wieder austickt. Sondern schlichtweg wegen dir.«

Ich schluckte. Jasper war wirklich unglaublich. Nicht nur wegen den zerzausten nassen Haaren, den Augen und dem tollen Lächeln – sondern auch wegen der Art, wie er mit mir sprach. Er war sich sicher, dass zwischen uns alles gut werden würde. Er hatte nur keine Ahnung, wie trostlos es für uns in Wahrheit aussah.

»Aber dann wurde mir klar, dass du auch nicht ewig hierblieben wirst, nicht wahr?«, fragte er jetzt und griff nach meiner Hand. Wie auf Trevors Dachterrasse fädelten sich seine Finger ganz automatisch in meine.

»Du musst zurück nach New York. Und auch ich werde mit Robert von der Insel weggehen, wenn er zurückkommt, um mich zu holen. Und deshalb habe ich nachgedacht. Robert wollte immer schon weg aus England und ich habe überlegt, ob er und ich nicht nach New York gehen könnten. Seit einiger Zeit denke ich, dass New York ein wirklich guter Platz für mich wäre.«

»Nach New York?«, echote ich ungläubig und zog meine Hand wieder weg. Jasper wollte also nach New York. Weil ich ihn neulich in meine Welt mitgenommen hatte, träumte er nun von New York. Möglich wäre es für ihn – wenn er tatsächlich von der Insel wegkäme, gab es in seiner Parallelwelt, jenseits des Hafens, vielleicht auch eine Stadt namens New York. Aber das war doch trotzdem nicht *mein* New York. Gott, war das alles verwirrend.

»Ja. Nach New York.« Jasper hob die Hand und streichelte damit sanft über meine Wange. Das Licht des Feuers ließ seine Wangen glühen, seine Augen strahlten. »Doch vorher musste ich herausfinden, ob wir zusammen sein können.«

Ich saß da wie schockgefroren. Was war denn das jetzt auf einmal? Wollte mich hier irgendjemand testen? Dieser Abend, das knisternde Feuer, Jaspers Hand, die über meine Wange strich, alles war beinahe so perfekt romantisch, dass es mich Kraft kostete, dagegen anzukämpfen – auch wenn ich meinen Verstand zu gerne wieder auf Stand-by geschaltet hätte, wie neulich zwischen den Kätzchenkissen. Doch das durfte kein zweites Mal geschehen, war die Aussicht darauf auch noch so verlockend.

Jasper war eine Serienfigur. Man schmiedete doch keine Zukunftspläne mit einer Serienfigur! Zudem hatte Deborah striktes Serienfiguren-Kussverbot verhängt. Womöglich war es endlich Zeit, Deborah und Morgan zu beweisen, dass ich Klarschiff machen konnte.

»Ich glaube, das ist keine so gute Idee«, murmelte ich mit einem Kloß im Hals und starrte dabei, so fest ich konnte, in meine leere Tasse. Niemals hätte ich gedacht, dass es so schwer werden würde.

»Stimmt. Das war einen Gang zu schnell, nicht wahr?« Jasper fuhr sich hektisch durchs Haar. »Okay, vergiss New York. Das war blöd. Ich habe eine bessere Idee. Wir nutzen die Zeit, solange wir hier sind, tauschen Telefonnummern und sehen, wie es sich danach –«

»Wir können nicht zusammen sein«, unterbrach ich ihn schroff. Es brach mir das Herz, aber ich musste Clarissas Ratschlag folgen. Klare Worte. »Nicht heute, nicht morgen, nicht in New York. Niemals.«

Okay. Das *waren* klare Worte. Jasper rückte von mir ab und schluckte, sein Blick war unergründlich, seine Augen dunkel.

Ich griff nach seiner Hand. »Aber es hat wirklich nichts mit dir zu tun, sondern –«

Jasper lachte bitter und zog seine Hand weg. »Sondern mit dir. Schon klar«, knurrte er.

Mist. Ich hatte gehofft, der Spruch würde in der Serienwelt nicht ganz so abgedroschen klingen, aber in der Hinsicht waren sich die Welten leider ähnlich.

»Und jetzt bring *bitte* nicht auch noch dieses Wir-können-Freunde-bleiben-Ding.«

Ich schwieg. Das Wir-können-Freunde-bleiben-Ding konnte ich ihm getrost ersparen, denn eine Freundschaft über Welten hinweg würde nämlich ebenso wenig klappen.

»Verrätst du mir auch den Grund?« Jasper war aufgestanden. »Oder ist das wieder eins deiner unergründlichen Geheimnisse, von denen du mir nichts verrätst, Abby Foster-Barrington-Whitley?« Er lachte traurig. »Tss. Und Julian nennt *mich* mysteriös.«

Ich schüttelte den Kopf. »Ich wünschte, ich könnte es.«

»Keinen Grund? Auch gut! Warum frage ich überhaupt noch?« Er schnaubte, als hielte er mich für einen schlechten Scherz. Unruhig wanderte er auf und ab. »Fein, wenn es das ist, was du willst. Ich werde dafür sorgen, dass wir uns nicht mehr begegnen. Getrenntes Frühstück, Lunch lasse ich aus und Abendessen bringt mir Clarissa unters Dach. Mich vermisst doch eh niemand. Würde das helfen?«

Ich nickte mechanisch und kämpfte gegen die aufsteigenden Tränen. Als Gatsby dann auch noch von seinem Platz aufstand, mir seine schlabbrige Schnauze auf den Schoß legte und dabei jaulte, war es um meine Fassung geschehen. Verlegen senkte ich den Kopf.

»Verstanden. Wenn man jemanden liebt, tut man alles, was er verlangt«, erklärte Jasper zum Abschied, griff nach seiner leeren Tasse und schritt eilig aus der Tür.

Durch einen Tränenschleier starrte ich ihm einige Sekunden hinterher, bis meine Beine in ein altgewohntes Kribbeln verfielen. Gatsby hob neugierig den Kopf und sah mich mit seinen Hundeaugen an, doch bevor ich ihn am Kopf kraulen konnte, begann meine Hand stark zu flackern. Keine zwei Sekunden später war ich weg.

4

Zurück im Wohnzimmer hockten Deborah und Morgan mit einer Riesenschüssel Popcorn auf der Couch und schluchzten sich die Seele aus dem Leib. Ich wusste wirklich nicht, wann ich Deborah zum letzten Mal hatte heulen sehen, abgesehen von dem Tag, als Mum einen wurmigen Apfel, einen pelzigen Käse und einen grün geflecktes Brot weggeworfen und sich das Zeug als Deborahs Schimmelforschungsprojekt herausgestellt hatte.

»Oh, Abby!« Morgan fiel mir in die Arme und drückte mich fest an sich. Ihre verlaufene Schminke verteilte sich nun auf meinem Shirt. »Das war ja so unendlich tragisch, ich dachte, ich werd nicht mehr.«

»In der Tat.« Deborah schniefte verlegen. »Mich hat's auch erwischt.«

Morgan ließ mich los und legte sich die Hand aufs Herz. »Wenn man jemanden liebt, tut man alles, was er verlangt«, wiederholte sie Jaspers Worte und schluchzte vor Rührung. »Jasper ist einfach unglaublich. Und er liebt dich, ach herrje, und wie er das tut. Erst hat er seinen Vater nicht ruiniert, bestimmt nur wegen dir. Und er sah absolut süß aus, wie er da so hilflos am Podium stand, so hin- und hergerissen. Und dann war da dieser Brand und es wurde plötzlich so gefährlich und spannend … Und dann hat Jasper dich im Keller gefunden und gerettet …« Sie schüttelte sich. »War das alles aufregend!«

Ich hob eine Augenbraue. Wie schön, dass sie vor der Glotze so viel Spaß gehabt hatten, während ich mich abgerackert und mir vor Angst beinahe in die Hosen gemacht hatte. Plus: Dieses Mal hatte ich mich selbst gerettet, nur fürs Protokoll.

»Du warst echt eiskalt. Hätte nicht gedacht, dass du dieses Herzensbrecher-Ding so draufhast«, murmelte meine Schwester und klang vorwurfsvoll. (Vorwurfsvoll? Miss Du-musst-knallhart-den-Stecker-ziehen machte mir Vorwürfe? Ging es ihr noch gut?)

»Ich fürchte, du hast ihm wirklich das Herz gebrochen«, stimmte auch Morgan zu.

»Oh ja, hast du.« Deborah zückte die Fernbedienung. »Ich konnte es brechen sehen, in Minute 45:37. Soll ich es dir zeigen?«

»Ach, Morgan. War es falsch?«, rief ich verzweifelt und ignorierte Deborahs Vorschlag. »Hätte ich es nicht tun sollen? Sag es ruhig. Ich hätte es nicht tun sollen, nicht wahr? Ich bin ein eiskaltes Monster, erbarmungslos wie ein Bulldozer.«

Deborah wackelte unschlüssig mit dem Kopf. »Es war schon ein echter Tritt in die Weichteile, aber nichts, was das männliche Geschlecht im Allgemeinen nicht verdient hätte, so chauvinistisch und respektlos, wie sie uns Frauen gelegentlich behandeln«, behauptete sie und nahm einen Schluck von ihrem Tee. »Betrachte es als eine Art Rache an den Männern. Außerdem war es notwendig. Du weißt, warum.«

Ach du liebes bisschen. War es wirklich so schlimm gewesen? Und ließ Deborah gerade wegen ihres eigenen verpfuschten Liebeslebens stellvertretend Jasper leiden? Und wer sagte eigentlich, dass Jungs besser über Liebeskummer hinwegkamen als Mädchen?

»Ich fühle mich zwar miserabel, aber ihr habt wohl recht«, gab ich mich schließlich geschlagen und unterdrückte ein Gähnen. Ich war unsagbar müde, auch wenn ich nicht wusste, ob ich je wieder würde schlafen können und ob Jaspers Worte je aufhören würden, sich wie eine Endlosschleife in meinem Kopf zu wiederholen. »Irgendwann wird DeWitt zurückkommen, seinen Sohn von der Insel holen und Jasper wird froh sein, dass es kein Mädchen gibt, das ihn zurückhält.«

»DeWitt?«, murmelte Deborah, während sie sich eine Handvoll Popcorn in den Mund stopfte und einen Eiscreme-Werbespot im Fernsehen guckte. »Aber der ist doch gar nicht weg.«

Ich erstarrte. Was? WAS? Was sagte sie da?

Morgan verpasste Deborah einen Rempler. »Abby hat das doch gar nicht gesehen, du Genie.« Sie wandte sich an mich. »Komm schon, Abby, jetzt setz dich wieder. Du hast ja wieder mal nur die Hälfte mitbekommen, während deiner emotionalen Achterbahnfahrt.«

»Ist das wahr, Deborah?« Meine Müdigkeit war plötzlich verflogen. »DeWitt ist noch auf der Insel? Konnte er sie etwa nicht verlassen? Wegen des Sturms im Hafen?«

»Keine Ahnung, ob er kann. Gewollt hat er jedenfalls nicht«, meinte meine Schwester.

Mein Hals schnürte sich zu. Natürlich war die Sache noch nicht ausgestanden. Der Serienschurke würde doch nicht einfach so klein beigegeben und mitsamt seinem hirnverbrannten Handlanger das Weite suchen. Seine Mission auf der Isle of Roses war noch nicht beendet. Natürlich nicht. Wie konnte ich nur so dumm sein, das anzunehmen?

»Und wo hält er sich jetzt auf?« Ich schluckte.

»Das weiß man nicht so genau.« Morgan ließ den Kopf hängen. »Jedenfalls nicht mehr im Cottage. Lydia, DeWitt und Blackwood sind irgendwo hingefahren, da waren nur viele Schafe, viel Gras und ein paar Bäume. Und es hat geregnet –«

»Zu den Ländereien des Cottages zählen unter anderem verpachtete Grundstücke«, schnitt Deborah Morgan das Wort ab, ohne mit der Wimper zu zucken. »Grundstücke, die zur Schafzucht genutzt werden und auf denen sich mehrere stillgelegte Farmen befinden. Es sind ein Dutzend an der Zahl und selbst ich, die ich die geografischen Gegebenheiten der Insel bestens kenne, kann die Auswahl nur schwer eingrenzen.«

Morgan schnitt eine Grimasse.

»Verstehe«, murmelte ich konzentriert. Cool bleiben und nachdenken, Abby. Die Serie musste uns doch brauchbare Hinweise liefern. »Habt ihr gesehen, was sie vorhatten? Die sind doch nie und nimmer in die Pampa rausgefahren, um Schafe zu hüten.«

»DeWitt hat von dort aus beim Floristen in Rosington Lilien bestellt. Aber dass er das als Bobby Mason gerne tut, wissen wir schon. Also nichts Neues«, meinte meine beste Freundin. »Wobei, heute lag den Lilien ein Brief bei, aber der war nur ganz kurz im Bild, wir konnten ihn nicht lesen. Vermutlich standen nur irgendwelche schnulzigen Liebesversprechen darin.«

Deborah sah uns an. »Und wenn nicht?«

Morgan hob die Schultern. »Wir können es nicht herausfinden.«

»Oh Mann, bin ich dämlich!«, rief Deborah. Morgan und ich starrten uns an, weil man das nicht allzu oft zu hören bekam. »Wir machen es einfach genauso wie neulich, als wir Jaspers

Erpresserbrief lesen wollten.« Meine Schwester schnappte sich die Fernbedienung. »Wir gehen auf Standbild. Und dann hoffen wir, dass DeWitt nicht allzu krakelig schreibt.«

Gesagt, getan. Deborah suchte die Szene, in der DeWitt, Blackwood und Lydia in eine freistehende, ziemlich windschiefe Farm einzogen (und übersprang dabei alle Jasper-Szenen, etwas, das ich ihr wirklich hoch anrechnete!), und spulte an die Stelle, wo DeWitt bei Kerzenlicht Briefpapier zückte, um Cordelia zu schreiben. Mit offenem Hemd und nachdenklicher Miene saß er da und drehte den Füller zwischen den Fingern.

»Oh, na das ist ja mal eine romantische Atmosphäre für einen Liebesbrief«, schnurrte Morgan.

Wir hatten schon mehrmals eingeräumt, dass DeWitt tatsächlich richtig gut aussah, mit seinen breiten Schultern und der Ähnlichkeit mit George Clooney, aber seit wir wussten, dass er sich dafür unters Messer gelegt hatte, war sein Sexappeal ein wenig geschrumpft.

»Halt. Das ist der Brief«, befahl Deborah bei Minute dreißig. »Wartet, ich lese vor: Liebste Cordelia, schönste aller Rosen, Lilie meines Herzens.« Sie würgte und sah uns an. »Sein Balzverhalten ist so schleimig wie seine Haarpracht.«

»Weiter«, drängte ich.

»Über Jahre hinweg war mir nur eins beschieden«, las Deborah weiter. »Ein nicht enden wollender, schmachvoller schriftlicher Austausch mit dir, der meinen Durst nach dir nicht zu stillen vermochte.«

»Uaaagh«, riefen Morgan und ich. Das war ja ekelig. Grotesk. Abartig.

»Ruhe«, befahl Deborah und kniff die Augen zusammen.

»Bla, bla, bla, verzehrende Liebe, pochende Herzen, alles überschattendes Verlangen … Ihr verzeiht, ich überspringe das. Puh, aber hallo, das liest sich ja wie einer von Mums Schundromanen. Ach ja, jetzt wird's wieder interessant.« Sie räusperte sich und sprach mit feierlicher Stimme: »Ich bin nun bereit, dir gegenüberzutreten, mich dir zu offenbaren und dich an meinem größten Geheimnis teilhaben zu lassen.«

»Oho«, machte Morgan gespannt und flatterte mit den Wimpern.

»Hm.« Deborah pausierte. »Triff mich, liebste Cordelia, und sieh, wer ich wirklich bin. Lass uns neu beginnen und gemeinsam durchbrennen – du, ich und die Frucht unserer Liebe, die du mir vorenthalten hast.«

»Jasper?«, quiekte ich.

»Den meint er damit wohl.« Deborah schüttelte sich vor Ekel. »Nun denn, mir bleibt nichts mehr übrig, als zu hoffen, dass du mich erhörst. Nimm den Jungen mit und triff mich morgen, bei Sonnenuntergang, während der Frühlingsgartenschau am Hafen. Dein dich für immer und ewig liebender Bobby Mason.«

»Autsch«, machte ich. »Also will er gar keine Rache. Sondern Liebe.«

»Wie rührend, mir kommen die Tränen«, knurrte Morgan sarkastisch. »Allerdings ist er bereit, für seine Liebe mit harten Bandagen zu kämpfen. Ob der Scotch noch Gehirnzellen übrig gelassen hat, damit Cordelia sieht, dass das eine äußerst dumme Idee wäre?«

»Ich weiß es nicht. Aber wenn DeWitts Plan aufgegangen und der Lord öffentlich gedemütigt worden wäre, hätten wir längst keine Chance mehr«, kombinierte Deborah. »Das ist dein Verdienst, Abby. Hättest du nicht eingegriffen, wäre die Ehe der Ashworths längst zerstört.«

Eigentlich war es Jaspers Verdienst, der das Geheimnis zurückgehalten, und Gladys' Verdienst, die den Brand verursacht hatte, aber weil es viel zu selten vorkam, dass Deborah mich lobte, kostete ich die Lorbeeren aus.

»Und trotzdem ist es längst noch nicht überstanden«, machte mir meine Schwester klar. »Mit Lord Ashworth als angesehenem Bürgermeister ist die Ausgangslage nun besser, doch die Ehe ist längst nicht wieder stabil. Nach diesem Brief müssen wir damit rechnen, dass Lady Ashworth es in Betracht zieht, DeWitts Angebot anzunehmen. Also darfst du sie keinesfalls aus den Augen verlieren und musst sie daran hindern, mit ihm durchzubrennen. Und sieh zu, dass DeWitt oder Blackwood nicht im Herrenhaus aufkreuzen. Und halte dich von Jasper fern. Und verkupple Clarissa und Cooper. Und kümmere dich um Julian, damit der endlich seine Traumfrau findet.«

Und. Und. Und. So viel zum Thema Auskosten der Lorbeeren.

»Alles zu seiner Zeit, Deborah, alles zu seiner Zeit«, vertröstete ich sie und machte mich auf ins Bett. »Ich werde mir über all das den Kopf zerbrechen, aber nicht morgen. Denn morgen habe ich Geburtstag.«

Wirklich. Mit fünfzehn Jahren sollte man andere Probleme haben. Das passende Profilfoto auf Facebook. Pickelbekämpfung. Zu wenig Taschengeld für den neuesten Lippenstift.

Oder Liebeskrisen mit dem anderen Geschlecht, vorzugsweise aus DIESEM Universum.

Ich allerdings verbrachte meinen Geburtstag mit endlosen Grübeleien über Jasper und Ashworth Park. Ich dachte darüber nach, ob die Reisen in die Serie jemals enden würden und ob ich je wieder ein normales Leben führen konnte, während ich vorgab, glücklich zu sein, mich von den Mädchen meiner Klasse zum Geburtstag drücken ließ und meine Geschenke auspackte. Morgan hatte ein ganz spezielles für mich.

»Ich gebe dir noch einen Hinweis«, verkündete sie, als der Unterricht vorüber war und wir über die Park Avenue bis zur U-Bahn bummelten, wo ich Mum und Deborah zum Einkaufen treffen sollte. Schon den ganzen Tag über tat Morgan besonders geheimnisvoll, und anstatt mir das Geschenk einfach zu überreichen, machte sie ein Ratespiel daraus.

»Es ist pelzig«, sagte sie jetzt und leckte an ihrem Lolli. »Und äußerst rar.«

»Ein Berggorilla zur Adoption?«, riet ich. Inzwischen hatte ich schon beinahe alles durch und klang etwas genervt.

»Okay, okay, vergiss die Sache mit pelzig, das führt dich auf die falsche Fährte.« Sie überlegte. »Ich gebe dir einen anderen Tipp. Wir haben schon ewig davon gesprochen, aber haben es nie geschafft, da reinzukommen.«

Uh. Da gab es aber viel. »Die angesagte Cocktailbar im fünfundfünfzigsten Stock, in die sie keine Teenager lassen, den Super-Sale bei *Macy's*, für den man eine Eintrittskarte braucht, oder das geheime Pausenbuffet in der Schule, wo es Schokotörtchen nur für Lehrer gibt?«, zählte ich auf.

»Nein, nein, alles falsch. Okay, neuer Tipp. Der wird es dir jetzt verraten.« Morgan holte tief Luft. »Es ist eine Sache, die wir beide noch nie gemacht haben, aber es uns vorgestellt haben, wie es wohl wäre, das einmal mit einem Jungen zu tun.«

Ich wurde so rot wie eine Tomate, weil mir jetzt auf die Schnelle nur diese eine Sache einfiel. »Okay, Morgan, ich weiß wirklich nicht, was das für ein Geschenk ist, aber –«

»Wir gehen ins Musical, du Dussel!«, jauchzte sie und vollführte ein kleines Tänzchen auf dem Bürgersteig. »Du, ich, Trevor und Jake! Wir haben zusammengelegt und für uns alle für morgen Karten in der ersten Reihe gekauft.«

»Oh. Das ist aber cool«, sagte ich. Ins Musical wollte ich wirklich schon echt lange. »Aber warum sagtest du denn vorhin etwas mit pelzig –«

»Wir gehen in *Cats*!«

»Ah.« Alles klar.

»Und es ist sogar eine Nachmittagsvorstellung, wegen deines Problemchens.«

»Gut.« Wie umsichtig von ihr. Problemchen nannte ich meine Seriensprünge schon lange nicht mehr, außerdem hatte ich gehofft, die geplante Verkupplungsaktion mit Trevor würde nicht sofort beginnen. Aber, hey? Ich würde mich nicht beschweren. Wir gingen ins Musical!

Mum hingegen überreichte mir ihr Geburtstagsgeschenk ohne Umschweife. Es war eine Shoppingkarte für eine Mall in Downtown und die einzige daran geknüpfte Bedingung war, dass ich das ganze Geld sofort und ohne zu zögern dort verprassen sollte. Ich liebte meine Mum.

Und so besorgte ich mir zuerst einen neuen Bikini, dann einige Horrorfilm-DVDs für mich und Morgan sowie ein Spielzeug aus dem Tiergeschäft für Pebbles. Und als anschließend Geld übrig blieb, kaufte ich auch noch eine glitzernde Haarspange für Clarissa (sie liebte alles aus New York), eine Hutnadel für Tante Gladys und einen Gedichtband für Julian.

Ich wusste, dass ich damit ein Risiko einging. Nachdem Jasper irrtümlich in New York gelandet und Deborah das Multiversum schon hatte kollabieren sehen, hatte meine Schwester mir strengstens verboten, erneut Personen oder auch nur Gegenstände zu transportieren. Personen hatte ich natürlich nie wieder mitgenommen, doch die Sache mit den Gegenständen hatte ich schon mehrmals nicht eingehalten. Manche Dinge waren eben unentbehrlich, außerdem graute es mir, in der Serie nach Ohrenstäbchen, Pickelsalbe oder Tampons zu fragen.

Doch Deborah bekam heute gar nichts von meinem Shopping-Beutezug mit. Immer wieder starrte sie frustriert auf ihr Handy, schimpfte, hielt es in die Luft und schaltete es aus und ein. »Verdammtes Ding«, fluchte sie, als wir eine Pause einlegten und uns Frozen Yogurt kauften. »Irene wollte mir die Ergebnisse aus Darstellende Geometrie per SMS schicken, aber das dumme Gerät spinnt schon seit Tagen.«

»Meins auch«, sagte Mum. »Ich frage mich, wie man denn am Nabel der Welt, in Downtown New York, keinen Empfang haben kann.«

Mein Handy hatte neulich auch nicht funktioniert, aber ehrlich gesagt, hatte mich das nicht gestört. Auf Ashworth Park war das Ding ja auch für die Tonne und irgendwann lernte man, sich von der Handysucht zu befreien. Bei Deborah würde das allerdings noch eine Weile dauern, denn sie besaß eine Reihe merkwürdiger Apps wie einen Molekülbetrachter, einen Anagrammgenerator und einen Dezimalzahlenkonverter.

»Seht mal, da ist ein Elektroladen. Vielleicht können die mir helfen«, verkündete Deborah und steuerte auf einen Shop mit

Bildschirmen, Handys, Kameras und Videos im Schaufenster zu. »Wartet hier, okay? Ich bin sofort wieder da.«

Na fein. Mum und ich betraten gemeinsam mit Deborah den Laden und blieben vor den Fernsehgeräten stehen, auf denen das neueste Musikvideo von One Direction über unzählige große und kleine Bildschirme flackerte.

»Liebes, ich weiß, es war für dich und deine Schwester eine ziemliche Überraschung, dass ich mich mit Fred treffe«, begann Mum vorsichtig und löffelte ihr Frozen Yogurt. »Deborah war ebenso irritiert, als ich ihr davon erzählt habe.«

Irritiert? Deborah war sprichwörtlich in die Luft gegangen. Ihr war es nicht so sehr darum gegangen, dass Mum uns ihren neuen Freund verheimlicht hatte, sie hatte sich viel mehr darüber beschwert, dass Mum eine bessere Partie hätte machen können. Meine Schwester hatte Angst, dass ein potenzieller Stiefvater mit Job im Donutladen für Yale oder Harvard ein K.-o.-Kriterium war. Deborah war manchmal furchtbar snobistisch.

»Bestimmt mag sie ihn, wenn sie ihn besser kennt«, heiterte ich Mum auf.

»Vielleicht«, antwortete Mum und starrte auf die Fernsehbildschirme.

»Und nun die Vorschau für morgen«, verkündete die Wetterdame im Fernsehen soeben. Im Hintergrund erschien die eingeblendete Karte einer Insel, die eindeutig nicht Manhattan war. »Für die Frühlingsgartenschau in Rosington morgen erwarten wir strahlenden Sonnenschein und ein Hochdruckgebiet über der ganzen Isle of Roses. Wieder einmal konzentriert sich die Schlechtwetterfront nur über dem Hafengebiet. Ich denke, es wird unseren neuen Bürgermeister, den dreizehnten Earl of Rosington, freuen, dass die Preisverleihung für das fetteste Schwein der Insel nun im Freien stattfinden kann.«

Meine Knie wurden plötzlich zu Butter.

»Huch. Na, das ist ja witzig«, meinte Mum und blickte mich interessiert an. »Das klingt ja wie der Wetterbericht bei Ashworth Park.«

In diesem Moment trat Deborah zu uns. »Keine Chance, Leute. Die meinten, dass es in New York seit Tagen Netzausfälle gibt und keiner so recht weiß, was –« Deborah brach ab und blickte mich an. »Abby, du siehst blass aus, war dein Frozen Yogurt nicht gut? Ich sagte ja, du sollst dir keinen mit Gummibären-Topping bestellen, aber du –«

»Sieh mal, Deborah, das ist ja mal eine originelle Idee, um unsere Lieblingsserie Ashworth Park zu bewerben. Ein Wetterbericht von der Isle of Roses«, fiel Mum ihr ins Wort und deutete auf einen der riesigen Flachbildschirme. »Auf der Wetterkarte da ist sogar das Herrenhaus der Ashworths eingezeichnet. Oh, ich vermisse die Serie, ich würde so gerne mal wieder eine Folge sehen.«

Wie vom Donner gerührt starrten Deborah und ich uns an und zum ersten Mal, da war ich mir sicher, dachten wir exakt das Gleiche: Wenn nur wir die Serie sehen konnten und von ihr wussten – warum zur Hölle lief der Wetterbericht für die Isle of Roses in der Mall?

»Was hat das zu bedeuten?«, wisperte ich Deborah zu, während Mum weiterhin amüsiert dem Wetterbericht folgte. Einige Kunden blieben stehen und runzelten die Stirn, während ein kleines Mädchen ihren Dad nach der Isle of Roses fragte und der zugab, noch nie davon gehört zu haben.

Deborah schluckte. »Ich weiß es nicht.«

»Ist das … ein Fehler im Universum?«

»Vielleicht ist es das … Oh, es ist schon wieder vorbei.«

Nun brachte der Sender einen Sportüberblick des vergangenen Tages. Ein Sprecher in einem ganz anderen Studio verkündete, dass die New York Yankees die Boston Red Sox mit 7:3 geschlagen hatten und sich nun für die Play-offs qualifizierten.

Die Aufregung steckte mir immer noch tief in den Knochen, als wir den Elektroshop hinter uns ließen und weiter durch die Einkaufspassage schlenderten. Darum hätte ich auch beinahe nicht zugehört, als Mum munter vor sich hin quasselte, die tolle Ausstattung der Serie lobte, über ihre Lieblingsfiguren sprach und schließlich etwas erwähnte, das meinen Schockzustand von vorhin weit verschlimmerte.

»Findet ihr es nicht auch toll, dass mal etwas Werbung für diese wunderbare Serie gemacht wird?«, meinte sie schließlich, als wir aus der Mall zurück zur U-Bahn liefen. »Ich habe viele Leute danach gefragt, aber keiner hat die Serie bis jetzt geguckt oder auch nur gekannt. Außer Fred, der ist ein mindestens genauso großer Fan. Er kennt jede Episode. Wie ich schon sagte, wir haben echt viel gemeinsam.«

Deborah ließ ihr Frozen Yogurt fallen. Ihr Goji-Beeren-Topping verteilte sich auf den Fliesen.

»Oh, wie ungeschickt!« Mum kramte in ihrer Handtasche. »Habt ihr ein Taschentuch dabei? Ich mache das schnell sauber und dann –«

»Was hast du da gerade gesagt, Mum?« Mein Frozen Yogurt hatte ich nicht fallen lassen, aber nur weil ich mich panisch mit beiden Händen daran festklammerte. »Fred schaut auch Ashworth Park?«

»Oh, er lebt dafür.« Mum grinste. »Ihr könnt ihn echt alles dazu fragen. Wann das Herrenhaus erbaut wurde. Welchen Rasensamen der Gärtner streut. Ich wette, er weiß mehr über Tante Gladys' Ehemänner als Tante Gladys selbst. «

Deborah und ich fixierten Mum. Crazy Fred schaute die Serie? Konnte das wirklich sein? Und wenn ja, war er ein zufälliger Zuschauer? Allerdings hatte Tante Gladys neulich gesagt, dass dieser mysteriöse Typ namens Horatio Eversmith nur Auserwählten, die in der Serie landen sollten, die richtige Frequenz am Gerät einstellte. Und wenn Crazy Fred nun die Serie schaute, bedeutete das etwa, dass er mich in der Serie gesehen hatte? Hätte er Mum nicht davon erzählen müssen? Ich spürte, dass wir da auf etwas ganz Großes gestoßen waren.

»Ich glaube, ich habe plötzlich Lust auf einen Donut«, presste Deborah zwischen den Zähnen hervor und verpasste mir nicht ganz unauffällig einen Rempler. »Ob Fred heute im Laden ist?«

»Leider nein«, meinte Mum. »Er hat heute frei.«

Deborah schnaubte. »Aber du weißt bestimmt, wo er wohnt, nicht wahr, Mum?«

Mum schüttelte den Kopf. »Wir haben uns immer auswärts getroffen, er hat mich noch nie zu sich eingeladen. Aber die Mitarbeiter bei *Benny's Donuts* wissen es bestimmt.«

Die Idee war nicht schlecht. Zum Glück ließ sich Mum überreden, nachmittags nicht in den geplanten Horrorfilm zu gehen (ihr graute ohnehin davor), sondern stattdessen zu *Benny's Donuts*. Als Mum Donuts und Getränke bestellte, schlichen wir uns hinter die Theke und suchten Ben, Freds Aushilfe.

Es dauerte ein Weilchen, bis Ben Crazy Freds Adresse rausrückte. Erst weigerte er sich, sie uns zu geben, doch als ich schon kehrtmachen wollte, zog Deborah ein Ass aus dem Ärmel: Aufmerksam, wie sie war, hatte sie bemerkt, dass Ben ohne Handschuhe in die Donutperlen griff, und so erzählte sie ihm von Eugene aus ihrem Biokurs, dessen Vater beim Gesundheitsamt arbeitete. Und dass es bis zu ihr durchgesickert sei, dass er eine unangekündigte Hygienekontrolle bei *Benny's* durchführen wollte und sie Crazy Fred ganz dringend vorwarnen musste.

Ich half ihr und jammerte, dass wir es uns nie verzeihen würden, wenn das *Benny's* geschlossen werden würde, und da offenbar auch Ben keinen Plan B in Sachen Job besaß, rückte er schließlich die Adresse raus. Es war nicht Freds Wohnadresse, sondern eine Adresse, an der sich Fred in seiner Freizeit gerne aufhielt.

»Verdammt, sind wir gut«, freute sich Deborah und steckte den Zettel ein. »Los, wir hauen uns jetzt einen Donut rein, schütteln Mum ab und fahren zu dieser Adresse da. Und dann knöpfe ich mir Crazy Fred vor, und das nicht nur, weil er unsere Mum trifft, das kann ich dir versprechen.«

5

Deborah musste sich noch gedulden. Die Adresse führte nach Downtown Manhattan zu einem zugemauerten U-Bahn-Eingang.

»Das kann unmöglich die richtige Adresse sein«, schimpfte sie und schlug auf den riesigen Stadtplan ein, den wir kostenlos bei der Touristeninformation bekommen hatten. »Wer findet sich mit diesen unpraktischen Plänen denn noch zurecht? Versuch noch mal, ob deine Handynavigation funktioniert. Dann geben wir's da ein.«

»Nö. Kein Empfang, keine Navigation«, murmelte ich und sah mich um. Hinter dem zugemauerten U-Bahn-Schacht befand sich die prächtige City Hall mit ihren Säulen und Marmortreppen, umgeben von einem Park, in dem einige Wall-Street-Banker saßen und Hotdogs aßen. Ich betrachtete das rostige U-Bahn-Schild vor uns. »Was ist das hier eigentlich für eine merkwürdige Station?«

»Das ist die City Hall Station«, erklärte Deborah. »Beziehungsweise war sie das. Gebaut wurde sie 1904, doch nach dem Zweiten Weltkrieg wurde sie aufgegeben und liegt nun brach.«

Ich schluckte. »Soll das etwa heißen, Crazy Fred verbringt seine freien Tage in einem Geisterbahnhof? Das ist total verrückt.«

»Na ja, immerhin ist es Crazy Fred.«

»Aber wenn das stimmt, dann muss es doch noch einen anderen Weg in diesen Bahnhof geben.« Mir graute vor einem Ort, der seit siebzig Jahren verlassen dalag, gleichzeitig fand ich es irgendwie aufregend.

Deborah zerknüllte den Stadtplan und warf ihn in einen Mülleimer. »Vielleicht gibt es den tatsächlich«, murmelte sie in Gedanken versunken. »Als ich kürzlich in der U-Bahn-Linie sechs auf dem Weg nach Hause gelernt habe, habe ich vergessen, bei der Endstation Brooklyn Bridge auszusteigen. Der Zug macht dahinter eine Schleife, bevor er wieder in der Brooklyn Bridge Station hält, um in die andere Richtung zu fahren. Da drin, in der Wendeschleife, habe ich sie gesehen: die alte, verlassene City Hall Station. Das war wunderschön und gruselig zugleich. Als würde man durch die Zeit reisen.«

Ich bekam Gänsehaut. »Wir müssen versuchen, dorthin zu kommen. Vielleicht finden wir Crazy Fred da tatsächlich.«

Deborah nickte und führte mich bis zur Brooklyn Bridge Station, die Endstation der Linie sechs. Unten am Gleis fuhren alle fünf Minuten U-Bahnen ein, die Lautsprecherdurchsage verkündete die Endstation und alle Passagiere stiegen aus. Wie von Deborah prophezeit, verschwanden die leeren Wagen für rund eine Minute im Tunnel, ehe sie auf der anderen Seite wieder hervorrollten.

»Siehst du sie?«, fragte Deborah, ging an die Bahnsteigkante und lehnte sich so weit vor, wie sie konnte.

Ich nickte. Tatsächlich erkannte ich im Dunkeln des Tunnels die Ansätze eines alten Bahnsteigs, auf den schummriges Tageslicht fiel, als befände sich darüber ein Lichtschacht.

»Aber es gibt keinen Weg dorthin«, stellte Deborah fest,

nachdem sie die Wände der Station nach einer Tür oder einem Durchgang abgesucht hatte. »Endstation. Im wortwörtlichen Sinn.«

»Doch, den gibt es.« Ich deutete in den Tunnel. »Es sind doch nur wenige Hundert Meter.«

»Was? Bist du irre, Abby? Wir können doch nicht runter auf die Gleise steigen und durch den Tunnel laufen. Willst du nicht doch lieber warten, bis Crazy Fred morgen im Laden auftaucht? Dann können wir ihn uns noch immer vorknöpfen.«

»Aber jetzt sind wir schon so weit. Wenn wir uns beeilen, sind wir in dreißig Sekunden dort, und der nächste Zug kommt erst in fünf Minuten. Außerdem hätten wir den Vorteil, dass wir Fred auf kaltem Fuß erwischen«, gab ich zu bedenken. »Wer sagt uns, dass er uns bei *Benny's Donuts* morgen nicht irgendeine fadenscheinige Lüge auftischt? Wir müssen herausfinden, wer dieser Kerl wirklich ist. Allein schon Mum zuliebe.«

Deborah seufzte. »Schon gut, schon gut. Ich fasse es nicht, dass wir das tun. Dafür könnten sie uns in den Knast stecken.«

»Neben den Gleisen gibt es einen schmalen Pfad für Tunnelarbeiten. Den nehmen wir«, schlug ich vor. »Und wenn wir da drüben in der Ecke runterklettern, bekommt uns noch nicht mal die Überwachungskamera auf Band. Los, komm schon.« Ich gab Deborah keine Chance zu zögern. Oder eine Wahrscheinlichkeitsanalyse durchzuführen, ob es im Bereich des Möglichen lag, dass die Anzeige über uns log und der nächste Zug früher in die Station raste. Stattdessen schnappte ich sie, wir kletterten den knappen Meter vom Bahnsteig hinab auf die Gleise und folgten dem schmalen Pfad in den U-Bahn-Tunnel.

»Abby!« Deborahs Stimme hallte von den dunklen Tunnelwänden wider. »Ich glaube, zwei Fahrgäste alarmieren gerade die Stationsaufsicht. Wir bekommen Ärger. Wenn die mir eine fette Vorstrafe aufbrummen, komme ich nie auf ein gutes College. Dann muss ich auf eine State University und mache dort einen mittelmäßigen Abschluss. Oder noch schlimmer: Ich komme auf gar kein College. Und muss in *Benny's Donuts* an der Kasse sitzen.«

»Krieg dich wieder ein und mach schneller«, zischte ich. Deborah war nicht auszuhalten. Ich sorgte mich um mein Leben und um die überdimensional großen Ratten, die es hier bestimmt gab – und Deborah nur um ihre akademische Karriere. »Wir sind gleich da.«

Der Weg zur geschlossenen City Hall Station war tatsächlich nicht weit. Dort angekommen, kletterte ich auf den alten Bahnsteig, der sich kurvenförmig mehrere Hundert Meter nach hinten zog, klopfte mir den Dreck von der Jeans und blickte mich um. Über meinem Kopf befand sich ein wunderschönes Kuppelgewölbe aus Fliesen und Mosaiksteinen, außerdem fiel Sonnenlicht durch mehrere Oberlichter in den Bahnhof. Dazu gab es prunkvolle Kronleuchter, beinahe wie die von Ashworth Park.

»Der absolute Hammer, oder?«, erklärte Deborah, als sie sich neben mir auf den Bahnsteig hievte und ihre Panik wieder abgeklungen war. »Wie die Grand Central Station, nur im Miniformat. Fred hat echt Stil, wenn er hier seine Freizeit verbringt.«

»Fragt sich nur, wo er steckt«, wunderte ich mich. Der Bahnsteig lag menschenleer vor uns. Staub sammelte sich in den Ecken, vereinzelt entdeckte ich Graffiti. Einen kurzen Augenblick lang quälte mich der Verdacht, dass Ben uns womöglich bloß irgendeine Adresse gegeben hatte und wir für nichts und wieder nichts unser Leben riskiert und durch einen New Yorker U-Bahn-Tunnel gelaufen waren. Doch da hatte Deborah schon Witterung aufgenommen.

»Hörst du das?« Meine Schwester lief voran, einige Stufen hinauf, weg von den Gleisen, bis in einen tunnelförmigen Gewölbegang hinein, der an die Oberfläche zu führen schien. »Ich höre Musik. Spinne ich oder ist das etwa Bon Jovi, Mums Lieblingsband? Ich finde, deren Schmachtsongs sind echt überbewertet. Und, entgegen Mums Meinung, der Hintern des Frontmanns ebenfalls.«

Jetzt hörte ich es auch. Die hohen Wände aus Backstein verwandelten den Song *Living on a Prayer* zu einer ziemlich verzerrten Version seiner selbst. »Hier lang, Deborah. Das kommt von weiter oben. Oberhalb der Gleise muss es noch mehr Räume geben.«

Es dauerte nicht lange und wir fanden den Ursprung der Musik. Sie kam aus einem kleinen Radio in einem fensterlosen Raum, der früher wohl als Stauraum verwendet worden war. In den Ecken stapelte sich Elektroschrott, an der Decke flackerten Neonlampen und in den Regalen lagen Bücher, Zeitschriften und lose Zettel unordentlich übereinander. In der Mitte des Raumes befand sich ein chaotischer Schreibtisch plus Schreibtischstuhl, auf dem Crazy Fred sich soeben zurücklehnte, mit dem Fuß im Takt der Musik wippte und sich eine Käsepizza in den Mund schob.

»A…Abby? D…Deborah? Was zum … Ich meine, das ist ja eine nette Über… Huch!« Als Crazy Fred uns entdeckte, verlor er das Gleichgewicht, kippte nach hinten und krachte mit seinem Schreibtischstuhl rücklings auf den kalten Boden. »Autsch, verdammt.« Verdattert rieb er sich das Genick und betrachtete die Pizza im Staub. »Das war mein letztes Stück.«

»Tut mir leid«, erwiderte ich aus Reflex. Abgesehen von der Begegnung in Mums Wohnung hatte ich Fred noch nie ohne seine Uniform gesehen, aber auch in normaler Kleidung wirkte er nicht besonders attraktiv. Vor allem nicht in dieser ausgefransten Jeans, den Nike-Sneakers aus den Achtzigern und dem T-Shirt mit dem Motiv eines bekannten Countrysängers. Fred sah eher aus wie ein merkwürdiger Teenager, der es vorzog, nicht alt zu werden. Dafür sprachen auch die vielen Pickel in seinem Gesicht.

»Ist … ist irgendwas passiert? Geht es eurer Mum nicht gut?« Fred drehte das Radio ab und zog einige große Kisten heran. »Hier, nehmt doch Platz.«

»Mum geht es bestens«, antwortete ich und setzte mich, doch Deborah zog es vor zu stehen. Unauffällig schritt sie die Regale ab, als würde sie nach etwas suchen. »Wir sind wegen einer anderen Sache hier. Und zwar wegen einer Fernsehserie, aus der wir nicht ganz schlau werden.«

»Einer Fernsehserie?« Fred schüttelte verwirrt den Kopf. Wenn er hier gerade den Ahnungslosen spielte, dann machte er das richtig gut. »Wie könnte ich euch dabei helfen?«

»Jetzt tu nicht so unschuldig, du vermeintlicher Donutverkäufer. Du kennst die Serie nur zu gut!«, zischte Deborah scharf. Wir hatten nicht ausgemacht, mit ihm guter Bulle, böser Bulle zu spielen, aber offenbar war genau das Deborahs Plan. Immerhin war sie Mitglied des Theatervereins unserer Schule und liebte besonders die Schurkenrollen. Schon in der vierten Klasse hatte sie mit ihrer Version von Cruella De Vil die Hälfte der Zuschauer traumatisiert. »Die Rede ist von Ashworth Park. Wir wollen wissen, was du darüber weißt. Und zwar sofort. Sonst ... wirst du es bereuen! Bitter bereuen!«

Ich sah verlegen zu Boden, weil Deborah ihm so einheizte. Musste das sein? Andererseits konnte es gut sein, dass Fred uns an der Nase herumführte und tatsächlich so tat, als wüsste er von nichts. Zudem blieb die Frage, warum er sich in einer abgelegenen U-Bahn-Station versteckte und was das hier für ein merkwürdiger, mit Schott vollgestopfter Raum war. Sammelte Fred Elektroteile? War er einer dieser Typen, die nichts wegwarfen? Oder hatte er einfach nur nicht mehr alle Tassen im Schrank?

»Ashworth Park?« Fred schüttelte den Kopf. »Nie davon gehört. Ich habe mit eurer Mutter über eine ganz andere Serie gesprochen. Die heißt *Ashes to Ashes*. Das ist eine ziemlich üble Krimiserie. Vielleicht hat eure Mum das verwechselt. Allerdings verstehe ich nicht, warum ihr mich deswegen hier –« Er räusperte sich. »Leute, ich will nicht unfreundlich erscheinen, aber diese Adresse ist für Notfälle gedacht. Ich bin nicht auf Gäste vorbereitet. Vielleicht wäre es besser, wenn wir demnächst bei mir im Laden reden –«

»Keine Sorge, du musst uns nichts anbieten. Außer der Wahrheit«, fiel ihm Deborah ins Wort. Es war fast schon peinlich mit anzusehen, wie sehr es ihr Spaß machte, Improvisationstheater zu spielen.

»Wahrheit? Welche Wahrheit denn?« An dieser Stelle wurde Freds Ton zunehmend unfreundlich. »Noch mal: Ich weiß wirklich nicht, wovon du sprichst, Deborah. Außerdem wäre es nett, wenn du meine Sachen in Ruhe –«

»Ha! Von wegen, du hast noch nie von der Serie gehört. Du

hast sie sogar aufgenommen.« Deborah schnappte sich eine Videokassette aus dem Regal und stob damit auf Fred zu, der in seinem Stuhl erneut in eine gefährliche Schräglage kam. »Ashworth Park. Folge 423, 12. September 1997. Und hier, das wurde später aufgenommen. Wieder Ashworth Park, Folge 612, aus dem Jahr 1998. Und wo die herkommen, gibt es noch mehr. Viel mehr!« Deborah klebte jetzt ganz nah an seinem Gesicht und ich hatte den Verdacht, dass sie Fred gleich eine Ohrfeige verpassen wollte. Oder umgekehrt. »Und außerdem … warst du schon mal bei uns zu Hause. Nicht wahr?«

»Natürlich war ich das, Sherlock«, gab Fred patzig zurück und rollte sicherheitshalber mit dem Stuhl einen Meter nach hinten. »Vor wenigen Tagen, im Atelier deiner Mutter. Sie hat mich gemalt. Abby hat's doch selbst gesehen.«

»Das meine ich nicht«, schrie Deborah und schmetterte die Videokassette auf den Boden. Das Gehäuse zersprang, das Band löste sich von den Rollen und ich machte mir langsam Sorgen, dass das hier eskalieren könnte. Zum Glück sah ich keine Organe in Reagenzgläsern rumstehen, aber das musste nicht bedeuten, dass Fred nicht trotzdem ein irrer Psychopath war. »Es ist schon einige Zeit her. *Du* warst der Typ, der Ashworth Park bei uns einprogrammiert hat! *Du* hast uns besucht.« Sie schlug sich gegen die Stirn. »Mist, wie konnte ich das nur wegen deines lächerlichen Barts übersehen, den du an dem Tag getragen hast? Ich fand dieses Clark-Kent-Superman-Ding immer total an den Haaren herbeigezogen und jetzt falle ich selbst auf einen ähnlichen Scherz rein.«

»Warte mal, Deborah«, unterbrach ich meine Schwester und starrte Fred an. Die Erkenntnis hatte ein Weilchen gebraucht, aber jetzt war mir alles sonnenklar. »*Du* warst das? *Du* bist Horatio Eversmith?« Ich war aufgestanden und betrachtete ihn, sein schütteres helles Haar, sein spitzes Kinn und die tief sitzenden grauen Augen – verwirrt darüber, den Kerl vor mir zu haben, der mir Ashworth Park angetan und den ich mir irgendwie … eindrucksvoller vorgestellt hatte. Mein Puls raste vor Freude und Erleichterung. Und doch hatte ich Angst.

Dieser Typ bestimmte über mein Leben. Und ich traute ihm nicht.

»Gib es zu! Dann lasse ich ausnahmsweise Gnade walten«, drohte Deborah und packte Fred fest am Handgelenk, bis der vor Schmerz das Gesicht verzog. »Ich belege nämlich an der Highschool einen Leistungskurs über eine fernöstliche Kampfsporttechnik namens Gong Bao Ji Ding. An Halloween zerteile ich Kürbisse regelmäßig mit meinen bloßen Handflächen.«

Das war natürlich Quatsch. Deborah hasste Halloween, dazu war Gong Bao Ji Ding die Nummer dreiundzwanzig auf der Speisekarte von Deborahs chinesischem Lieblingslieferservice, aber Horatio ließ sich trotzdem davon beeindrucken.

»Okay, okay. Es stimmt. Ich gebe zu, ich heiße Horatio Eversmith. Horatio Mortimer Eversmith, um genau zu sein. Und jetzt, Abby, bitte sorg dafür, dass deine irre Schwester sich endlich hinsetzt.« Fred nahm einen großen Schluck aus einer halb vollen Pepsi-Flasche, ohne Deborah dabei aus den Augen zu lassen. »Ich habe meinen Namen immer gehasst. Der klingt nach einem vertrottelten Typen, mit dem keiner was zu tun haben will.«

»Passt ja nur zu gut.«

»Lass das, Deborah.« Mein Herz hämmerte, während ich versuchte, alle meine Fragen an Horatio Eversmith in Worte zu fassen. »Wenn du es warst, der mich nach Ashworth Park gebracht hast, kannst du mich davon dann auch wieder befreien? Ist Ashworth Park wirklich eine Parallelwelt? Wie lange wird es noch dauern, bis ich da wieder rauskann? Und wie hast du es eigentlich angestellt, mich da hinzuschicken?«

Horatio kaute auf seiner Lippe. »Die Antworten lauten: Nein, ja, kommt ganz auf dich an und Quantenphysik.«

»Geht's auch etwas langsamer?«, zischte Deborah böse.

»Sie hat schnell gefragt und ich hab schnell geantwortet.«

»Na fein.« Endlich setzte sich Deborah auf die zweite Kiste. »Ich finde, du solltest uns erzählen, was du hier in diesem schrägen Kellerabteil tust. Und wie meine Schwester ein normales Leben führen soll, wenn sie jeden Tag um sieben in eine Serie geschleudert wird. Und glaub mir, wenn wir dahinterkommen, wie du das anstellst, dann schicken wir *dich* in eine Serie. Aber nicht nach Ashworth Park, sondern in *The Walking Dead*.«

»Komm schon, sag uns, was los ist, Crazy Fre… ähm, Horatio.« Ich versuchte mich an einem bösen Blick, so wie Deborah. »Sonst kommen wir nie mehr in deinen Donutladen.«

Deborah rollte mit den Augen, vermutlich, weil die Drohung echt letztklassig war oder weil sie wusste, dass ich wusste, dass ich mich niemals daran halten würde.

»Das würde ich verschmerzen«, sagte Horatio und tat mir damit ein wenig weh. »Aber ich erzähle es euch trotzdem. Seht ihr die Verbindungen, die aus meinem Arbeitszimmer nach draußen laufen? Sie führen zu einer Antenne, die versteckt zwischen einigem Gebüsch im City Hall Park an die Oberfläche ragt. Vor über zwanzig Jahren habe ich damit einen Weg gefunden, um über Satelliten im All Parallelwelten anzuzapfen.

Es gibt nämlich eine ganze Menge davon. Parallelwelten, meine ich.« Er lächelte mich an. »Mehr, als ein Mensch Donuts in seinem Leben essen könnte.«

»Das Multiversum, wir wissen Bescheid«, entgegnete Deborah kühl. »Und Ashworth Park ist also tatsächlich eine Parallelwelt?«

Horatio nickte. »Eine, die nach Seriengesetzen funktioniert. Keine Gerüche, gut ausgeleuchtete Nächte, Menschen, die sich nach Telefonaten nie verabschieden, Duelle, in denen die Gegner den Helden immer einer nach dem anderen angreifen, jeder Neuling mit einer Waffe umgehen kann und Mauerblümchen ohne Brille zu Schönheiten werden.«

»In der man immer vor der Mall einen Parkplatz bekommt, Autos und Häuser nie abgesperrt werden, Teenager keine Akne haben, Ganoven den Opfern ihre Pläne verraten, anstatt sie sofort abzuknallen, und bei spontanen Tanzeinlagen jeder die Schritte kennt«, dachte ich laut weiter.

Jetzt lächelte Horatio. »Genau so eine Welt. Ich habe sie vor vielen Jahren selbst erschaffen.«

In diesem Moment bretterte eine U-Bahn mit voller Geschwindigkeit durch die Station und ließ die Decke, die Regale und Horatios vollgeräumten Schreibtisch vibrieren. Wir verharrten einen Augenblick schweigend, während mir seine Worte durch den Kopf jagten. Er hatte die Welt selbst erschaffen? Wie war das bitte schön möglich?

»Selbst erschaffen?«, fragte auch Deborah, als der Lärm vorüber war.

»Ich habe schnell gelernt, dass sich das Multiversum ausdehnt und sich beeinflussen, steuern und formen lässt wie Knetmasse. Immer wieder entstehen neue Welten. Und manche davon sind unserer sehr ähnlich.« Horatio schnappte sich eine Tageszeitung und deutete auf die Titelstory, Präsident Obamas Auslandsreise. »Es existieren Parallelwelten, in denen John F. Kennedy noch am Leben ist und Marilyn Monroe geheiratet hat. Und wieder andere, in denen Arnold Schwarzenegger das Zepter schwingt. Als König von Amerika.«

»Du meinst es ernst«, echote Deborah. Es klang, als wollte uns Horatio nach Strich und Faden verarschen, doch er verzog dabei keine Miene.

Er nickte. »Alles, was physikalisch denkbar ist, ist möglich. An dieser Stelle kam mir die Idee zu Ashworth Park und seit über zwanzig Jahren beobachte ich nun die Entwicklung dieser Welt. Meine Kontrollstation am Boden stellt seit Jahrzehnten über einen Transmitter, über geostationäre Satelliten und über eine bestimmte Frequenz in Megahertz eine permanente, bi-direktionale Kommunikation her. Unentwegt. Sie sorgt dafür, dass sich die Welten überschneiden.«

Ich nickte vorsichtig, auch wenn ich immer noch keine Ahnung hatte, wovon Horatio sprach. Parallelwelten. Bi-direktionale Kommunikation. Geostationäre Satelliten. Es war wie damals, als ich zwei Wochen krank gewesen und zum ersten Mal wieder in der Physikstunde gesessen hatte. Ich hatte genauso viel verstanden wie in einem Chinesischkurs.

»Ich weiß, es klingt schräg.« Horatio sah uns aufmerksam an. »Aber die Theorie des Multiversums ist nicht neu. Viele Physiker gehen davon aus, dass es eine unüberschaubare Vielfalt verschiedener Welten gibt – vergleichbar mit einem grenzenlosen Meer mit unzähligen bewohnten und unbewohnten Inseln. Noch hat sich diese Theorie nicht allgemein etabliert und dafür gibt es gute Gründe.«

Deborah schien unentwegt darüber nachzudenken. »Und die wären?«

»Denkt doch mal nach. Parallelwelten! Mit der Herabstufung der Menschheit auf völlige kosmische Bedeutungslosigkeit wäre unser Abstieg als Mittelpunkt des Universums tatsächlich vollzogen.« Horatio kramte in seinem Regal nach einem Buch mit der Aufschrift *Das kopernikanische Weltbild*. »Galileo wäre wegen des heliozentrischen Weltbilds beinahe verbrannt worden. Heute weiß man, dass es der Wahrheit entspricht. Forschung ist gefährlich. Vor allem solche, die nicht gerne gesehen wird.«

»Ist das der Grund, warum du in einer verlassenen U-Bahn-Station sitzt?«, wollte ich wissen.

Horatio ließ den Kopf hängen. »Glaubt mir, wenn ich es könnte, würde ich diesen ganzen Parallelwelten-Mist gar nicht erst anfassen. Viel zu heikel. Ich hätte mich auf Pharmakologie und Krebsforschung spezialisieren sollen. Dafür bekommt man Nobelpreise. Außerdem stehen Frauen auf Männer, die die Welt retten, anstatt sich in unbequemen Ansätzen zu verlieren, die selbst nach drei Bier noch klingen, als kämen sie aus dem Gehirn eines psychotischen Weltbildzertrümmerers.«

»Aber wozu brauchtest du eigentlich mich?«, erkundigte ich mich leise. »Warum hast du mich in diese Serie geschickt? Und wie?«

»Das weißt du längst.«

Ich überlegte. »Wegen eines Happy Ends?«

»Eine Serienwelt, die nach Seriengesetzen funktioniert, schließt logischerweise mit einem Happy End. Dann werde ich endlich die Verbindung kappen.« Horatio nickte. »Und weil du ebenso nach dem *Wie* fragst – nun, das war einfach. Ich brauchte bloß euer Fernsehgerät und euren Receiver auf die für Ashworth Park kompatible Frequenz auszurichten und schon warst du ganz automatisch Teil des Ganzen.«

»Aber warum Abby? Warum nicht auch ich?«, entgegnete Deborah beleidigt. »Ich gucke die Serie genauso. Und kenne mich viel besser aus. Ich weiß über das britische Politsystem Bescheid. Ich habe Tischmanieren. Und zudem lese ich Jane Austen und bin vertraut mit den Etiketten des britischen Landadels. Ich wette, so viel hat sich in zweihundert Jahren nicht verändert. Außer vielleicht, dass sich Lady Ashworth Scotch statt Riechsalz genehmigt und dass es keine Nachttöpfe mehr gibt.«

Tja, da war er wieder, der altbekannte Neid.

»Nun, bei Gladys war die Sache denkbar einfach, sie lebt alleine«, erklärte Horatio. »Ich habe zwanzig Jahre gebraucht, um herauszufinden, wie ich es verhindern kann, dass du, Deborah, oder eure Mum Abbys Schicksal teilen. Und glaub mir, Abby, auch wenn Deborah geringfügig schlauer ist, du bist mehr als nur prädestiniert, ein Happy End zu erzeugen.«

Ich grinste zufrieden. »Deborah hätte eh nur auf Julians Hintern gestarrt, anstatt einen Finger zu rühren.«

Meine Schwester funkelte mich an. »Ach, und du? Jasper braucht dir doch nur heiße Schokolade zu bringen und du vergisst alles um dich herum. Inklusive der Tatsache, dass er ein nicht real existierender Mensch ist.«

»Oh, sie sind menschlich«, korrigierte Horatio. »Einige von ihnen sind vielleicht etwas … ähm … einfallslos und nicht besonders facettenreich. Der schweigsame Butler, das unscheinbare Dienstmädchen, der strahlende Held. Aber Menschen wie du und ich sind sie trotzdem.«

Eine Weile schwiegen wir und ich dachte über das Gesagte nach. Wenn man das Herrenhaus, die hässlichen Kleider, die zermürbend langen Abendessen und die Überdosis Rosen abzog, unterschied Deborah und mich tatsächlich nichts von den Ashworths. Sie benahmen sich nicht nur wie wir, sie empfanden auch Gefühle wie wir und litten unter gebrochenen Herzen wie wir. Ich musste an den Abend vor dem Kamin denken. An den Blick, den Jasper mir zugeworfen hatte, als er gegangen war. Es war grässlich gewesen.

»Hast du dich deswegen an unsere Mum rangemacht?«, warf Deborah Horatio jetzt vor und ich schob den Gedanken an Jasper beiseite. »Um mehr über Abby herauszufinden?«

»Nein. Natürlich nicht«, versicherte er uns. »Zuerst, nun ja, fand ich es natürlich sehr nützlich, als eure Mum mir von dir erzählt hat, Abby. Von dir und deiner Kummerkastenkolumne. Durch sie kam mir die Idee, dass du mir helfen könntest, ein Happy End zu erzeugen und die Serie damit zum Stillstand zu bringen. Du bist meine letzte Hoffnung, denn die Zeit wird langsam knapp. Sehr knapp.«

»Warum knapp?«, murmelte ich.

Horatio hob eine Augenbraue. »Habt ihr es etwa nicht bemerkt? Solange die Verbindung nach Ashworth Park aufrechterhalten wird, beeinflusst das nicht nur deren, sondern auch unsere Welt.«

Ich ahnte, was Horatio damit meinte. »Neulich in der Serie war mir, als würde es dort plötzlich Gerüche geben.«

»Ich hatte es befürchtet.« Horatio seufzte. »Naturgesetze beginnen, sich zu verändern. Und die Figuren in der Serie mit ihnen. Aber Veränderungen finden nicht nur dort statt, sondern auch hier. Durch die Verbindung nach Ashworth Park trägt unsere Satellitenlandschaft langsam Schaden davon. Handys, Fernsehprogramme, Wetterberichte, Navigationsgeräte, all das funktioniert über Satellitenverbindungen aus dem All. Fragt sich nur noch, wie lange.«

Deborah schüttelte verständnislos den Kopf. »Was meinst du damit?«

»Deshalb haben wir heute in der Mall einen Wetterbericht aus Ashworth Park gesehen«, wisperte ich.

»Exakt.« Horatio rieb sich den Kopf. »Und es ist nicht nur der Wetterbericht. Noch hat es davon kaum etwas in die Medien geschafft. Aber das hier …« Er griff erneut nach der Zeitung, blätterte zwei Seiten um und präsentierte uns das Bild einer Passagiermaschine. »Die Navigation eines Passagierflugzeugs fiel heute über New York aus. Sie musste notlanden. Menschenleben waren in Gefahr.«

»Warte mal. Mein Handy ist im Eimer, ein Flugzeug musste notlanden und du bist daran schuld?«, schrie Deborah. »Du und dein dämliches Ashworth Park?«

»Ich weiß, es ist … ähm … ungünstig. Aber ich muss die Verbindung doch aufrechterhalten. Nur so kann ich verhindern, dass Abby und Gladys ohne Chance auf Rückkehr in Ashworth Park verschwinden.« Horatio rollte mit seinem Schreibtischstuhl näher an mich heran. »Abby, versuch doch noch ein letztes Mal, die Serienwelt zu einem Happy End zu führen. Ich verspreche dir, danach wirst du nie mehr etwas von mir hören. Plus einen Jahresvorrat an *Benny's* Donuts. Deine Lieblingssorte.«

»Bist du irre? Du willst meine Schwester doch nicht etwa mit einem Jahresvorrat an dämlichen Donuts bestech–«

»Okay«, unterbrach ich Deborah.

Sie funkelte mich an. »Wie bitte?«

»Ich sagte: okay. Ich mache es.«

Deborah machte ein Gesicht, als hätte ich gerade einen Mord gestanden, den ich gar nicht verübt hatte. »Abby, nicht doch! Oder willst nur noch mal hin, um Jasper wiederzusehen?«

»Ich bin einverstanden.« Ich sah Horatio fest an. »Wenn du mir verrätst, was mit den Figuren und Ashworth Park passiert, nachdem die Sache mit dem Happy End geschafft ist. Würde ein Happy End nicht deren gesamte Welt zerstören?«

Horatio schüttelte den Kopf. »Wenn eine Parallelwelt einmal Form angenommen hat, ist sie ziemlich unzerstörbar. Vielleicht gibt die Erde dort in 1,75 Milliarden Jahren ebenfalls den Geist auf, denn dann wird es bei uns und auch bei denen so heiß sein, dass nur noch speziell angepasste Mikroorganismen überleben können. Aber das wisst ihr ja aus dem Biounterricht.«

»Ähm, ja. Genau. Also gut. Wenn ich das Happy End erzeugt habe, trennst du die Verbindung?«, vergewisserte ich mich.

»Versprochen. Ihr werdet nie wieder etwas von Ashworth Park hören. Nicht auf Netflix, noch nicht mal über illegale Streaming-Portale.«

»Abgemacht.« Ich schüttelte ihm die Hand, während Deborah mich anstarrte, als hätte ich meine Seele an den Teufel verkauft. Und ich konnte es ihr noch nicht mal verübeln. Zu Beginn wollte ich tatsächlich nichts lieber, als nie mehr nach Ashworth Park zurückzukehren. Doch nun wollte ich nicht davonlaufen, bevor dort endlich Ruhe einkehrte.

Vielleicht hatte mich Ashworth Park letztendlich doch eingefangen, so wie Deborah. Und nun war ich ebenfalls süchtig. Süchtig nach einer unsagbar schlechten, schmalzigen Daily Soap.

SCHLAFZIMMER - INNEN.
KURZ VOR DER GARTENSCHAU IN ROSINGTON.

LADY ASHWORTH sitzt am Schreibtisch mit einem Brief in der Hand und trinkt Scotch.

LADY ASHWORTH *(schnieft und küsst einen Brief)*
Oh, Bobby, ich hätte dich niemals gehen lassen dürfen. All die Jahre liebtest du mich, selbst nun, da meine rosigen Zeiten vorbei sind und ich langsam verwelke.

JASPER *(platzt ins Zimmer)*
Mum, wo ist mein verdammter Zylinder? Wenn ich ihn nicht finde, gehe ich ohne auf die Frühlingsgartenschau, nur damit das klar ist.

LADY ASHWORTH
Sohn! Ich bin nicht in der Stimmung für deine Probleme. Ich muss schwerwiegende Entscheidungen treffen. (Genehmigt sich einen Schluck Scotch.)

JASPER *(sieht sie genauer an)*
Mum, hast du geweint? Was ist los?

LADY ASHWORTH *(lauter)*
Hinfort!

JASPER *(seufzt)*

Aber wir müssen auf die Gartenschau.
In einer Stunde geht diese nervige Angelegenheit mit dem preisgekrönten fetten Schwein los und da solltest du –«

LADY ASHWORTH

Du meinst die Antrittsrede des neuen Bürgermeisters! Und nenn deinen Vater nicht fettes Schwein!

JASPER *(verwirrt)*

Ich meinte doch … ähm. Mum, du bist merkwürdig. Merkwürdiger als sonst. (Schnappt sich den Zylinder auf der Kommode.) Oh, da ist er ja. Also gut, Julian und ich fahren vor. Wir sehen uns dort.

LADY ASHWORTH

Jasper? Warte einen Moment. Eins will ich dir noch sagen. Ich weiß, dass du anders bist als Julian. Weil du deine Pizza mit den Fingern isst, mit offenem Mund kaust und deinem Bruder Miss Barrington-Whitley ausspannst, aber –«

JASPER

Wie bitte?

LADY ASHWORTH *(beruhigend)*
Lassen wir das. Alles, was ich dir sagen will, ist, dass ich dich akzeptiere. Du bist mein Sohn, und auch wenn ich es nicht will, als deine Mutter werde ich dich trotzdem lieben.

JASPER
Okay, Mum, jetzt wird's nicht nur merkwürdig, sondern auch gruselig. (Schnappt sich den Scotch.) Der ist hiermit konfisziert.

6

Hört, hört, alle miteinander«, verkündete Tante Gladys beim Frühstück im Blauen Salon und klingelte mit einem silbernen Glöckchen, als wäre Weihnachten. »Heute ist für uns alle ein Tag großer Freude. Es ist nicht nur der Tag der Frühlingsgartenschau, die wir alle lieben, wegen der Jahrmarktattraktionen, der Wahl zum fettesten Schwein der Insel, den Schießbuden und den jungen, knackigen Schaustellern.« Sie leckte sich über die Lippen. »Sondern auch der Tag des Amtsantritts unseres frischgebackenen Bürgermeisters Lord Montgomery Ashworth. Und das ist noch nicht alles. Meine Nichte, Miss Abigale Barrington-Whitley, das schönste, klügste und pfiffigste Mädchen der ganzen Insel, feiert heute ihren fünfzehnten Geburtstag. Meine Glückwünsche, kleiner Geburtstagskuchen!«

Tja, das Gute daran, wenn man denselben Kalendertag zweimal erlebte, einmal in New York und einmal in Ashworth Park, war die Tatsache, dass man zweimal Geburtstag feierte.

»Heute ist dein Geburtstag? Wirklich? Oh, wie wunderbar«, jauchzte Clarissa, eilte durch den Salon und küsste mich überschwänglich auf die Wange. »Wenn ich das gewusst hätte, hätte ich natürlich ein Geschenk besorgt. Oder eine Torte gebacken.«

»Keine Sorge, Clarissa, die haben wir doch«, unterbrach sie Julian, erhob sich vom Frühstückstisch und klatschte zweimal in die Hände.

Einige Augenblicke später brachte Giles ein mit Schokolade überzogenes Monster in der Größe einer Hochzeitstorte in den Frühstücksraum, und darauf brannten fünfzehn weiße Kerzen.

»Alles Gute, Abigale. Tante Gladys hat mir das mit deinem Geburtstag gestern verraten.« Dann flüsterte Julian mir ins Ohr: »Es tut mir leid, wenn ich neulich im Keller ein unsittlicher Schwerenöter war.«

»Ist doch längst verziehen, Julian.« Wenigstens verwendete er wieder Wörter wie »unsittlich« und »Schwerenöter« statt »Baby«, dachte ich, während ich die Kerzen ausblies und die Dienerschaft, Tante Gladys, Julian und der Lord applaudierten.

Nur Lady Ashworths und Jaspers Stuhl blieben heute leer. Lady Ashworth schlief um die Uhrzeit oft noch und Jasper verzichtete auf das Frühstück, genau wie er es mir am Vorabend vor dem Kamin prophezeit hatte. Er hatte wirklich nicht mehr vor, mir unter die Augen zu treten, auch wenn ihm das die erste Mahlzeit des Tages kostete. Und ein Stück der Megatorte.

»Ich wollte dir ja eigentlich einen Strauß Rosen schenken, mein kleiner Blaubeermuffin«, begann Tante Gladys und schnitt sich gleich zwei Stück vom Kuchen ab. »Aber ich weiß ja, dass du keine Blumen magst.«

»Aber natürlich mag ich Blumen«, korrigierte ich. Welcher Mensch mochte denn keine Blumen? Damit verhielt es sich so ähnlich wie mit einem Wurf kleiner, flauschiger Kätzchen – die musste man auch toll finden, selbst wenn man noch so verbittert war. »Ich mag nur keine Rosen. Ich mag zum Beispiel … äh … Tulpen. Im Central Park blühen ganz viele davon, außerdem kann man mit einem Strauß viel aussagen. Je nach Farbe haben Tulpen unterschiedliche Bedeutungen. Rote Tulpen stehen für Liebe, während andere Farben für Faszination und Bescheidenheit stehen.«

»Das klingt interessant. Wir sollten Tulpen pflanzen«, schlug der Lord vor. »Aber erst nach der Frühlingsgartenschau. Denn nun sollten wir bald los zum Fest. Wo steckt eigentlich Jasper? Gestern Nacht schleicht er sich heimlich zurück in sein Zimmer und heute Morgen hat er schon wieder so sehr genug von uns, dass er nicht einmal zum Frühstück erscheint.«

Oje. Für Jaspers Abwesenheit traf die volle Schuld leider mich. Doch ich ließ den Satz unkommentiert und sah möglichst unbeteiligt durch den Raum. Während Gladys, Julian, der Lord und ich den Kuchen aufaßen (der Lord aß vier Stück, seine Rosenkohl-Diät galt nach der Wahl wohl als beendet), fiel mir ein hübsches Blumenbouquet auf, das in einer antiken Vase auf dem Kaminsims stand: Tigerlilien. Das musste der Strauß sein, den Bobby Mason Lady Ashworth am Vortag von der Farm aus zugesandt hatte. Gemeinsam mit dem grauenvollen Liebesbrief, in dem er sie aufgefordert hatte, noch vor der Frühlingsgartenschau für immer mit ihm und Jasper zu verschwinden.

»Tante Gladys, ich habe eine böse Vorahnung«, verkündete ich, als ich in einen neuerlichen Stoffalbtraum gehüllt auf dem Rücksitz ihrer Limousine saß und wir zusammen zur Frühlingsgartenschau fuhren. Heute war der Stoffalbtraum übrigens ein tief ausgeschnittenes, viel zu enges dunkelgrünes Ungetüm, mit Schleifen an den Armen, an der Korsage, am Bauch und am Rock. Vielleicht konnte ich es nach New York schmuggeln und an die *Rocky Horror Picture Show* verkaufen.

»Eine böse Vorahnung? Keine Sorge! Dein Kleid sitzt zwar eng, aber es wird nicht reißen. Zumindest, wenn du dich nicht abrupt hinsetzt. Und die Schokoküsse nicht anrührst.« Sie guckte mir in den Ausschnitt. »Und wer sagt, dass du nicht das bisschen zeigen darfst, was du hast?«

»Das meinte ich nicht.« Verlegen wickelte ich mir den Chiffonschal um die Schultern. »Es geht um Lady Ashworth. Ich habe die Vermutung, dass sie mit DeWitt … ähm … Bobby Mason durchbrennen wird. Er hat ihr gestern einen schmalzigen Liebesbrief geschrieben und ich fürchte, dass sie Lord Ashworth heute tatsächlich verlässt. Sie war doch noch nicht mal beim Frühstück, vielleicht packt sie bereits ihre Koffer?«

»Die Lady und die Insel verlassen?« Jetzt flüsterte Tante Gladys. »Du weißt doch, dass das für …« An dieser Stelle verpasste sie mir einen Stoß in die Seite. »… wichtige Personen wie die Ashworths nicht so einfach ist.«

»Ich weiß, ich weiß. Aber es ist doch möglich, dass sie sich trotzdem für DeWitt entscheidet und auf dem Weg zu ihm ist, oder? Er ist neulich nicht von der Insel verschwunden, so wie Lady Ashworth es allen erzählt hat, sondern wohnt in einer leer stehenden Farm, irgendwo im Hinterland.« Damit uns der Fahrer nicht hörte, drückte ich den Knopf auf der Steuerungsleiste der Mittelkonsole, der eine Trennwand zum Fahrer hochfahren ließ, und wisperte: »Tante Gladys, auch wenn sich DeWitt jetzt vor den Ashworths verstecken muss, die Sache ist längst noch nicht ausgestanden. Und noch etwas: Ich und meine Schwester haben gestern Horatio Eversmith –«

»Bist du verrückt? Doch nicht hier«, zischte Tante Gladys energisch, griff über mich und ließ die Trennwand wieder nach unten fahren. »Entschuldigen Sie bitte, Frederick. Abigale wollte bloß das Fenster öffnen und hat den falschen Knopf gedrückt.« Dann räusperte sie sich und verkündete im typischen Gladys-Ton: »Oh, wie wundervoll, wir sind schon da. Herrje, die Dekoration ist ja allerliebst. Dieses Jahr hat man weder Kosten noch Mühen gescheut.«

Auch wenn Tante Gladys gerne mal übertrieb, sie hatte schon recht. Das hier war nicht nur eine durchschnittliche, popelige Gartenschau, sondern ein waschechter Jahrmarkt, noch prächtiger als der, den ich aus Coney Island kannte. Die Hauptstraße von Rosington säumten Schießbuden, Attraktionen und Theken, hinter denen die ansässigen Bauern Gemüse ausstellten, geschnittene Blumen in großen, mit Wasser gefüllten Trögen präsentierten oder Sandwiches und Getränke verkauften. Irgendwo schnatterten Gänse und etwas weiter rechts konnte ich sogar ein Karussell erkennen.

»Sieh dir doch nur mal diese äußerst leckeren Sahneschnittchen an«, verkündete Tante Gladys, als wir an einem Stand voller Süßigkeiten vorbeiliefen. »Mir läuft das Wasser im Mund zusammen.«

Ich runzelte die Stirn. »Das sind doch bloß Muffins und Donuts.«

»Ich meinte ja auch die beiden Verkäufer.« Sie schob mich etwas von sich weg und wedelte mit der Hand in die andere Richtung, nicht ohne die beiden Kerle aus den Augen zu lassen. »Lauf doch schon mal vor. Dort hinten beim Karussell befindet sich ein rot-weiß gestreiftes Festzelt, wo unser Monty bald den Schlüssel der Stadt und die Bürgermeister-Schärpe verliehen bekommt. Ich hoffe, das Ding passt um seinen Bauch.«

»Tante Gladys, hast du vergessen, was ich eben über Lady

Ashworth gesagt habe? Wir haben keine Zeit für solche Dinge.« War das ihr Ernst? Die beiden Männer am Donutstand waren außerdem gut dreißig Jahre jünger als Tante Gladys, hatten rote Haare und sahen sich zum Verwechseln ähnlich. Musste sie ausgerechnet jetzt auf Bräutigamschau gehen?

»Lakritzschneckchen, Cordelia haut schon nicht ab.« Tante Gladys zwickte mir fest in die Wange. »Diese geliftete Schreckschraube kann doch schon seit über fünfzehn Jahren keine glühende Leidenschaft mehr empfinden.«

»Aber –«

»Das ist bei mir allerdings anders«, jodelte sie vergnügt, öffnete ihr Portemonnaie und zog einen Geldschein hinaus. »Lässt du mich ein wenig alleine? Geh doch einkaufen.« Sie gab mir einen Schubs. »Oh, oder kannst du mit einer Armbrust umgehen? Dann versuch dich inzwischen an dem Stand da und schieß mir ein paar Stoffrosen. Sie sehen echt aus und eignen sich prima als Winterdekoration für dein Rosenzimmer. Hier hast du hundert Pfund.«

Na toll. So schnell schob man mich also aufs Abstellgleis. Nun musste ich Lady Ashworth alleine suchen und beten, dass sie nicht doch in diesem Moment DeWitt am Hafen traf. Ich nahm mir vor, keine hässlichen Stoffrosen zu schießen (ich und eine Armbrust waren ohnehin keine gute Kombination), sondern stattdessen auf dem Rummel nach einem bekannten Gesicht Ausschau zu halten und nach der Lady zu fragen.

Und ich hatte Glück: In diesem Augenblick erspähte ich Julian in der Menge. Er trug enge schwarze Hosen, ein fast durchsichtiges Hemd und einen Zylinder unterm Arm, und als er auf mich zuschritt, teilte er die verstopfte Hauptstraße wie Moses das Meer. Das Ballon-Mädchen war von seinem

Anblick so gefesselt, dass es Luft in den Ballon blies, bis es knallte.

Julian musterte mein zu tief ausgeschnittenes Schleifenkleid und ich merkte, wie ich augenblicklich rot anlief. »Abigale! Wie gut, dass ich dich treffe. Hier, für dich.« Er zauberte eine rosa Tulpe hinter seinem Rücken hervor. »Ich habe extra in Mutters Botanik-Lexikon nachgelesen: Rote Tulpen bedeuten flammende Liebe und Leidenschaft und eigentlich wollte ich dir so eine schenken, weil sie besser zu meinen Gefühlen für dich passt. Aber ich weiß ja, dass dich zu schnelle Avancen eher abschrecken, also habe ich dann doch lieber Rosa gewählt, denn das steht für die erwachende, zarte Liebe. Und das ist vielleicht eher nach deinem Geschmack.«

Jetzt war es auch schon egal, ich war sowieso schon rot angelaufen. »Danke. Das weiß ich sehr … zu schätzen«, stotterte ich, führte die Blume mehr aus Gewohnheit zu meiner Nase und erstarrte.

Sie roch.

Der gesamte Jahrmarkt, normalerweise ein Brutkessel an Gerüchen, sonderte keinerlei Düfte ab. Aber Julians Tulpe roch tatsächlich nach Tulpe.

»Stimmt irgendetwas nicht damit?«, wollte Julian wissen und starrte mich an.

»Nein, alles in Ordnung. Sie ist wirklich wundervoll.« Ich legte die Blume behutsam in mein von Tante Gladys geliehenes dunkelgrünes Täschchen und konzentrierte mich wieder auf meinen Plan. »Aber Julian, ich habe ein ganz anderes Problem. Ich muss jemanden finden. Und zwar deine Mutter. Kannst du mir sagen, ob sie bereits auf dem Fest ist?«

»Meine Mutter?« Julian strich sich mit den Fingern übers

Kinn und sah dabei in den Himmel – etwas, das alle Helden gerne taten, wenn sie besonders angestrengt überlegten. »Jasper und ich sind mit Vater im Rolls-Royce ohne Mutter hergekommen. Doch Jasper hat sie zuletzt vor wenigen Stunden in ihrem Zimmer gesehen und meinte, sie hätte sich … wie sagte er noch gleich … ›groteskerweise mütterlich‹ verhalten.«

»Jasper ist also hier?« Ich atmete tief aus. Das war schon mal gut. »Wo ist er? Ich muss mit ihm sprechen.«

Julian schnitt eine Grimasse. »Jasper duelliert sich gerade mit einem Schwein.«

»Er macht *was*?«

»Unwichtig.« Julian legte mir den Arm um die Schulter und führte mich die Hauptstraße entlang, während mir einige Mädchen mordlustige Blicke zuwarfen, die nicht einmal Oberschurke DeWitt so gut hinbekam. Julian führte mich bis vor ein großes buntes Zelt, das mich an ein Tipi erinnerte. »Ich dachte mir, wir könnten stattdessen diese Wahrsagerin hier besuchen und uns unsere gemeinsame Zukunft vorhersagen lassen, die bestimmt äußerst rosig sein wird. Ihr Name ist Lady Esmeralda.«

»Eine Wahrsagerin?« Eigentlich hätte ich es ja ahnen müssen. Was wäre ein Jahrmarkt im Fernsehen ohne eine Wahrsagerin – eine Dame mit gelocktem Haar, goldenen Ohrringen, langen Nägeln, glühenden Augen und einer Glaskugel, die in einem Zelt saß, aus dem unerklärlicher Rauch quoll. Nein danke. Dieses Serienklischee konnte gerne ohne mich stattfinden.

»Vielleicht später«, vertröstete ich Julian und trat von einem Bein aufs andere. »Sag mir lieber, wo sich die Schweine befinden.«

Julian seufzte laut. Das hatte er wohl am wenigsten hören wollen. »Darf ich dich darauf hinweisen, dass Jasper dir nichts zum Geburtstag geschenkt hat?«, erinnerte er mich mit erhobenem Finger.

»Ich weiß«, entgegnete ich ungeduldig.

»Wollte nur sichergehen.« Julian zeigte mir widerwillig den Weg. »Bei den Lebkuchenherzen links.«

»Bin gleich wieder da! Danke für die Tulpe«, verkündete ich und presste mich mühevoll durch die Menge, weil sich bei meinem Anblick leider keine praktische kleine Gasse bildete. Gerade, als ich den Lebkuchenstand hinter mir ließ und an einer bunt geschmückten Bude mit Schokolinsen vorbeilief, hörte ich eine bekannte Stimme, bei der sich mir die Nackenhaare aufstellten.

»Das ist nie und nimmer ein halbes Pfund Schokolinsen«, rief ein großer Kerl mit dunklen Haaren, Backenbart und Zylinder. »Du willst mich wohl produzieren!«

Der Verkäufer wehrte sich. »Aber Sir –«

»Hör auf, böse Miene zum guten Spiel zu machen. Füll das Säckchen auf, und zwar hurtig, sonst beschwere ich mich an oberste Stelle über deine gastronomischen Preise!«

Das war Blackwood. DeWitts persönlicher Assistent, der zwar prima mit Waffen aller Art, aber nicht mit Wörtern umgehen konnte. Ich beobachtete, wie ihm der Verkäufer noch einige Linsen dazusteckte, um Streit zu vermeiden, Blackwood etwas wie »endlich kommen wir auf einen gemeinsamen Zweig« murmelte, sich umwandte und genüsslich in die Linsen griff.

Und dabei mich entdeckte.

Voller Panik starrte ich ihn an und es dauerte anscheinend

einige Sekunden, bis Blackwood ein Licht aufging. Er machte ein Gesicht, als wäre es gar nicht gut, dass ich ihn gesehen hatte, knirschte mit den Zähnen und wisperte schließlich drei bulligen Kerlen mit Sonnenbrillen etwas ins Ohr, woraufhin die sich durch die Menge in meine Richtung pressten.

Oh Mist. Weg hier! So wie die aussahen, kamen die nicht, um ihre Schokolinsen mit mir zu teilen. Also nahm ich die Beine in die Hand und drückte mich so schnell ich konnte durch die Menschenmassen, während meine Gedanken unaufhörlich rasten. Waren Blackwood und diese drei Panzerknacker etwa hier, um die Ashworths auszuspionieren? Wollten sie unentdeckt bleiben? Und nun verhindern, dass ich tratschte?

Ich sah hektisch über meine Schulter. Blackwoods Lakaien waren allesamt richtig dicke Typen, für die es nicht einfach war, wendig durch die Menge zu schlüpfen, und doch waren mir zwei davon dicht auf den Fersen. Eine Frau kreischte, als einer der Kerle ihren Kinderwagen unsanft zur Seite stieß. Ich musste schneller vorankommen!

Ich duckte mich, schlug ein paar Haken und hüpfte über die Leine eines Dackels, bis die Menschenmenge schließlich so dicht wurde, dass es kein Vorankommen mehr gab. Unruhig sprang ich in die Luft, um zu sehen, was den Weg versperrte. Da war eine Parade! Vor mir ritten ein Dutzend großer Pferde, dazu rollten mehrere Festwagen über die Straße, aus denen Menschen in Rosenkleidern winkten. Dazwischen marschierten Kinder und Erwachsene in Blumenkostümen in Formation. Einige streuten Rosenblätter, andere spielten Trompete, Posaune oder Klarinette.

Verdammt! Doch dann begann ich nachzudenken: Ich befand mich in einer Serie – und das hier war eine Parade! Wenn man in Film und Fernsehen verfolgt wurde, tauchte stets auf wundersame Weise eine Parade auf, in der man sich verstecken konnte!

Also lief ich bis zur ersten Formation und reihte mich unauffällig in deren Mitte ein. Ich war offenbar in einer Schulgruppe gelandet, denn die Kinder hielten sich selbst gebastelte Blumenmasken vor das Gesicht und sangen ein fröhliches Lied über die Isle of Roses, blühende Blumen und verträumte Sonnenuntergänge, das sich anhörte, als hätte Julian den Text dazu verfasst. Vielleicht hatte er das ja auch.

»Darf ich mal? Nur ganz kurz«, sprach ich ein Mädchen im Grundschulalter neben mir an und schnappte mir ihre große gelbe Maske aus Pappmaschee, die aussah wie eine Sonnenblume.

»Hey. Die gehört mir!«, protestierte das Mädchen.

»Schscht«, machte ich und sah zu, wie links von unserer Formation Blackwood und seine drei Panzerknacker an der Parade vorbeistürmten, anhielten, sich beratschlagten und schließlich den Rückzug antraten.

»Hier. Kannst du wiederhaben«, erklärte ich dem Mädchen und hielt ihr die Maske hin. Dann machte ich einen Satz in die entgegengesetzte Richtung und lehnte mich gegen eine Litfaßsäule, um zu verschnaufen.

Puh. Das war gerade noch mal gut gegangen. Und doch bereitete mir die Tatsache, dass sich Blackwood auf dem Fest herumtrieb, Unbehagen. Er hatte sogar zwielichtige Verstärkung angeheuert. Waren diese Typen bloß hier, um sich ein wenig zu amüsieren? Oder ging es wieder mal um die Ashworths? Sollten sie die Lady notfalls zu DeWitt schleifen, falls sie nicht freiwillig zum Hafen kam? Zu gerne hätte ich Deborah nach zusätzlichen Informationen aus der Serie gefragt, aber das konnte ich erst in New York tun.

Ich musste jetzt so schnell wie möglich zum Schweinepferch und Jasper bitten, mir dabei zu helfen, seine Mutter zu finden. Ich erinnerte mich an Julians Wegbeschreibung, steuerte den Lebkuchenstand an und bog dort links ab. Hinter den schnatternden Wildgänsen entdeckte ich schließlich ein offenes, halb mit Heu ausgelegtes, halb schlammiges umzäuntes Gehege, in dem fünf Schweine schliefen, zwei fraßen und das fetteste von allen gerade von Jasper an die Leine gelegt wurde.

Ich blieb am Holzzaun stehen. »Hallo, Jasper.«

Er sah für einen Moment auf, schnaubte, schaute sofort wieder weg und kümmerte sich weiter um das Schwein und die Leine. Das widerspenstige Tier schüttelte Jasper jedes Mal ab, außerdem war sein Hals viel zu breit für Gatsbys Halsband.

»Ich weiß, du bist sauer. Und es tut mir leid, wie das gestern Abend gelaufen ist«, begann ich und beobachtete, wie das Schwein mit den Hinterbeinen nach Jasper trat. Es war skurril, jemandem mit Zylinder, Hemd und eleganten Hosen mit einem Schwein kämpfen zu sehen. »Aber ich brauche deine Hilfe.«

Jasper schwieg immer noch, während mir das Schwein einen unglücklichen Blick zuwarf.

»Was machst du hier überhaupt?«

Anstatt zu antworten, verpasste Jasper dem Schwein einen sachten Klaps auf das Hinterteil, doch das half nicht viel. Das Tier grunzte bloß gelangweilt und plumpste in den Schlamm. Matschspritzer landeten auf Jaspers Hemd und er fluchte.

»Komm schon, Jasper. Du kannst mich nicht ewig ignorieren.«

»Was denn?« Vor Wut schmetterte er seinen Zylinder ins Heu. »Was willst du? Ich habe zu tun. Cooper hat heute frei und nun muss ich diesen dämlichen Mr Piggles auf die Bühne bringen. Das Schwein soll eine Auszeichnung verliehen bekommen. Ein kleines Krönchen und einen Eimer voll Äpfel. Saudämliche Tradition, wirklich.«

»Der Glückliche.« Jetzt verstand ich. Dieser widerspenstige Mr Piggles war also das fetteste Schwein der Insel, das heute auf der Bühne mit einem Preis ausgezeichnet werden sollte. Und fett war er wirklich, sein Bauch streifte immerhin schon den Boden.

»Vielleicht ist der Eber nicht ganz so glücklich, Miss!« Ein Mann in Arbeitskleidung stiefelte an mir vorbei Richtung Schweinepferch. Dort begrüßte er Jasper und versetzte dem Schwein einen kräftigen Hieb auf den Hintern, worauf das Tier quiekte, sich aufrappelte und zum Tor trottete. »Denn danach wird Mr Piggles geschlachtet, zu Ehren des Bürgermeisters.«

»Abby, das ist übrigens Neil Stockton«, stellte Jasper mir den Mann vor. »Der Besitzer dieses Schweinestalls, in dessen Schlamm du gerade bis zu den Knöcheln steckst.«

Verschämt versuchte ich, meine dreckigen Schuhe möglichst unauffällig abzustreifen. »Ist das wahr? Sie wollen dem Schwein erst einen Preis verleihen und es danach schlachten?«

»Das ist Tradition«, antwortete Neil Stockton beinahe gekränkt.

Mir fiel auf, dass er nicht nur ziemlich pummelig war, sondern auch rosafarbene Wangen und eine runde Knubbelnase besaß und damit seinen Tieren auf bizarre Weise glich.

»Ein Prachtschwein wie dieses kann man von vorne bis hinten verwerten. Das Fleisch ist locker hundert Pfund wert. Und selbst der Schädel ist –«

»Hundert Pfund, sagten Sie?« Ich betrachtete den armen Mr Piggles, der mit gesenktem Kopf auf und ab trottete, als ahnte er, dass seine Zeit langsam gekommen war. Er war eigentlich recht niedlich. Die dunklen Schweinsaugen. Das rosafarbene linke Ohr, das schwarze rechte Ohr. Das winzige Ringelschwänzchen. Nein, er war zu süß, um als Burger zu enden. Oder hierzulande als Schweinefleisch-Pie. »Hier. Da haben Sie das Geld. Ich würde Mr Piggles gerne kaufen.«

Jasper und Neil Stockton starrten mich an, als wollte ich kein Schwein, sondern eine ausgewachsene Elefantenherde erwerben, aber es war schließlich der Schweinebauer, der zuerst sprach: »Ein Schwein ist doch kein Haustier, Miss.«

»Abby, bitte, lass das«, bat Jasper und klang verlegen.

»Das Tier futtert wie eine Hyäne, das frisst Ihnen noch die Haare vom Kopf! Kaufen Sie sich lieber ein Kätzchen«, riet mir Neil Stockton.

Warum denn ein Kätzchen? Und hielt sich George Clooney (der echte, nicht der scheußliche Serien-Verschnitt) nicht auch ein Schwein? »Mr Piggles wird sicher ein vortreffliches Haustier abgeben.« Ich ließ mich nicht beirren. »Beim Dinner auf Ashworth Park bleibt ohnehin immer massenweise Essen übrig, nicht wahr, Jasper? Das wäre doch eine gute Lebensmittelverwertung. Gatsby hätte außerdem einen Freund – Einzeltierhaltung ist ohnehin nicht vorteilhaft. Und Tante Gladys findet Mr Piggles sicher auch allerliebst!«

Jasper hob eine Braue. »Nur bis er ihre Rosen frisst, dann macht sie Hotdogs aus ihm.«

»Na fein. Wenn Sie bar bezahlen, können Sie ihn haben«,

entschied der Schweinebauer. »Aber lassen Sie sich eins gesagt sein: Halten Sie Mr Piggles draußen. Denn weil er so viel frisst, hat er ständig starken … also eine schnelle Verdauung.« Er klopfte dem Schwein auf den fetten Hintern. »Scheint, als hätte man dich in den Adelsstand erhoben, *Lord* Piggles. Benimm dich gefälligst, hörst du?«

»Oh, super.« Ich streichelte dem Eber über den rosa Schweinekopf, was ihn zufrieden grunzen ließ. Ich wertete es als erstes Zeichen unserer Freundschaft.

»Na fein. Dann gibt es dieses Jahr eben kein fettestes Schwein der Insel. Ich bringe ihn für Sie unverzüglich nach Ashworth Park«, bot Neil Stockton an. »Ich kenne euren Stalljungen Cooper, der versteht hoffentlich nicht nur etwas von Pferdehaltung, sondern auch von Schweinezucht.«

Ich bedankte mich bei ihm und wartete, bis er mit Mr Piggles verschwunden war, dann bedeutete ich Jasper, näher zu kommen.

»Unfassbar, dass du wirklich ein Schwein gekauft hast.« Jetzt klang er nicht mehr sauer, sondern eher, als hätte er gar nichts anderes von mir erwartet. »Bist du neuerdings Vegetarierin?«

»Ich hatte Mitleid.« Ich seufzte. »Aber jetzt hör mir doch mal zu. Es geht um deine Mutter. Und es ist wirklich dringend.«

»Meine Mum?« Jasper machte Anstalten, über den Zaun zu klettern, und ich streckte meine Hand nach ihm aus. Diese kurze Berührung reichte schon aus und ich spürte, wie eine üble Mischung aus Schmetterlingen und Schuldgefühlen in mir aufstieg.

»Ich denke, dass sie sich heute am Hafen heimlich mit DeWitt trifft.« Eigentlich war im Brief die Rede davon gewesen, dass auch Jasper mitkommen sollte, aber die Tatsache, dass er hier vor mir stand, konnte nur bedeuten, dass die Lady ihn nicht dabeihaben wollte. »Deine Mutter und DeWitt haben vor durchzubrennen.«

»Durchbrennen?« Jasper lachte auf. »Abby, Robert ist nicht hinter Mum her.«

»Da täuschst du dich.«

»Tue ich nicht. Er hat mit meiner Mutter längst abgeschlossen. Er wird zurückkommen, um *mich* zu holen. Seinen Sohn.«

»Nun, bestimmt will er das immer noch. Aber trotzdem bist du nur ein Mittel zum Zweck. Vielleicht war er die ganze Zeit über hinter Lady Ashworth her, um mit ihr … ähm … ihre alles verzehrende Liebe wiederaufleben zu lassen«, rief ich und ärgerte mich im nächsten Moment darüber, dass ich so unsensibel klang. Was war nur mit mir los? Warum provozierte ich Jasper? Er brachte mich immer wieder aus dem Konzept – und das in vielerlei Hinsicht.

Doch diesmal machte mir Jasper keine Vorwürfe. Stattdessen wurden seine Augen schmal und ich konnte sehen, wie der Gedanke einen Moment lang in ihm arbeitete, doch dann schüttelte er den Kopf. »Ich glaube dir kein einziges Wort. Robert ist nicht auf der Insel.«

»Und warum ist Blackwood dann hier?«

»Blackwood?«

»Ich habe ihn vorhin bei den Schokolinsen entdeckt. Ein Kerl mit Bart und Zylinder.«

»Das trifft auf über siebzig Prozent der männlichen Besucher zu.«

»Aber er war es«, versicherte ich ihm. »Wenn du mir nicht

glaubst, suchen wir eben deine Mutter. Dann wissen wir, dass sie Lord Ashworth nicht verlassen hat und in diesem Moment nicht mit deinem leiblichen Vater in den Sonnenuntergang schippert.«

»Na fein.« Jasper ging voran über den Trampelpfad, der zurück zur Hauptstraße des Ortes führte, während mir mein Bauchgefühl verriet, dass er es nicht für mich tat, sondern um sein eigenes Gewissen zu beruhigen. »Suchen wir Mum. Aber nur, weil heute dein Geburtstag ist.«

Wir waren nicht die Einzigen, die verzweifelt nach Lady Ashworth Ausschau hielten. Im Festzelt kam uns ein aufgelöster Lord Ashworth entgegen, der ebenso wenig wusste, wo sich seine Frau aufhielt, und weder sein Hemd richtig zugeknöpft noch seine Dankesrede einstudiert hatte. Nachdem wir schließlich auch noch Clarissa, Giles und Cooper gefunden und befragt hatten, kamen wir zu dem Schluss, dass von Lady Ashworth seit Stunden jede Spur fehlte.

»Das beweist absolut gar nichts«, verkündete Jasper und hielt mitten im Getümmel an. »Bestimmt ist meine Mutter einfach aufgehalten worden. Bis Montgomery offiziell als neuer Bürgermeister vereidigt wird, ist es noch eine halbe Stunde. Am besten fahre ich nach Hause und sehe nach, wo sie steckt. Du bleibst inzwischen bei Tante Gladys.«

»Zurück nach Ashworth Park? Was soll das denn bringen? Jasper, deine Mutter ist vermutlich längst am Hafen. Bei DeWitt«, entgegnete ich, während sich eine Gruppe Mädchen mit Zuckerwatte zwischen uns drängte und uns auseinanderschob. »Es wäre besser, wir suchen dort nach ihr. Ich könnte Tante Gladys um den Wagen bitten und wir fahren –«

»Ich will nichts mehr von diesem Unfug hören«, unterbrach er mich unwirsch. Seine blauen Augen funkelten mich an und ich konnte spüren, wie er die Beherrschung verlor. Außerdem bekam er wieder diese nervösen Flecken am Hals. »Meine Mutter hat uns nicht verlassen, okay? Wie kannst du nur so etwas sagen?«

Erschrocken hielt ich die Luft an, während mir klar wurde, wie das alles auf Jasper wirken musste. Zum einen war da ich, die ihm erst gestern Abend vor dem Kamin unmissverständlich zu verstehen gegeben hatte, dass aus Jasper und Abby nie und nimmer etwas werden konnte. Und zum anderen erfuhr er nun heute, dass seine Mutter und sein leiblicher Vater drauf und dran waren zu verschwinden. Das war ganz schön starker Tobak. Selbst für Serienfiguren – und die waren ja so einiges gewohnt.

»Es tut mir leid.« Ich brachte es nicht übers Herz, ihm in die Augen zu sehen. Also richtete ich meinen Blick über die Köpfe der Menschen, bis sich schließlich aus dem Gesichtermeer Umrisse formten, die ich gerade erst verdrängt hatte. Da war er wieder. Blackwood. Er und seine zwielichtigen Typen mit den Sonnenbrillen drängten sich durch die Menge direkt auf mich zu.

Ich erstarrte. »Oh, verdammter Mist, sie sind wieder da.«

Jasper fuhr herum. »Wer ist wieder da?«

»Na, Blackwood und seine Panzerknacker.«

»Blackwood und seine *was*?«

»Blackwood und seine Truppe sind mir auf den Fersen. Jetzt, wo er weiß, dass ich weiß, dass er und DeWitt niemals die Insel verlassen haben, will er mich in die Finger kriegen.«

»Warte mal. Du weißt, dass er weiß –« Jasper versuchte zu verstehen. »Ich kapiere kein Wort.«

»Erkläre ich dir später. Erst mal muss ich hier weg und mich irgendwo vor ihm verstecken. Verdammt, wo ist denn nur die Parade, wenn man sie braucht?« Ich ließ Jasper stehen und presste mich in die entgegengesetzte Richtung. Diesmal war es Blackwood selbst, der die Gruppe anführte. Er war kaum zwanzig Meter von mir entfernt und er kam beachtlich schnell näher.

»Abby, jetzt bleib doch mal stehen!«, rief mir Jasper hinterher, doch ich wartete keine Sekunde länger. Ich konnte mich nur zu gut daran erinnern, was Blackwood mit mir während des Pferderennens angestellt hatte, als er mich aus dem Weg hatte schaffen wollen. Dieses Mal würde er mich nicht so einfach schnappen und in eine dunkle Pferdebox sperren.

»Wo willst du hin?«, hörte ich Jasper rufen, der langsam hinter mir zurückfiel.

In diesem Augenblick kam mir eine Idee. Wenige Meter vor mir, zwischen dem Popcorn- und dem Zuckerwattestand, lag das Tipi dieser Wahrsagerin, in das mich Julian vorhin hatte mitschleppen wollen. Vielleicht war das jetzt gar kein schlechter Zeitpunkt, um sich die Zukunft vorhersagen zu lassen.

Also duckte ich mich, rettete mich durch die Öffnung in das dunkle Zelt und verschnaufte. Von einer Wahrsagerin hätte ich ja eine ganze Menge erwartet – mysteriösen Nebel, Glaskugeln, Tarotkarten, Tierkrallen und dampfende Gefäße in den Regalen –, doch stattdessen saß da eine faltige, grell geschminkte Dame in Tante Gladys' Alter. Sie trug ein schäbiges mittelalterliches Kostüm, rauchte eine Zigarette und tippte dabei konzentriert auf ihrem Handy herum. Das war Julians berühmte Lady Esmeralda? Herrje, das war ja eine abgewrackte alte Schachtel.

»Oh, hallo, junges Fräulein«, begrüßte sie mich, drückte schnell ihre Zigarette aus und knipste eine batteriebetriebene Lavalampe an. Rosafarbenes Licht füllte das Zelt. »Sorry, ich habe dich nicht kommen gesehen. Was führt dich in die magische Welt von …« Ein fieser Hustenanfall schüttelte sie. »Von Lady Esmeralda? Soll ich dir deine Zukunft vorhersagen?«

Ich warf einen prüfenden Blick nach draußen. Wenn ich noch etwas wartete, würden Blackwood und seine Truppe am Tipi vorbeiziehen und davon ausgehen, dass ich die Frühlingsgartenschau verlassen hätte. Vielleicht sollte ich doch ein Weilchen hier Platz nehmen.

»Äh, ja. Genau. Deshalb bin ich hier«, log ich, wanderte einige Schritte weiter in das Zelt hinein und setzte mich auf einen gepolsterten Stuhl. Im rosafarbenen Licht entdeckte ich, dass ein zahmes Frettchen auf Lady Esmeraldas Schulter hockte. »Brauchen Sie jetzt meine Hand oder so was?«

»Nein, das ist nur was für Scharlatane. Ich mache das ganz anders«, verkündete sie und hielt mir einen Kaffeebecher hin.

»Danke, ich bin nicht durstig.«

»Du sollst ja auch hineinspucken.«

»Wie bitte?«

»Na los, mach schon.«

Wie ekelig. Was war das denn hier für eine abartige Vorstellung? Las die alte Schachtel etwa aus Speichelproben? Ich war kurz davor, aufzustehen und zu gehen, als ich sah, wie mehrere große Schatten vor dem Tipi auf und ab wanderten. Waren das Blackwood und seine Leute? Mir blieb keine andere Wahl, als noch ein wenig mit dieser skurrilen Tante zu plaudern.

»Na fein«, meinte ich und spuckte in den Becher, den mir Lady Esmeralda sofort wieder aus der Hand zog. »Und jetzt?«

Die Wahrsagerin kniff die Augen zusammen und starrte konzentriert in die Tasse, während das Frettchen über ihre Arme auf und ab krabbelte. »Und nun flüstern mir Jupiter, Venus, Poseidon und Pocahontas deine Zukunft zu«, erklärte sie mir mit vollkommener Ernsthaftigkeit.

Jupiter, Venus, Poseidon … und Pocahontas? Offenbar sprachen zu Lady Esmeralda nicht nur ein Mix aus römischen und griechischen Gottheiten, sondern auch Disneyfiguren. Wer war denn so blöd und gab für diese Show freiwillig Geld aus?

»Hmmm«, machte Lady Esmeralda und schwenkte den Becher, als wäre es eine besonders hochwertige Weinprobe.

Jetzt wurde ich doch neugierig. »Was sehen Sie denn darin?«

»Nichts.« Sie blickte mich ratlos an. »Poseidon schweigt. Und auch die anderen Gottheiten verraten mir rein gar nichts über dich. Du bist ziemlich schwer zu lesen. Vielleicht klappt's mit einem Tropfen Blut? Es wäre bloß ein kleiner Pikser und dann –«

Jetzt reichte es aber mit diesem Stumpfsinn. »Ich glaube, ich gehe jetzt besser.«

»Nein. Warte! Geh nicht«, hielt mich Lady Esmeralda zurück, schloss die Augen und massierte sich die Schläfen. »Vielleicht … lernst du bald einen mysteriösen Unbekannten kennen?«

»Äh, ja. Kann gut sein«, murmelte ich lahm.

»Oder plötzlicher Reichtum?« Sie öffnete ein Auge. »Hast du irgendwo eine steinreiche Großtante, die im Sterben liegt?«

»Nein. Zum Glück nicht.«

»Dann, tja, dann, ähm … wirst du eine Reise unternehmen.«

»Da bin ich gerade schon dabei.« Ich blickte zum Ausgang des Tipis. Nun waren fünf Minuten um, bestimmt war die Luft da draußen inzwischen rein. »Vielen Dank, Lady Esmeralda, aber ich –«

»Ah, da steckst du, Abby.« In diesem Augenblick hob sich der Stoff und Jasper schlüpfte zu uns ins Zelt. Als er sich umsah, schnitt er eine Grimasse. »Was tust du denn hier drin? Und hockt da ein Frettchen in ihrem Ausschnitt?«

Ich schob ihn Richtung Ausgang. »Lass uns verschwinden.«

»Wolltest du dir echt die Zukunft voraussagen lassen?« Er lachte. »Die Tante betet doch bloß Glückskekssprüche runter, das weiß doch jeder. Na ja, jeder außer Julian, der bekommt hier Stammkundenrabatt.«

»Nicht! Wartet!«, unterbrach uns Lady Esmeralda vehement. »Nun spricht Pocahontas endlich zu mir. Jetzt, da ich euch beide vor mir habe, wird das Bild langsam klarer. Ich kann den Jungen lesen wie ein offenes Buch. Dazu brauche ich noch nicht mal Speichel.«

Jasper hob eine Braue. »Pocahontas?«

»Sie spricht mit Disneyfiguren.«

»Na sicher«, sagte Jasper trocken. »Komm, wir gehen.«

»Jetzt hab ich es!«, rief Lady Esmeralda Jasper hinterher. »Es ist das Mädchen. Irgendetwas stimmt nicht mit ihr. Sie ist fremd und gehört nicht hierher, ist es nicht so?«

Ich hielt inne. Ein kalter Schauer lief mir über den Rücken.

»Schlau kombiniert«, murmelte Jasper und hob den Stoff des Tipis an. Tageslicht flutete das Zelt. »Verrät Ihnen das Abbys Spucke oder doch ihr amerikanischer Akzent?«

»So meinte ich das nicht«, korrigierte Lady Esmeralda und starrte mich an, als hätte ich mich in Pocahontas höchstpersönlich verwandelt. »Das Mädchen ist anders. Sie ist hier gestrandet. Deshalb könnt ihr beiden nicht zusammen sein. Dabei ist das Band zwischen euch außerordentlich stark, Aphrodite und Amor sind wahrlich untröstlich.«

Jasper ließ den Stoff des Tipis fallen und sah mich verärgert an. »Was zum Teufel hast du ihr über uns erzählt?«

»Nichts, ehrlich.«

»Ich sehe universelle kosmische Barrieren zwischen euch«, fuhr die Wahrsagerin fort. Ihre Stimme wurde immer lauter und ihr Blick wanderte von meiner Spucke im Becher zu Jasper. »Meterhohe Wände. Wände so hoch wie die Häuserschluchten in New York.«

»Wie war das eben?« Jasper hob den Kopf und machte einige Schritte auf Lady Esmeralda zu.

»Nichts.« Ich schob ihn von ihr weg.

»Warten Sie.« Ohne Mühe riss sich Jasper von mir los. »Sie sagten gerade etwas von New York.«

Oh nein! Voller Panik kniff ich die Augen zusammen. Nachdem ich Jasper aus der Serie nach New York mitgenommen hatte, hatte ich ihm so schön eingeredet, er hätte das bloß geträumt.

»Hmm. New York. Dort hat es dir ziemlich gut gefallen, nicht wahr?« Lady Esmeralda lachte und betrachtete Jasper mit schief gelegtem Kopf.

»Es war gar keine Komafantasie«, murmelte er.

»Natürlich nicht.« Lady Esmeralda warf den Kopf in den Nacken und ich bekam Gänsehaut. »New York. Ich sehe plötzlich unzählige Bilder. Hochhäuser. Antennen. Satellitenstrahlen. Funkausfälle. Einen mysteriösen Mann. Und viele Donuts. Immer wieder Donuts.«

»Okay, die Tante hat sie nicht mehr alle«, konstatierte ich und versuchte, Jasper von ihr wegzuzerren. Leider bewegte er sich immer noch keinen Millimeter. »Ich sage deinem Vater, dass das Zelt nächstes Jahr nicht mehr aufgebaut werden soll. Komm, Jasper, wir –«

In diesem Moment hob sich der Stoff erneut und ein blonder Haarschopf tauchte im Zelt auf. Es war Julian. »Abby? Jasper? Was macht ihr denn hier?«

Ich machte einen Satz. Oh nein. Langsam wurde es hier drin richtig voll.

»Julian, hier ist besetzt. Warte draußen, bis du dran bist«, knurrte Jasper und lehnte sich an den Tisch der Wahrsagerin, als wollte er sie verhören. »Lady Esmeralda, können Sie sich erinnern, was Sie zuletzt gesagt haben?«

»Wenn ihr mich so stresst, verschreckt ihr die Götter«, murmelte sie und Jasper schnaubte verärgert.

»Fein, dann bin ich jetzt dran«, erklärte Julian und tänzelte an Jasper vorbei.

Oh Mann, langsam reichte es mir. Wie konnten die beiden denn ausgerechnet jetzt von dieser Wahrsagerin fasziniert sein, wenn es um viel wichtigere Dinge ging? Und zwar, sich vor Blackwood und seiner Gang zu verstecken. Und Lady Ashworth zu finden.

Ich zog Julian zur Seite. »Jetzt ist ein ganz schlechter Zeitpunkt, um im Kaffeesatz zu lesen. Jasper und ich brauchen deine Hilfe.«

»Nur eine Minute.« Julian machte sich los. Dann schritt er auf Lady Esmeralda zu, überreichte ihr einen 50-Pfund-Schein, holte eine Nuss aus der Tasche und verfütterte sie an das Frettchen. »Hallo, Dagobert.«

»Julian ist wohl echt Stammkunde«, wisperte ich Jasper zu, doch der starrte immer noch ausdruckslos vor sich hin.

»Wie geht es deinem Liebesfluch?«, wollte Lady Esmeralda wissen.

»Oh, der ist immer noch ungebrochen.«

»Das tut mir leid. Lass uns genauer nachsehen.« Lady Esmeralda hielt ihm eine neue Tasse hin und Julian spuckte hinein. »Du weißt, ich kann deinen Liebesfluch nicht bannen, Schätzchen. Und auch sonst sieht es nicht sehr gut aus. Ich kann bloß einige Jahre in die Zukunft blicken und da sehen Jupiter und Zeus vorerst keine neue Liebe für dich.«

»Was?« Julian schien erschüttert. »Aber wie kann das sein?«

»Komm, wir gehen«, wisperte Jasper. Wie es aussah, hatte er endlich begriffen, dass der Zeitpunkt ungünstig war, um wieder mal seinen Komatraum infrage zu stellen. »Wir suchen Mum ohne ihn.«

»Warte.« Ich hielt ihn zurück. Vielleicht war das, was Lady Esmeralda gleich zu Julian sagen würde, nicht ganz unwichtig für meinen Plan, ihn endlich zu verkuppeln.

»Aber das ist noch lange kein Grund zur Sorge, mein wunderschöner Junge. Ich sehe dich rundum glücklich«, ergänzte Lady Esmeralda gerade und strich Julian liebevoll über die Wange. »Auch ohne eine Lady an deiner Seite.«

»Glücklich? Ohne Freundin?« Julian sah aus, als wäre der Gedanke für ihn in etwa so abwegig, wie ab morgen eine Glatze zu haben. »Aber das geht doch nicht. Und kann auch gar nicht sein.« Er deutete auf mich. »Was ist mit Abigale? Dieses Mädchen da ist für mich bestimmt, ich spüre es bis in meine Haarspitzen. Wenn ich sie endlich küsse und es Rosenblüten regnet, dann werden Sie es sehen.«

»Julian, wenn du weiterhin so verkrampft nach deiner besseren Hälfte suchst, wird sich der Liebesfluch nie lösen.« Lady Esmeralda blickte unglücklich zu mir auf. »Und was dieses Mädchen hier betrifft, sie ist nicht die Richtige für dich. Ihr Herz gehört längst jemand anderem.«

Julian starrte unglücklich auf seine Hände und schwieg, während sich ein dicker, fetter Knoten in meinem Hals bildete. Was meine Gefühle anbelangte, traf die Wahrsagerin leider mitten ins Schwarze – egal, ob es ihr Aphrodite, Pocahontas oder Balu, der Bär, verraten hatte oder ob sie bloß aufmerksam genug hingesehen hatte, um zu kapieren, dass ich längst noch nicht über Jasper hinweg war.

»Genug davon, Lady Esmeralda«, erklärte Julian energisch. »Ich glaube, Ihre göttlichen Wesen vermelden heute eine Vielzahl von falschen Botschaften. Ich werde meinen Liebesfluch brechen, das werde ich Ihnen beweisen.« Er erhob sich ruckartig, funkelte Jasper an und stürmte an uns vorbei aus dem Zelt. »Einen schönen Tag noch.«

»Julian!« Jasper folgte ihm auf dem Fuße und ich hörte, wie sie draußen heftig miteinander diskutierten. »Nun reiß dich zusammen. Wir haben ein ganz anderes Problem. Mum ist unauffindbar und Montgomery wird in wenigen Minuten offiziell das Amt des Bürgermeisters antreten. Wir müssen –«

»Mit den beiden Jungs hast du dir aber einen ganz schönen Mist eingebrockt.« Lady Esmeralda betrachtete mich mit einem Lächeln auf den Lippen, während ich immer noch ratlos im Tipi herumstand. »Aber weil ich Mitleid mit dir habe und du außerdem Julian kennst, hast du noch eine Frage gut.«

Einen Versuch war es wert. »Okay. Wissen Sie zufällig, wo Lady Ashworth steckt?«

»Leider nein.« Die Wahrsagerin verfütterte ein wenig Trockenfutter an das Frettchen. »Aber wenn du mir eine Speichelprobe von ihr bringst, dann –«

Ich seufzte. »Schon gut, vielen Dank. Ich glaube, ich finde sie selbst.«

7

Ich fasse es nicht, dass du mich von den beiden Jungs weggezerrt hast, Marmeladencroissant«, schimpfte Tante Gladys, während wir auf dem Parkplatz in ihre Limousine kletterten. »Weißt du, einer der beiden, Cedric, ist Bäcker, hat mir unzählige Scones für den Nachmittagstee geschenkt und meine rote, wallende Haarpracht gelobt. Und Henry, das war der andere Typ, mit den vielen Sommersprossen, der ist sogar Gärtner.« Tante Gladys strahlte mich an. »Abby! Gärtner! Noch ein paar Minuten mehr, dann hätte ich ihn so weit gehabt, dass er mir meine Rosen vor dem Fenster kostenlos umpflanzt. Und ich hätte dabei seinen Hintern aus dem Wohnzimmer beobachten können. Jammerschade!«

»Ach, Tante Gladys, das könnten doch deine Söhne sein«, machte ich ihr klar. »Außerdem ist diese Angelegenheit doch viel dringender. Wirklich dringend. Lady Ashworth wird mit DeWitt durchbrennen, Tante Gladys. Jasper ist inzwischen nach Ashworth Park gefahren, um dort nach ihr zu suchen, aber jede Wette, dass wir sie gleich am Hafen treffen.«

Tante Gladys zwirbelte eine ihrer roten Haarsträhnen zwischen den Fingern, während die Limousine im Eiltempo über die schmale Küstenstraße fuhr. »Bestimmt klärt sich das alles auf. Sicher steht sie seit Stunden daheim vor ihrem Kleiderschrank und kann sich nicht entscheiden, welche ihrer glamourösen Roben sie anziehen soll. Oder sie kann ihren Scotch nicht finden. Oder –« Tante Gladys holte tief Luft. »Frederick, halten Sie sofort an. Ach du liebe Güte, du hattest tatsächlich recht, Marshmallow! Da vorne an den Klippen parkt dieses kleine, spritfressende Cabrio der Lady.«

»Sie ist da! Sag ich doch!«, rief ich aufgeregt.

Frederick steuerte den Wagen in ein kleines Wäldchen, etwa zweihundert Meter von den Klippen entfernt. In diesem Moment kam mir ein Gedanke. »Aber Tante Gladys, was ist, wenn wir zu spät kommen? Was, wenn die beiden schon längst weg sind?« Ich blickte in den Himmel. »Das Wetter ist zwar windig, aber es regnet nicht. Wer weiß, womöglich könnte der Kapitän sein Boot heute tatsächlich zu Wasser lassen.«

Sachte öffnete Tante Gladys die Autotür und kletterte aus dem Wagen. »Jetzt beruhige dich. Sieh doch, Cordelia steht immer noch am Steg und wartet auf DeWitt. Wir kommen gerade noch rechtzeitig.«

Ich wanderte einige Schritte ins Wäldchen, schob einen Ast zur Seite und spähte durch die Blätter nach unten in Richtung Hafen. »Siehst du DeWitt irgendwo?«

Tante Gladys schüttelte den Kopf. »Noch ist die Luft rein. Aber wir müssen vorsichtig sein. Ich kann förmlich spüren, dass diese Schleimvisage hier gleich mit einem Strauß Lilien anrückt. Und dann will ich lieber nicht in der Nähe sein.«

Mir kam eine Idee. »Hast du diesmal wieder etwas Nützliches in deiner Handtasche?«, erkundigte ich mich.

»Ich bin heute leider nicht mit Narkotika ausgestattet, sondern bloß mit Lippenstift, Kaugummi, Zahnbürste und Ultra-Menthol-Zahncreme«, verneinte Tante Gladys.

»Hä? Wozu denn das?«

»Das ist mein Erste-Hilfe-Flirt-Set. Ungebraucht. Du hast mich ja im entscheidenden Moment weggezerrt.«

»Ich weiß. Tut mir leid.«

»Jetzt ist es auch egal. Blöd nur, dass das Zeug leider komplett ungeeignet ist für kriminelle Machenschaften aller Art.« Verärgert schloss sie die Handtasche. »Damit können wir nichts anstellen, außer DeWitt die Zähne zu putzen.«

»Dann müssen wir einfach vorsichtig sein«, beschloss ich und lief über die hölzerne Treppe, die sich entlang des Felsens zog, bis zum Hafen. »Wenn wir uns ans Ufer, bis hinter den Verschlag des Kapitäns schleichen, könnten wir Lady Ashworth überraschen und davon überzeugen, nicht zu gehen, und sie zurück zum Fest mitnehmen.«

»Überzeugen? Bei der hilft bloß blanke Gewalt«, verkündete Tante Gladys und stakste mit ihren Pumps hinter mir her. »Siehst du sie? Die alte Hexe steht immer noch am Steg und starrt in den Sonnenuntergang. Ich schnappe mir jetzt diese abgemagerten fünfzig Kilo Lebendgewicht, wickle sie in das Fischernetz da drüben und schleife diese untreue Schlange eigenhändig zurück zu ihrer Familie.« Sie schnaubte. »Also wirklich, dieses kleine Flittchen! Sich Bobby Mason einfach so an den Hals zu werfen! Pah! Die muss echt aufpassen, dass im Dorf nicht alle denken, sie wäre leicht zu haben.«

»Schscht«, machte ich, packte Tante Gladys an der Hand und zog sie hinter die Rückwand des Fährmannhäuschens. Das Brummen von zwei Autos kam näher. »Tante Gladys. DeWitt ist da. Schnell, duck dich.«

»Was?« Sie starrte zu der Straße über uns, wo sich soeben die Tür von DeWitts Oldtimer öffnete. Dahinter wartete ein schwarzes Taxi. »Oh, tatsächlich, da ist ja DeWitt. Und Blackwood. Und huch, da klettern ja noch drei weitere hässliche Schleimvisagen aus dem Wagen. Hat DeWitt eine Boyband gegründet oder was?«

»Ich glaube, er hat sich Verstärkung geholt.«

»Die sehen ja unsympathisch aus. Wenn Blackwood DeWitts Mann fürs Grobe ist, dann sind das ja wohl die Folterknaben.« Sie schüttelte sich. »Und, Gummibärchen, sieh nur: Er hat tatsächlich eine ganze Wagenladung Lilien mit dabei. Erinnere mich daran, dass ich alle meine Lilien mit Unkrautvernichter beseitige, wenn wir wieder daheim sind.«

»Sei leise. Und versteck dich! Sonst sieht DeWitt uns noch«, warnte ich Tante Gladys, während ich beobachtete, wie DeWitt über die Treppe zum Steg lief und an unserem Versteck vorbeischritt.

»Cordelia!«, rief er aus und schritt mit den Blumen auf sie zu.

»Bobby?«, antwortete Cordelia leise, den Blick immer noch auf das glitzernde Meer gerichtet, während der Wind in ihr Kleid wehte, sie sich den Strohhut hielt und die Möwen über ihr kreisten.

Ich konnte mir nur zu gut vorstellen, wie die Szene zu Hause auf den Bildschirmen rüberkam: in Slow Motion. Mit Geigenklängen untermalt. Kitschfaktor eintausend.

»Nicht! Dreh dich nicht um, Cordelia!« DeWitts Schritte hallten nun viel langsamer über den Steg. Stück für Stück näherte er sich der Lady. »Ich fürchte, du würdest sonst erschrecken.«

»Bobby! Bist du es wirklich?«, antwortete die Lady und wischte sich etwas aus dem Gesicht. Hatte sich eine Möwe über ihr erleichtert? Oder heulte sie? Ich hoffte auf Ersteres, wahrscheinlicher war leider Zweiteres.

»Ja, ich bin es, meine Liebste.« DeWitt stand nun direkt hinter ihr und legte eine Hand auf ihre Schulter. »Ich bin es tatsächlich. Dein Bobby Mason. Ich bin unendlich froh, dass du hier bist, um mit mir ein neues Leben zu beginnen. Weit weg von Schmerz, Kummer und Leid. Wo jeder immer glücklich ist und täglich die Sonne scheint.«

»Ich glaube, sie wollen nach Disneyworld«, riet Tante Gladys.

»Schscht«, machte ich.

Inzwischen flennte die Lady aus vollen Rohren. »Aber ich dachte, du wärst tot«, winselte sie und zückte ein besticktes Taschentuch, um sich die Tränen zu trocknen.

»Das war ich auch«, antwortete DeWitt und küsste sanft ihren Nacken. »Ich war tot. Ohne dich. Und unseren Sohn.«

»Nun, Jasper habe ich unglücklicherweise zu Hause vergessen. Liegt dir wirklich so viel an ihm? So recht mochte ich ihn nie lieb gewinnen.«

»Aber Cordelia, wie kannst du nur? Nun, wir werden ihn bald nachholen, immerhin ist er Zeugnis unserer Liebe.«

»Mir kommt das Kotzen! Bei diesen schmalzigen Dialogen rollen sich mir ja die Zehennägel auf«, zischte Tante Gladys eine Spur zu laut. »Grundgütiger, was macht er denn jetzt? Himmel, er zieht sich vor ihr aus!«

Ich erschrak. »Was? Wo?«

»Nein, falscher Alarm, Mozartkügelchen, er nimmt nur seine Krawatte ab. Um … um … Ja, warum tut er das eigentlich? Huch, er bindet sie Cordelia um die Augen!« Tante Gladys klang entrüstet. »Was sollen denn das für Spielchen werden? Ich dachte, die Serie wäre jugendfrei.«

»Was hast du vor, Bobby?«, hauchte jetzt auch Cordelia.

»Du darfst mich nicht ansehen«, befahl er mit fester Stimme und drehte sie zu sich um. Langsam begann er, ihr Gesicht mit Küssen zu bedecken. »Noch nicht. Erst dann, wenn ich dir alles erzählt habe. Denn ich sehe jetzt ganz anders aus als früher.«

»Aber ich kann nicht warten«, rief die Lady aus und warf sich stürmisch an seine Brust. Der Lilienstrauß plumpste zu Boden. »All die Jahre. All die Momente, in denen ich mich nach dir gesehnt habe und meinem Sohn Jasper nicht in die Augen blicken konnte, weil er mich an dich erinnert hat. Ich muss dich sehen.« Energisch riss sie sich die Krawatte von den Augen, blinzelte ins Licht – und taumelte vor Schreck zurück bis an die Kante des Stegs. »DeWitt! Sie … Sie sind nicht Bobby Mason.«

»Nur noch ein klitzekleiner Schritt nach hinten, Cordelia, und du landest im Ärmelkanal.« Tante Gladys lachte. »Ich wünschte, ich könnte die alte Schreckschraube ein wenig anstupsen.«

Doch Cordelia fiel nicht ins Wasser. DeWitt griff beherzt nach ihr und zog sie an sich. »Doch! Ich bin es«, verkündete er und schüttelte sie eindringlich. »Ich sehe nur anders aus nach den unzähligen plastischen Eingriffen, die ich über mich habe ergehen lassen. Aber ich war es immer, Bobby Mason, die ganze Zeit. Ich dachte, du ahntest es längst.«

»Das kann nicht sein!« Lady Ashworth versuchte, sich aus DeWitts Griff zu befreien, doch es gelang ihr nicht, also trommelte sie stattdessen mit ihren Fäusten auf seine Brust. »Ist das ein Scherz von Ihnen, DeWitt? Woher wissen Sie von Bobby Mason? Und warum geben Sie vor, er zu sein?«

»Ich gebe es nicht vor, ich *bin* es, Cordelia!« DeWitt zog sein

Sakko aus und legte es Cordelia um die Schultern. »Wie könnte ich sonst wissen, dass du ein kleines Muttermal direkt über deinem Po hast, in Form eines Schmetterlings? Dass deine Lieblingsunterwäsche lila ist? Dass du es liebst, wenn ich dein Ohrläppchen küsse und ich Erdbeeren mit Schlagsahne auf deinen –«

»Bring! Mich! Hier! Weg!«, jaulte Tante Gladys und tat, als müsste sie ins Meer kotzen. »Das ist psychische Folter.«

»Nicht so laut«, beschwichtigte ich sie und lugte noch etwas weiter um die Hauswand. So schlecht diese Szene auch war, ich wollte nichts verpassen.

»Mein Muttermal«, wisperte die Lady ergriffen und berührte ihren Po. »Wir haben es Mr Butterfly getauft.«

»Na also!« DeWitt streichelte über ihre Wange. »Endlich kannst du dich an uns erinnern. Wir haben uns damals sogar Kosenamen gegeben. Du hast mich Schnuckipupsi genannt. Und ich dich Sumpfhexe.« Er gab ihr einen Klaps auf den Hintern. »Immer dann, wenn du unartig warst.«

Würg! Stöhn! An dieser Stelle kippte Tante Gladys fast um und ich war ebenfalls an meiner Schmerzgrenze angelangt. Ob Horatio Eversmith auch etwas erfunden hatte, womit man Erinnerungen auslöschen konnte?

Cordelia zögerte. »Ich glaube dir, aber …«

»Aber was?« DeWitt nahm ihren Kopf zwischen seine Hände.

»Aber mir geht das alles zu schnell. Gestern warst du noch DeWitt, Montgomerys Medienberater, und heute bist du plötzlich der tot geglaubte Bobby Mason. Ich kann nicht mit dir gehen.«

»Ha!«, erklärte Tante Gladys und ballte freudig die Faust.

»Ich wusste es! Sie zieht es nicht durch. Ich sagte es ja! Da ist nichts mehr mit Leidenschaft.«

»Tu das nicht, Cordelia.« DeWitts Miene gefror. »Wage es nicht, mich hier stehen zu lassen und zu diesem unfähigen Ehemann zurückzukehren, der ständig Pfeife raucht und sich nur für seine elenden Gäule interessiert.«

»Montgomery ist jetzt Bürgermeister!«, schnaubte die Lady.

»Pah, Bürgermeister! Der alte Sack taugt doch nicht einmal zum Dorfnarren. Ohne uns wäre er ein Niemand, Cordelia.«

Lady Ashworth schwieg für einen Moment und ich fürchtete schon, sie würde DeWitt recht geben. (Mal ehrlich, Julians Gaul Leondra wäre besser geeignet für den Job als der Lord.) Doch dann stolzierte sie mit erhobenem Kinn an DeWitt vorbei. »Du hast vielleicht dein Aussehen verändert«, verkündete sie im gleichen herablassenden Ton, den sie auch bei Jasper und mir anschlug. »Aber abgesehen von dieser merkwürdigen Visage, die du dir hast verpassen lassen, bist du immer noch der Gleiche wie damals. Frustriert, unzufrieden und immer dabei, über Monty herzuziehen. Ich könnte niemals mit dir zusammen sein. Zum Glück ist mir das jetzt klar geworden.«

»Cordelia! Prinzessin! Liebes, es tut mir leid!«, winselte ihr DeWitt hinterher und hob die zerdrückten Lilien vom Boden auf. Jetzt war er wieder der alte Süßholzraspler, den wir kannten und hassten. Ich wünschte, er würde auf seiner Schleimspur ausrutschen. »Bitte, gehe nicht. Ist es wegen meiner Tochter Lydia? Die stecken wir für die nächsten sieben Jahre in ein ägyptisches Internat, dort ist man erst mit einundzwanzig volljährig. Nur bitte, verlass mich nicht!«

Die Lady blieb eiskalt. »Bobby, um deinetwillen – hör auf,

mir Lilien zu schicken, und lass die alten Zeiten ruhen«, verkündete sie und zog die Tür ihres Cabrios auf.

»Aber –«, setzte DeWitt an, doch da hatte Lady Ashworth bereits den Motor gestartet.

»Oh, oh. Plattfrisur-Clooney hat gerade den Korb seines Lebens kassiert. Jetzt muss er sich eine neue Adelsfamilie suchen, in deren inneren Kreis er sich vorschleimen kann. Oder er könnte sich Johnny Depps Visage verpassen lassen und hier noch mal loslegen«, meinte Tante Gladys lachend.

»Bring ihn nicht auf Ideen«, wisperte ich.

»Das wirst du bereuen, Cordelia.« Zuerst schien DeWitt gefasst, doch dann hob und senkte sich seine Brust, als würde er gleich an die Decke gehen. Wütend schmetterte er die Lilien ins Meer und sah zu, wie die Brandung die Blätter verschlang. Dann schrie er aus Leibeskräften: »Das wirst du bitter bereuen. Ihr alle werdet das. Du wirst schon noch lernen, dass man mich nicht einfach so sitzen lässt.«

In diesem Moment öffnete sich die Hintertür des Taxis und Lydia kletterte heraus. Sie sah nahezu gewöhnlich aus, in ihrer Jeans, den Sneakers und dem schäbigen Koffer, den sie vom Rücksitz zog. »Daddy, was ist denn nun?«, rief sie hinunter zum Hafen. »Nehmen wir nun das Boot zurück zum Festland?«

»Wir bleiben, Lydia.« DeWitt öffnete sein Jackett, zog die kleine Waffe heraus, die er mir erst neulich gegen den Rücken gedrückt hatte, und füllte das Magazin mit einer Patrone nach der anderen. Das Silber blitzte in der untergehenden Sonne. »Denn wir sind hier noch nicht fertig. Noch lange nicht.«

»Dieser verdammte Schmalspur-Casanova«, fluchte Tante Gladys, nachdem DeWitts Oldtimer und Lydias Taxi verschwunden waren. Dabei rappelte sie sich vom Boden auf und lehnte sich schnaufend gegen die Wand des Kapitänshäuschens. »Kann er nicht endlich von der Insel abhauen, sich ein Zimmer im Heartbreak Hotel nehmen und dort mit Nutella den Liebeskummer auskurieren? Das Spiel ist aus!«

Ich lehnte mich neben sie an die Holzbretter. »Ich habe gar kein gutes Gefühl, Tante Gladys.«

»Ich auch nicht, Karamellkeks. Wir müssen umgehend zurück zum Fest, um die anderen zu warnen, denn wer weiß –« Wie aus dem Nichts öffnete sich die Tür des Kapitänshäuschens und knallte Tante Gladys unsanft gegen den Kopf. Sie brach ab, stöhnte und ging in die Knie.

»Das … das muss der Kapitän gewesen sein«, stotterte ich und blickte dem Kerl hinterher, der soeben vollkommen unerwartet aus seiner Hütte gestürmt war. Er hatte uns nicht bemerkt, trug eine Klopapierrolle unter dem Arm und eilte schnellen Schrittes davon. Schließlich verschwand er in einer der Lagerhallen.

»In der Tat, das war Kapitän Preston«, bestätigte Tante Gladys und guckte ihm verdutzt hinterher. »Saß der etwa die ganze Zeit über in seiner Hütte?«

»Der muss wohl taub sein, wenn er die Show überhört hat«, murmelte ich.

Tante Gladys lachte. »Vielleicht hat er's gehört, ihm ist übel geworden und nun muss er eine dringliche Sitzung einlegen.«

»Möglich. Was für ein merkwürdiger Typ. Ich finde, er sieht gar nicht wie ein Kapitän aus«, überlegte ich laut. Was ich von hinten hatte erkennen können, war, dass er schlaksig war, eine

Glatze hatte und neben einer Brille Jeans und ein Sweatshirt trug und damit genauso aussah wie auf dem Foto, das ich neulich in seiner Hütte entdeckt hatte. Damals hatte ich ihn mit einem Praktikanten bei Google verglichen und das traf es ganz gut. »Was wissen wir eigentlich über ihn?«

»Über diesen Preston?« Tante Gladys hob eine Augenbraue. »Er ist bestenfalls eine Nebenfigur. Ich habe ihn ein paar Mal hier unten am Hafen gesehen und im Dorf, beim Einkaufen. Ich bin mir ziemlich sicher, dass er total auf mich steht, weil er mich jedes Mal aufmerksam durch seine Nickelbrille anstarrt. Nur ist er leider nicht mein Typ. Was soll ich auch mit einem Kapitän, der den ganzen Tag nur rumsitzt und nicht in See sticht?« Sie seufzte. »Was tut er eigentlich die ganze Zeit?«

»Er sammelt Informationen«, vermutete ich, während sich in meinem Kopf eine Idee formte. Ich spähte zu den Lagerhallen. Preston war immer noch auf dem Klo. »Komm mit.«

»Sollten wir nicht zurück zum Fest?« Zögerlich folgte mir Tante Gladys in die Hütte des Kapitäns.

»Nur ganz kurz. Ich muss dir etwas zeigen«, verkündete ich und sah mich im halbdunklen Zimmer um. Die vielen Papierstapel, die ich damals neben der Schreibmaschine entdeckt hatte, waren verschwunden. Stattdessen kullerten leere Bierdosen, Chipstüten und Verpackungen von Schokoladenriegeln auf seinem Schreibtisch herum.

»Was denn zeigen? Etwa, dass Preston eine Vorliebe für Junkfood hat?«, fragte Gladys und hob mit spitzen Fingern eine getragene Feinrippunterhose vom Dielenboden auf. »Widerlicher Typ.«

»Einen Steckbrief von mir. Ich war schon einmal hier. Und da habe ich diese Schreibmaschine und Informationen über mich entdeckt«, erklärte ich und versuchte, die Schubladen des Schreibtischs aufzuziehen, auf dem die Schreibmaschine stand. Sie waren abgeschlossen, aber in der Serie kosteten mich verschlossene Türen nur ein müdes Lächeln. »Tante Gladys, leih mir mal eine Haarklammer.«

»Steckbrief? Informationen? Über dich? Warum sollte er die sammeln?«

»Ich weiß es nicht. Ich weiß bloß, dass er so einiges über mich wusste. Dass ich von Rosen niesen muss. Er wusste sogar, dass meine Mum findet, dass ich Mona Lisa ähnle.« Ich blickte sie fest an. »Tante Gladys, wenn Preston so viele Infos über mich hat, dann finden wir bestimmt auch Steckbriefe von DeWitt und Blackwood. Wäre es möglich, dass es hier so etwas wie … ein Lexikon zu allen Figuren geben könnte? Etwas, das uns hilft, DeWitt dranzukriegen?«

Tante Gladys zog eine Haarklammer aus ihren Locken und reichte sie mir. »Ziemlich teuer aussehende Schreibmaschine für diese abgewrackte Bude. *Ashworth Instruments*, wie interessant«, verkündete sie und warf beiläufig einen Blick aus dem Fenster. »Oh, oh, Malzbonbon. Preston und seine Klopapierrolle kommen zurück.«

»Ich bekomme die Schublade nicht auf. Die blöde Haarnadel steckt fest.«

»Wir sitzen in der Falle.« Tante Gladys beugte sich zu mir. »Aber keine Sorge, Waffelhörnchen, ich habe eine Idee. Du bleibst hier unter dem Schreibtisch und ich gehe nach draußen. Wenn Preston wirklich etwas für mich übrig hat, dann kann ich ihn ablenken. Wozu hätte ich sonst mein Erste-Hilfe-Flirt-Set mitgebracht, hm?«

»Tante Gladys, sei vorsichtig« rief ich ihr noch hinterher,

doch da hatte sie sich schon hastig Lippenstift aufgetragen und schlüpfte aus der Hütte.

»Oh, Kapitän Preston«, säuselte sie übertrieben laut und presste ihren Rücken gegen die Tür des Verschlags. »Ich habe nach Ihnen gesucht, aber ich konnte sie nirgendwo entdecken. Gut, dass Sie da sind.«

»Gladys!« Zumindest die Stimme des Kapitäns klang nach einem Seebär. Tief und rau, als wäre er Kettenraucher, und – auch wenn ich das gegenüber Tante Gladys niemals erwähnen durfte – er klang nicht besonders erfreut, sie zu sehen. Außerdem sprach er in einem breiten New Yorker Akzent. »Was wollen Sie denn um diese Uhrzeit noch hier?«

»Nun, ich würde nur zu gerne einen kleinen Bootsausflug unternehmen. In den Sonnenuntergang. Mit Ihnen an meiner Seite. Einem Seemann, der Wind und Wetter trotzt und bei dem ich mich so richtig beschützt fühlen kann.«

Beschützt? Von diesem schmächtigen Glatzkopf mit Nickelbrille? Wer's glaubte! Aber das war mir egal, Hauptsache, Tante Gladys brachte ihn von hier weg und verschaffte mir Zeit, damit ich mich hier umsehen konnte.

»Habe leider zu tun«, brummte der Kapitän kühl.

Voller Panik sah ich, wie sich die Türklinke nach unten senkte.

»Stopp!«, kreischte Tante Gladys und die Türklinke wanderte langsam wieder nach oben. »Nicht. Bloß zehn Minuten. Ein stürmischer Abend auf See bringt meine Gefühle immer in Wallung, wissen Sie?«

»Ach, hören Sie doch auf, mich hier billig anzubaggern, verstanden?«, raunte er Tante Gladys zu. »Machen Sie, dass Sie da wegkommen, sonst wird's ungemütlich!«

Mir war, als würde es Tante Gladys für einen Moment die Sprache verschlagen angesichts der Rüpelhaftigkeit des Kapitäns. »Aber hallo! Sie sprechen mir einer Lady.«

Oje, oje! Das war also Tante Gladys' fabelhafter Plan? Das waren ihre bombastisch tollen Flirtkünste? So schnell ich konnte, stocherte ich mit der Haarnadel im Schloss herum, bis die Schublade endlich auffuhr. Ich griff hinein, schnappte mir alle Zettel und stopfte das Papier unter mein Kleid.

»Sie sind keine echte Lady«, knurrte Preston. »Und jetzt Platz da.«

»Doch! Seit meiner Heirat bin ich es. Außerdem, was zur Hölle geht Sie das an?«, rief Tante Gladys entrüstet. Danach hörte ich ein lautes Poltern, gefolgt von einem Schrei, der nach Tante Gladys klang.

»Aufhören! Lassen Sie das!«, drang Prestons Stimme an mein Ohr. Dann vernahm ich ein Platschen, das Rauschen der Wellen und schließlich Stille. Heilige Scheiße, was war da draußen los? Hatte Kapitän Preston Tante Gladys etwa ins Meer gestoßen?

»Schnell!« In diesem Moment riss Tante Gladys die Tür zur Hütte auf. »Apfelkuchen, wir müssen weg.«

»Was ist passiert?«

»Nun, ich habe mein Erste-Hilfe-Flirt-Set einsetzen müssen«, zischte sie und zog mich unter dem Tisch hervor. »Besser gesagt die Ultra-Menthol-Zahncreme. Das Zeug brennt vielleicht in den Augen, sag ich dir! Preston war kurzzeitig außer Gefecht gesetzt und ist ins Meer gestürzt. Aber keine Sorge, das Wasser ist nicht tief, er überlebt es. Hier lang, wir laufen an der Rückseite des Verschlags zurück zum Wagen.«

»Du hast ihn ins Wasser gestoßen?«

»Er wurde handgreiflich!« Tante Gladys dirigierte mich an der Rückseite der Hütte vorbei. »Hier lang, bevor er es aus dem Wasser schafft und uns hinterherläuft.«

Eilig guckte ich über meine Schulter und entdeckte in der Dämmerung tatsächlich die Umrisse von Kapitän Preston, der vor sich hin fluchend durchs hüfthohe Wasser watete. Algen baumelten von seinen Schultern. »Glaubt nicht, dass ich nicht weiß, wo ihr wohnt!«, brüllte er uns hinterher, doch da waren wir bereits ins Wäldchen geschlüpft.

»Das war … unerwartet«, seufzte Tante Gladys, als wir die Wagentür zuwarfen und Frederick das Auto im Rückwärtsgang zwischen den Bäumen hervorbugsierte. »Wer hätte gedacht, dass Preston in Wirklichkeit ein ungehobelter Widerling ist, der gar nichts für mich übrig hat? Kapitäne sind doch normalerweise immer galante Menschen, so wie Captain Kirk oder dieser Kapitän aus *Titanic*. Aber der hier war ein Reinfall.« Sie ließ sich in den Rücksitz fallen. »Ich hoffe, die Informationen, die du geklaut hast, waren das Risiko wert. Lass mal sehen.«

Ich zog die Blätter aus meinem Ausschnitt und reichte sie Tante Gladys, während ich mir den Schweiß von der Stirn wischte. Tolle Aktion! Wie es aussah, hatten wir jetzt nicht nur DeWitt und Blackwood als Feinde, sondern auch einen patschnassen Kapitän, der auf Rache sann. Zum Glück waren wir heil aus der Sache rausgekommen.

»Was? Das ist ja bloß irgendwelcher Stumpfsinn«, schimpfte Tante Gladys und reichte mir verärgert die Zettel zurück. »Von wegen Geheiminformationen über DeWitt. Alles, was auf diesen Zetteln steht, wissen wir längst selbst, und nicht einmal dein mysteriöser Steckbrief ist darunter. Und dafür habe ich diesem Kerl schöne Augen gemacht?«

»Was? Aber das kann nicht sein!« Ich sah mir die geklauten Blätter genauer an. Sie enthielten kaum Text, außer einigen Sätzen, die mir bekannt vorkamen. »Wie merkwürdig! Das ist eine Art Transkription des kompletten Gesprächs vorhin. Der Kapitän muss Lady Ashworth und DeWitt belauscht haben. Er hat jeden Satz mitgeschrieben.«

»Dann sammelt er eben Informationen.« Tante Gladys schien das alles herzlich wenig zu beeindrucken. »Nicht nur über dich, sondern über uns alle hier. Merkwürdig, aber harmlos. Weitaus harmloser als DeWitt. Nicht auszudenken, was passiert, wenn der wirklich Rache nimmt und von seiner Waffe Gebrauch macht. Mitten auf dem Fest.«

Ich wusste, was sie meinte. Sobald es eine Leiche gab, konnten wir das Happy End für sehr, sehr lange Zeit vergessen.

»Was machen wir jetzt?«, fragte ich und stopfte die Zettel in meine Handtasche zu Julians duftender Tulpe. Ich würde die Handtasche auf jeden Fall mit nach New York nehmen, um den Inhalt Deborah zu zeigen.

»Wir bringen die Ashworths in Sicherheit«, antwortete Tante Gladys. Dann wandte sie sich an den Chauffeur: »Nehmen Sie die Feuerwehreinfahrt zur Tribüne. Und drücken Sie ordentlich auf die Tube, Frederick. Stellen Sie sich vor, Sie fahren keine Lady in ihren besten Jahren, sondern James Bond, verstanden?«

»Verstanden«, echote der Fahrer.

»Nun gut. Ich suche die Lady und den Lord und bringe sie von hier weg, zurück ins Schloss, dort sind sie erst mal sicher.«

»Die beiden kommen niemals freiwillig mit.«

Tante Gladys winkte ab, als wäre das die einfachste Sache der Welt. »Ich erzähle ihnen, dass jemand ein Attentat auf den Bürgermeister plant. Womöglich stimmt das sogar. Lady Ashworth hält ihren Ehemann ohnehin für den neuen John F. Kennedy, die schluckt das bestimmt.«

»Und ich? Wie kann ich helfen?«, fragte ich.

»Du suchst die Jungs und bringst sie ebenfalls zurück ins Schloss.«

»Aber Jasper ist doch bereits dort. Er wollte nach Lady Ashworth suchen«, erwiderte ich.

»Na, umso besser. Dann bleibt nur noch Julian. Dem brauchst du auch gar kein Märchen zu erzählen, der folgt dir ohnehin wie ein verliebter, hirnamputierter Depp.« Sie grinste, während Frederick durch eine Absperrung bretterte und über knirschenden Kies raste. Gänse schnatterten und einige Festgäste sprangen entsetzt zur Seite. »Was tun Sie da, Frederick? Sie machen noch Dellen in meinen schönen Wagen.«

»Sie sagten, Sie wären James Bond.« Ich sah ihn im Rückspiegel grinsen.

»Ja, ja, ich weiß, was ich gesagt habe. Und jetzt halten Sie an«, befahl Tante Gladys.

Frederick bremste, ließ das Auto im Halbkreis durch den Kies schlittern und mir kam der leise Verdacht, dass er seinen neuen Job als Stuntfahrer genoss.

»Monty steht gerade auf der Bühne, den schnappe ich mir. Warten Sie so lange auf Abby und Julian. Ich nehme mit Cordelia und Monty den anderen Wagen zurück, verstanden? Wir treffen uns auf Ashworth Park.«

»Verstanden«, verkündete Frederick.

»Pass auf dich auf«, rief mir Tante Gladys hinterher, aber da befand ich mich schon auf dem Weg zum Fest.

Inzwischen war es beinahe ganz finster und es fiel mir immer schwerer, Gesichter in der Menge zu erkennen. Also fragte ich das Ballon-Mädchen. Als ich Julian erwähnte, musterte sie mich und bedachte mich mit einem wissenden Blick.

»Oh. Noch eine Anwärterin. Willst wohl auch dein Glück versuchen.«

»Glück? Was meinst du? Ähm, Moment mal, du hast da etwas ganz Merkwürdiges in deinen Haaren hängen.« Aus der Nähe sah ich, dass einige Spaghetti in ihren Locken festhingen. Ich zog ihr eine davon aus dem Haar.

»Oh, verdammt, noch eine Nudel! Die sind wirklich überall. Aber damit bin ich noch glimpflich davongekommen. Meiner Freundin Stella fehlt ein Zahn.« Das Mädchen lächelte traurig und deutete hinter sich. »Du findest Julian hinten am Brunnen. Hals- und Beinbruch.«

Also, das war ja … merkwürdig. Aber ich ließ mich davon nicht irritieren (Julians Groupies waren schon immer speziell gewesen) und fand Julian schließlich hinter einer leeren Bude, den Kopf in den Händen vergraben. Als ich ihn genauer ansah, blieb mir beinahe das Herz stehen.

»Julian! Oh Gott, was ist passiert?« Er sah furchtbar aus. Sein Anzug war von oben bis unten mit roter Farbe bespritzt, er hatte Pusteln an den Händen, seine Nase blutete und jemand hatte ihm ein ordentliches Veilchen verpasst. »Das war doch nicht etwa DeWitt?«

»Nein, das war mein Liebesfluch«, wisperte er.

»Was? Aber –« Ich machte einen Schritt zurück und starrte auf die Bude, hinter der Julian lehnte. Erst jetzt las ich das Schild, das über ihm hing: Jeder Kuss = 1 Pfund.

Oh scheiße. Ein Traumprinz zum Schnäppchenpreis.

»Du hast doch nicht –«

»Ich fürchte doch. Ich habe meine Küsse verkauft«, gab er zerknirscht zu. »Aber Abigale, mir blieb keine andere Wahl. Ich musste herausfinden, welches Mädchen zu mir gehört. Doch sie waren es alle nicht. Sieh mich nur an, ich bin der Pechvogel des Jahrhunderts.« Julian zog sich eine Nudel aus dem Haar, die ihm in die Stirn baumelte. »Die muss noch von vorhin sein. Als ich das Luftballon-Mädchen geküsst habe, ist der verdammte Herd am Stand daneben in die Luft gegangen. Es gab Spaghetti bolognese.«

»Oh Julian«, murmelte ich.

Er richtete sich auf und zückte ein Bündel Geldscheine. »Ich habe zumindest fünfhundert Pfund für *Tiere in Not* verdient. Dafür habe ich tatsächlich die ganze Insel durchgeküsst. Das heißt, alle bis auf dich. Ich verlange nicht viel, bloß einen winzigen Kuss. Eine Millisekunde. Kurz und schmerzlos.«

»Nicht jetzt, Julian, wir haben keine Zeit«, machte ich ihm klar. »Tante Gladys hat mir befohlen, dich so schnell wie möglich ins Herrenhaus zu schaffen. Jasper ist schon dort und sucht nach eurer Mutter.«

»Nach unserer Mutter? Aber die habe ich doch vorhin erst gesehen, bei Vater auf der Bühne.« Er ließ nicht locker, spitzte die Lippen und schickte mir zwei Luftküsschen. »Komm schon, es dauert nur eine Sekunde.«

Mist, Mist, Mist. So, wie er dastand, so schlimm zugerichtet und mit Nudeln in den Haaren, war es beinahe unmöglich, aus der Sache rauszukommen. Ich musste ihm einfach einen schnellen Kuss aufdrücken – alleine schon, um ihn endlich zum Gehen zu bewegen. Diesmal hatte ich auch noch die Worte der Wahrsagerin als Rückendeckung, die davon überzeugt war, ich sei keinesfalls die Richtige für ihn.

Ich atmete tief durch und sah mich um. Wir waren ganz alleine, dieser Teil des Jahrmarkts lag abseits, weit weg vom Gedränge. Niemand würde uns sehen. Nun, niemand bis auf Deborah. Ich konnte mir nur zu gut vorstellen, wie sie zu Hause einen Tobsuchtsanfall bekam, wie ein Racheengel meine Poster von den Wänden riss und meine Horrorfilme-DVDs im Klo ertränkte. Aber das war jetzt egal.

»Also los«, forderte ich ihn auf und nahm all meinen Mut zusammen. Deborah konnte sich damit trösten, dass das hier der wohl unromantischste Kuss der Fernsehgeschichte werden würde, noch unromantischer als der Todeskuss, den der Pate seinen Opfern aufdrückte. Hier war es eiskalt, ungemütlich, die vielen Mücken nervten und außerdem juckten meine Beine – ich musste vorhin aus Versehen durch Brennnesseln gelaufen sein. Megaromantisch, echt!

»Okay«, sagte Julian und klang nervös.

Und dann spürte ich seine Lippen auf meinem Mund, hauchzart und leicht, und bevor der Kuss auch nur ein wenig Fahrt aufnehmen konnte, war er zum Glück auch schon vorbei.

»Abby? Ist alles in Ordnung?«, fragte Julian. Dann blickte er gehetzt in den Himmel, ging reflexartig in Deckung und spähte prüfend über meine Schulter. Und brummte irritiert.

»Ja. Alles bestens«, erwiderte ich, als es mir schließlich wie Schuppen von den Augen fiel. Alles war gut. Zu gut. Wir wurden nicht vom Blitz getroffen. Nicht von einem Asteroiden erschlagen. Nicht von einem Schwarm wilder Glühwürmchen attackiert, mit Nudeln aller Art übergossen oder in Gulasch getränkt.

Alles war bestens.

»Du bist wohlauf«, stellte Julian fest. »Nun, es regnet zwar jetzt kein Konfetti vom Himmel. Und es zwitschern keine Nachtigallen. Aber … das reicht mir. DAS REICHT MIR!« Er hob mich hoch und wirbelte mich herum. »Oh, Abigale, ich wusste es immer, du gehörst zu mir! Ich kann es nicht erwarten, es Lady Esmeralda zu erzählen und mir mein Geld zurückzuholen. Sie hatte unrecht und ich recht. Und dann erzähle ich es meiner Mutter und meinem Vater und –«

»Julian! Bleib stehen!«, rief ich, doch da hatte er mich bereits zurückgelassen und hüpfte wie ein liebeskrankes Reh zurück zum Tipi der Wahrsagerin. Das konnte nicht wahr sein. Wo war denn *mein* Unglück? Wo war die verdammte Katastrophe? Ich konnte nicht Julians Cinderella sein! Niemals!

Ich spürte, wie mir eine verzweifelte Träne über die Wange kullerte und ich die Beherrschung verlor. War das ein grausamer Scherz der Serie? Wie konnte ich Julians Prinzessin sein, wenn ich nicht mal im Geringsten in ihn verliebt war?

Doch noch bevor ich eine Antwort finden oder Julian hinterherlaufen konnte, um ihn aufzuhalten, schlich sich der Cliffhanger an und brachte meinen ganzen Körper zum Kribbeln, bis ich mitten in der Dunkelheit verschwand.

8

Gib mir den Inhalt deiner Tasche!«, brüllte mir eine wilde weibliche Stimme ins Ohr, während ich langsam wieder zu mir kam.

Wo war ich? Fieberhaft versuchte ich mich zu erinnern, von wo ich zum letzten Mal nach Ashworth Park gereist war. War ich etwa in der Öffentlichkeit gesprungen, nachdem wir Crazy Fred in der U-Bahn-Station besucht hatten? Lag ich jetzt irgendwo im City Hall Park, während man mich gerade ausraubte?

Nein. Falscher Alarm. Gott sei Dank. Als ich die Augen aufschlug, befand ich mich in unserem Wohnzimmer in Brooklyn und es war keine Ganovin, sondern nur Deborah, die versuchte, meine Handtasche zwischen dem Sofa und mir hervorzuzerren. Stück für Stück wanderten nun auch wieder die Erinnerungen zurück in mein Gedächtnis. Ich war natürlich vom Sofa aus gesprungen, wir hatten es nach dem Besuch bei Crazy Fred rechtzeitig zum Serienstart nach Hause geschafft. Bei Seriensprüngen überließ Deborah nichts dem Zufall.

»Jetzt mach schon, Abby!«, schnaubte sie und zog fest an den Henkeln, bis sie die Tasche schließlich in den Händen hielt. Dann öffnete sie den Verschluss und beförderte Julians Geschenk heraus. »Oh, da ist sie ja! Julians Tulpe. Sie hat dort geduftet, nicht wahr? Du brauchst nichts zu sagen, ich habe ganz genau gesehen, wie du daran gerochen hast. Die Überschneidungen werden mehr, Abby.« Meine Schwester befühlte vorsichtig die verwelkten rosa Blätter. »Darf ich sie unter dem Mikroskop untersuchen?«

»Jetzt vergiss doch mal für einen Moment deinen dämlichen Wissenschaftskram«, bremste sie Morgan. »Abby hat jetzt ein ganz anderes Problem. Sie hat soeben Julian geküsst.«

Ich setzte mich auf und rieb mir den Kopf, da fiel mir alles siedend heiß wieder ein: die letzte Szene der Serie, bevor der Cliffhanger mich hierher zurückgebracht hatte. Der Kuss! Julians Liebesfluch, der mich verschont hatte!

»Mann, Abby, ich habe mit Deborah beinahe die ganze Folge geguckt«, klärte mich Morgan auf, nahm mich in den Arm und streichelte meine Schultern. »Ich bin halb verrückt geworden, als du Julian geküsst hast. Du warst so mutig.«

»Mutig?« Deborah schnaubte. »Ihr habt beide total bescheuert ausgesehen. Bibbernd vor Angst, dass euch jeden Moment ein fehlgeleiteter Goldball erschlägt, ein Traktor über die Zehen rollt oder eine Eule auf den Kopf kackt.«

»Klappe. Du bist schon ganz grün vor Neid«, sagte Morgan.

»Ich wünschte, uns *hätte* eine Eule auf den Kopf gekackt«, rief ich und begann vor dem Fernseher auf und ab zu laufen. »Normalerweise ist die Serie doch voll von dramatischen Zwischenfällen – Unglück, so weit das Auge reicht. Aber bei mir und Julian ist nichts passiert. Gar nichts. Mich hat noch nicht mal eine blöde Mücke gestochen.« Vor Verzweiflung kullerten mir Tränen über die Wangen. »Kann das wirklich bedeuten, dass ich Julian Ashworths ganz persönliches Happy End bin? Ich?«

»Neeeein«, winkte Morgan ab und schüttelte den Kopf. »Das ist bestimmt nur ein Missverständnis, das sich bald –«

»Aber natürlich ist es möglich«, fuhr Deborah dazwischen und zerstörte damit meine letzten Hoffnungen. »Du hast doch gesehen, was mit den anderen Mädchen passiert ist, und wenn der Liebesfluch bei dir ausbleibt, dann hast du eben den Jackpot geknackt. Das Schwert aus dem Stein gezogen. Dabei bist du bei Weitem keine Cinderella. Total ungeeignet als Julians Prinzessin. Welche groteske Ironie des Schicksals.«

Ich gab einen lauten Schluchzer von mir.

»Aber versuch es doch positiv zu sehen«, machte Deborah weiter. »Wenn Julian nun seine Traumfrau gefunden hat und jetzt auch noch DeWitt gefasst wird, hast du Horatios Bedingungen erfüllt und er würde die Verbindung zur Parallelwelt trennen. Auch wenn du dafür natürlich für immer bei Julian bleiben und irgendwann die Comtesse von Rosington werden müsstest. Immerhin könntest du so Tante Gladys von ihren Reisen nach Ashworth Park erlösen. Und mein Handy würde auch wieder funktionieren!«

»Warte mal! Du meinst es also ernst?« Ich funkelte Deborah an und stemmte meine Arme in die Hüften. »Ich soll für immer in Ashworth Park bleiben? Bei Julian?«

»Deborah! Du blöde, unsensible Kuh!«, schrie Morgan und verpasste meiner Schwester so einen festen Schubs, dass sie gegen die Wand stieß. Eins von Mums Kunstwerken plumpste auf den Boden. »Du wirst doch nicht etwa deine Schwester in der Serie zurücklassen? Zwangsverheiratet, wie in einer indischen Großfamilie?«

Mir wurde immer übler und ich ließ mich aufs Sofa fallen. Langsam baute sich ein Bild vor meinem inneren Auge auf:

Ashworth Park, einige Jahre später, Julian und ich, die mit allem Glanz und Gloria eine Märchenhochzeit feierten. Die ganze Insel jubelte, nur die Braut war todunglücklich. Gefangen in einem Albtraum, Welten entfernt von ihrer Familie und ihren Freunden und außerdem hoffnungslos verliebt in den Bruder des Bräutigams.

Nein, das war kein Happy End.

»Morgan, zügle dein japanisches Temperament und lerne endlich mal zu meditieren. Wir lassen Abby keinesfalls als donutsüchtige Neuauflage von Lady Ashworth in einer Serie enden«, murmelte Deborah. Selbst einem gefühlskalten Fisch wie ihr war es dann doch nicht egal, die einzige Schwester an eine Parallelwelt zu verlieren. Morgan hatte wohl recht gehabt, es war bloß der Neid, der aus ihr sprach. »Ich sage euch, was wir tun. Wir bleiben ruhig und drehen *nicht* durch.«

»Nicht durchdrehen?« Ich kämpfte mit den Tränen. »Das ist leichter gesagt als getan. Ich verstehe einfach nicht, wie die Serie zulassen kann, dass ich –«

»Abby!«, unterbrach mich Morgan und guckte plötzlich ganz merkwürdig. Beinahe angewidert, wie neulich in der Kantine, als Trevor und seine Kumpels gewettet hatten, wer mehr Fleischbällchen in den Mund stopfen konnte. »Ich glaub es ja nicht … Guck in den Spiegel! Sofort!«

»Was?«, schniefte ich.

Morgan hüpfte auf und ab. »Sieh nur, Deborah! Sieh zu, was mit ihr geschieht!«

»Ich seh's ja.« Deborah runzelte die Stirn und studierte mein Gesicht. »Was in aller Welt … Es passiert so schnell! Das ist medizinisch gar nicht möglich.«

Morgan führte mich zum Spiegel im Flur und ich sah hinein – und für einen Moment hatte ich das Gefühl, dass mir eine fremde Person entgegenblickte. Eine abgrundtief hässliche fremde Person, denn am Rand meiner Unterlippe hatten sich einige rote Pusteln gebildet, die mit jeder Sekunde an Größe gewannen.

»Du hast Herpes, Abby!«, jubelte Morgan und tanzte wie Rumpelstilzchen um mich herum. »Du hast tatsächlich Herpes!

Ich beäugte mein Spiegelbild etwas genauer. Tatsächlich. Meine Unterlippe war bereits mit prallen Herpesbläschen übersät, die Krusten bildeten und gelb leuchteten, und nun begann es auch auf der Oberlippe unangenehm zu jucken. Wenige Sekunden später sahen meine Lippen aus wie der Schnabel von Daisy Duck.

»Oh mein Gott! Ich habe Herpes!«, jauchzte ich vergnügt.

»Du siehst aus wie ein Monster«, stellte Deborah fest und grinste dabei schadenfroh. »Du bist der erste Mensch, der sich freut, wie ein ekeliges, fettlippiges Monster auszusehen!«

»Das kann nur eins bedeuten: Der Fluch hat zugeschlagen!«, lachte ich und weinte plötzlich Freudentränen.

Morgan umarmte mich überschwänglich, während Deborah die Augen verdrehte.

»Ich habe Julian-Herpes! Bestimmt hat Julian in der nächsten Folge auch ganz viele ekelige Pusteln. Hach, das ist der schönste schrecklichste Ausschlag, den ich je hatte.«

»Dafür, dass es kein richtiger Kuss war und du bloß Julians Lippen gestreift hast, sieht das echt oberfies aus.« Morgan machte einen Schritt zurück. »Komm mir nicht zu nahe, ich will mich lieber nicht anstecken, denn ich sitze morgen im Musical neben Jake – und ich habe vor, mit ihm zu knutschen.«

Dann schien ihr etwas einzufallen. »Oje, Trevor wird sich gruseln, wenn er dich sieht. Vielleicht hast du Glück und die hässlichen Dinger sind bis morgen wieder weg.«

So sehr ich es auch hoffte (nicht so sehr wegen Trevor, sondern weil man in unserer Schule schon mit einem winzigen Pickel auffiel), aber Morgan behielt leider nicht recht. Am nächsten Morgen auf dem Weg zur Schule prangten die dicken Pusteln immer noch unübersehbar in meinem Gesicht. Aber selbst das konnte meine Freude kaum schmälern.

Der Fluch hatte zugeschlagen! Ich war nicht Julians Cinderella! Selbst wenn mir mitten im Gesicht ein Elefantenrüssel gewachsen wäre, ich würde immer noch vor Freude singen! Nun würde Julian endlich verstehen, dass ich nicht zu ihm gehörte. Dem Himmel sei Dank.

»Sollen wir nicht doch ein wenig Abdeckcreme draufgeben?«, fragte Morgan in der Toilette des Imperial Theaters, kurz bevor das Musical losging. »Die Dinger leuchten heller als die Scheinwerfer auf der Bühne, Abby. So wird Trevor dich nie küssen.«

»Ich küsse ihn heute ohnehin nicht, das Zeug ist ansteckend«, machte ich ihr klar. Ehrlich gesagt war ich ein wenig froh, genau an diesem Tag die weltweit größte Herpes-Infektion zur Schau zu tragen. So musste ich Morgan nicht erklären, warum ich Trevor nicht an mich ranließ. Denn nachdem ich mich ungeplant in Jasper verknallt hatte, konnte ich kaum mehr nachvollziehen, was ich je an Trevor gefunden hatte: einem Basketballfreak, der Strafdienst bei der Schülerzeitung schob und gesundes Essen hasste – so sehr, dass er sogar beim Burger die Gürkchen abbestellte. Das Aufregendste an Trevor war sein Notizbuch, in das er in jeder ruhigen Minute schrieb, so wie ich in mein pinkes Büchlein, in dem ich meine Ratschläge dokumentierte.

»Irgendwie mag ich Musicals«, gab Trevor zu, als sich der Vorhang hob und die Musik anschwoll. Heute hatte er sich richtig rausgeputzt und sogar eine Krawatte umgebunden, auch wenn der Knoten so unmöglich korrekt sein konnte. »Es ist mir ein wenig peinlich, aber ich war schon drei Mal in *König der Löwen*.«

Ich lachte. »Das braucht dir doch nicht peinlich zu sein. Morgan und ich waren auch schon mehrmals im selben Musical.« Ich stupste Morgan neben mir an. »Hey, Morgan! Wusstest du, dass Trevor auch … Huch, ich glaube, Morgan ist gerade beschäftigt.«

»Das ging ja schnell.« Trevor rollte mit den Augen und sah zu, wie Jake und Morgan sich wild knutschend durch die Haare fuhren. »Dafür hätten sie sich keine Karten für hundert Dollar kaufen brauchen.«

Da hatte er allerdings recht. Zum Glück machte Trevor keine Anstalten, mit mir auf Tuchfühlung zu gehen. Und das nicht nur, weil meine Lippen so rot leuchteten wie ein Hummer, sondern einfach, weil er die Show genoss.

Und das tat ich auch. Ich hätte es nie für möglich gehalten, aber Trevor und ich verbrachten einen großartigen Abend. In der Pause teilten wir uns eine winzig kleine zehn Dollar teure Cola und danach stellte sich Trevor sogar neben mich in die ewig lange Damenklo-Schlange, damit ich mich beim Warten nicht langweilte.

Als das Musical eine Stunde später schließlich zu Ende war und wir im Foyer auf Morgan und Jake warteten (die hatten noch nicht begriffen, dass sie sich einen neuen Platz zum Knutschen suchen mussten), fingerte Trevor plötzlich sein Notizbuch aus der Tasche.

»Nun kann ich endlich Nummer dreiundfünfzig streichen«, lachte er und malte mit dem Kugelschreiber einen Strich durch sein Buch. »In der ersten Reihe bei einem Musical gesessen. Check.«

»Was … Was ist das für ein Buch? Ich habe bemerkt, dass du es ständig mit dir herumträgst«, erkundigte ich mich. Als ich noch Hals über Kopf in Trevor verliebt war, hatte ich angenommen, er wäre philosophisch und schrieb Gedichte, doch inzwischen war ich davon überzeugt, dass er im besten Fall Basketball-Spielzüge oder im schlechtesten Fall versaute Witze notierte.

Offensichtlich war es nichts davon.

»Das ist meine Bucket-Liste. Mit all den Dingen drauf, die ich mal machen möchte. Normalerweise zeige ich sie niemandem, aber wenn du willst, kannst du mal gucken.« Er zog mich zu sich heran. »Es sind hundert Wünsche und ich habe mir vorgenommen, alles darauf zu schaffen.«

Das war ziemlich cool, dachte ich mir, als ich Trevors bereits durchgestrichene Wünsche überflog. Eine Wahnsinnskostümparty schmeißen, kurz vor Spielende drei Punkte von der Mittellinie werfen, einen All-you-can-eat-Hotdog-Wettbewerb gewinnen (Echt jetzt? Aber gut, es war immer noch Trevor), ein Autogramm von Shaquille O'Neal – und da stand noch viel mehr.

»Wow, das hast du alles bereits geschafft?«, fragte ich.

»Ich bin erst knapp über der Hälfte.« Trevor betrachtete mich, während ich mir wünschte, ich könnte seine Liste kopieren und nachts noch mal in Ruhe durchlesen. »Oh Mist. Jetzt guckst du auf Nummer neunundneunzig, stimmt's, Abby?«

»Nein, das heißt, ähm, jetzt tue ich's doch.« Eigentlich hatte ich gerade die Nummer zweiundsechzig gelesen, den Bungeesprung (Respekt!), aber nun glitt mein Blick automatisch zu der von Trevor erwähnten Nummer, wo stand: *sich verlieben* – bis ich schließlich bei der Hundert angelangt war. Boah. Ich traute meinen Augen kaum! Die Nummer hundert war nicht durchgestrichen. Sie war NICHT DURCHGESTRICHEN.

»Ähm. Ja. Die letzten beiden Punkte sind eigentlich äußerst privat«, erklärte Trevor und klappte seine Bucket-Liste zu. Jetzt war er rot geworden, was ihm irgendwie gut stand. »Aber ich wollte sie dir zeigen, damit du weißt, dass ich noch nie verliebt war. Aber mit dir könnte es klappen. Du bist aufregend und nicht leicht zu durchschauen. Bei meiner Party hast du mich einfach stehen lassen und doch hast du dir früher meine Basketballspiele angesehen.«

Ich biss mir auf meine geschwollene Lippe und dachte dabei augenblicklich an Ashworth Park. »Ehrlich gesagt mag ich Basketball gar nicht so gerne. Außerdem bin ich bereits verliebt«, gab ich zu. »Unglücklich verliebt. Doch diese Liebe ist aussichtslos. Ich kann niemals mit ihm zusammen sein, weil –« Ich brach ab.

»Weil er dein Cousin ist«, beendete Trevor den Satz. »Ich habe mitbekommen, welche Blicke du und dein Cousin euch auf meiner Party zugeworfen habt. Und wie ihr aufs Dach verschwunden seid.«

»Was? Nein!« Ich verzog das Gesicht. »Igitt, ich bin doch nicht in meinen Cousin verknallt. Zugegeben, das mit dem Cousin war eine Lüge. Jasper und ich sind nicht verwandt.«

»Na toll. Du hast mich also angelogen«, brummte Trevor und schüttelte missbilligend den Kopf. »Abby, hör mal, ich finde dich faszinierend, aber du musst das selbst auf die Reihe bekommen. Wenn du nicht weißt, was du willst, dann kann ich dir nicht –«

»Ey, wie lange ist der Film schon aus?«, unterbrach uns Jake. Morgans pinker Lippenstift klebte ihm an den Ohren. »Und warum hast du nicht gesagt, dass ihr gegangen seid?«

»Es war kein Film, sondern ein Musical.« Trevor seufzte genervt.

»Was, echt?«

»Kommt. Lasst uns gehen.« Trevor drückte sich durch die Drehtür Richtung Times Square und Morgan, ich und Jake folgten ihm im Gänsemarsch. Den ganzen Weg zurück zur U-Bahn wechselten wir kein Wort.

»Trevor ist noch Jungfrau?«, quiekte Morgan so laut, dass sich das halbe U-Bahn-Abteil nach uns umdrehte.

»Ja, ist er«, murmelte ich und rieb mir dabei angestrengt den Kopf. »Oh, Morgan, eigentlich war es ein wundervoller Abend im Musical und ich Vollidiot habe alles ruiniert, weil ich vor Trevor mit Jasper angefangen habe. Dabei weiß ich doch längst, dass ich nicht mit Jasper zusammen sein kann, und trotzdem will er mir nicht aus dem Kopf gehen. Und jetzt vermassele ich mir auch noch alle Chancen bei einem Jungen wie

Trevor, der doch ziemlich nett zu sein scheint. Aber er ist eben nicht Jasper. Ach, was soll ich nur machen?«

»Jungfrau? Wie, er hatte noch nie Sex?«, echote Morgan, als hätte ich gar nichts gesagt. »Noch nicht mal mit Jill, diesem Flittchen aus der Abschlussklasse, mit dem er drei Monate lang ausgegangen ist?«

»Keine Ahnung.« Ich seufzte und starrte aus dem U-Bahn-Fenster in den dunklen Tunnel. »Ständig muss ich an Jasper und Ashworth Park denken. Und heute trage ich sogar Tante Gladys' Handtasche, die sie mir fürs Frühlingsfest geliehen hatte. Und ich habe das Polaroid, das wir auf Trevors Dachterrasse geschossen haben, immer bei mir.«

»Euer erstes gemeinsames Foto?«

»Unser einziges gemeinsames Foto.« Ich wollte ihr das Bild zeigen, doch Morgan entdeckte plötzlich etwas ganz anderes in meiner Tasche und beförderte einige Seiten Papier heraus. »Krass, sind das nicht die Blätter, die du diesem Kapitän geklaut hast, der neulich am Hafen die Lady und DeWitt belauscht hat?« Ihr Blick flog über einen der zerknüllten Zettel. »Oh Mann, tatsächlich. Das ist eine genaue Abschrift ihres Gesprächs. Warum interessiert ihn denn deren Geschwafel? Und sieh nur, auf den anderen Blättern ist noch mehr Text –« Morgan brach ab und sog plötzlich tief Luft ein.

»Was ist? Was hast du denn?«

»Sag mal, hast du alles davon gelesen?«, wollte sie wissen und deutete auf den Blätterstapel.

»Ähm, nein, ich habe bloß die obersten Seiten überflogen. Das schien alles unbrauchbar, außerdem hatte ich nach dem Einbruch wenig Zeit.« Ich spähte über ihre Schulter. »Warum fragst du denn? Was hast du gefunden?«

»Hier findet sich nicht nur das Gespräch zwischen der Lady und DeWitt am Hafen, sondern noch mehr.« Bis eben hatte Morgan wegen ihres Dauergeknutsches mit Jake gestrahlt wie die Reklame am Times Square, aber jetzt war sie plötzlich blass geworden. »Das hier zum Beispiel ist ein Dialog zwischen der Lady und Lord Ashworth. Und darüber steht eine Beschreibung: ROSINGTON – FRÜHLINGSGARTENSCHAU – AUSSEN. Abby, so etwas habe ich schon mal gesehen, als sich mein Bruder für eine Filmrolle beworben hat. Das sieht aus wie ein Drehbuch.«

»Ein Drehbuch?« Hastig zog ich Morgan das Papier aus der Hand und überflog den Text. Es war tatsächlich ein Dialog, genauer gesagt handelte er von Lady Ashworth, die kurz nach dem Streit mit DeWitt am Steg auf die Frühlingsgartenschau zurückkehrte.

Darin warf sie sich mit Krokodilstränen in Lord Ashworths Arme und versicherte ihm überschwänglich, dass er sich nie mehr Sorgen um Bobby Mason und die mysteriösen Lilien-Lieferungen machen müsse und sie nun für alle Ewigkeiten bei ihm bleiben würde. Der Lord war sichtlich gerührt, doch der Frieden währte nur kurz – im nächsten Moment verwandelte Lady Ashworth sich wieder in eine bissige Schreckschraube, bekrittelte seine Krawatte (zu grell!), seine Hosen (zu lang!) und seine Rede (zu kurz!) und machte auch noch Neil Stockton zur Schnecke, weil er das preisgekrönte Schwein verkauft hatte. Ups.

Ratlos reichte ich Morgan das Papier zurück. »Das ist aber merkwürdig. Diese Szene ist in der Serie gar nicht vorgekommen.«

»Oh doch, ist sie. Deborah und ich haben sie im Fernsehen

gesehen.« Morgan kaute auf ihrer Lippe, dann weiteten sich ihre Augen. »Aber erst nachdem du sie aus der Hütte geklaut hast. Oh scheiße, das ist gruselig.«

»Wie bitte?« Ich verstand kein Wort.

»Abby, diese Drehbuchszene wurde von Kapitän Preston geschrieben, *bevor* sie passiert ist. Du hattest dieses Blatt bereits in der Tasche, als sie sich abgespielt hat. Der Kapitän kann niemanden belauscht haben. Dazu müsste er die Zukunft kennen.«

Ich hielt die Blätter mit dem Dialog hoch. »Du meinst also … dass das hier existiert hat, bevor das, was darauf steht, passiert ist?«

Morgan nickte.

»Und das bedeutet –«

»Der Kapitän schreibt das Drehbuch.« Morgan wirkte überrascht über ihren Geistesblitz, fast so, als hätte sie in Mr Cliffords Mathestunde eine der gefürchteten Tafelaufgaben gelöst. »Schau nicht so, Abby. Ja, ich weiß, die Vorstellung ist krass. Aber es wäre doch möglich, oder nicht?«

Mir war, als würden die Wände der U-Bahn plötzlich näher kommen. »Oh Gott«, wisperte ich und konnte Morgans Gedanken nicht ganz folgen. Und selbst wenn ich es konnte – wollte ich es denn? »Möglich? Morgan, wir reden hier von Parallelwelten. Ich weiß längst nicht mehr, was möglich ist.«

»Denk doch mal nach, Abby. Als du mir von Crazy Fred … Horatio Eversmith erzählt hast, sagtest du, die Parallelwelt sei steuerbar und formbar wie Knetmasse. Vielleicht ist es der Kapitän, der steuert und formt. Und alle Figuren sind bloß seine Marionetten. Der Kapitän kontrolliert das alles hier und erhält das Drama am Leben.«

Mit einem Schlag nahm mir etwas die Luft zum Atmen, doch diesmal lag es nicht an der vollgestopften U-Bahn zur Rushhour. »Aber … die Ashworths sind doch keine Marionetten, Morgan! Niemand legt ihnen irgendwelche fremden Worte in den Mund. Wärst du einmal mit mir in die Serie gekommen, wüsstest du das«, wehrte ich mich, doch merkwürdigerweise hatte ich selbst aufgehört, mir zu glauben.

Ich versuchte, den Gedanken nur einen Augenblick lang zuzulassen. Es war alles nicht real. Nicht real. Niemand war real. Demnach waren ich und Tante Gladys die Einzigen innerhalb der Serie, die einen freien Willen besaßen und tun und lassen konnten, was sie wollten, oder? War alles andere vorherbestimmt, jede Handlung geplant, jeder Dialog erfunden – ausgedacht von einem Glatzkopf mit schlechten Manieren, der Junkfood in sich reinstopfte?

Ich musste aus dieser U-Bahn. Und zwar schnell! Zum Glück kamen wir in diesem Moment bei der Brooklyn Bridge an, wo wir umsteigen mussten. Ich stürzte aus dem Waggon, ließ mich auf die metallene Bank am Bahngleis fallen und atmete tief ein.

»Oh, Abby«, jammerte Morgan und nahm mich in den Arm. »Vielleicht ist es nur eine blöde Theorie und gar nicht wahr.«

»Und wenn doch?« Der Gedanke hatte sich längst festgesetzt und nun war er zu stark, um ihn wieder abzuschütteln. Außerdem ahnte ich, warum Morgan jetzt die Seiten wechselte. Weil es bedeutete, dass, nach ihrer Theorie, selbst Jaspers Gefühle Teil der Show waren. Das gab mir den Rest.

»Es gibt nur eine Lösung: Wir müssen Horatio von unserer Theorie erzählen«, schlug Morgan vor und blickte auf die Uhr zwischen den Bahngleisen. »Nur heute wird das nicht mehr klappen. Wir sind spät dran und Deborah erwartet uns in fünfzehn Minuten im Wohnzimmer, damit wir deine Haare machen und dich wieder in dieses abscheuliche Schleifenkleid stecken können, um die Kontinuität zu wahren.«

Horatio Eversmith. Der bloße Gedanke an ihn reichte und ich fühlte, wie alle meine Sicherungen durchbrannten. Wenn auch nur ein Bruchteil von Morgans Behauptung stimmte, würde Horatio es mir büßen, mich je nach Ashworth Park geschickt zu haben – und mir nicht ein Wort darüber verraten zu haben, dass es einen Drehbuchschreiber gab. Ich hasste mich plötzlich dafür, dass er mir neulich in der stillgelegten U-Bahn-Station wegen seiner Pickel leidgetan hatte.

Diesmal würde es anders laufen. Wir würden jetzt nicht nach Hause fahren! Nein! Sondern zu *Benny's Donuts*, und dort würde Horatio Eversmith eine andere Abby kennenlernen. Ich konnte nämlich auch wütend und aufbrausend sein, oh ja! Eine richtige Zicke, die kein Blatt vor den Mund nahm und alle mit ihrem bloßen Blick in die Knie zwang. Ja, okay, zugegeben, darin war ich nicht wirklich sehr geübt, aber ich brauchte mir ja bloß Deborah vorzustellen, die konnte das ausgezeichnet.

»Du willst uns wohl für dumm verkaufen, du elender Lügner!«, schrie ich Horatio an und knallte ihm die Drehbuchseiten auf den Tresen. Das Lokal war ziemlich voll, aber eine teuflisch wütende Deborah hätte das auch nicht aufgehalten. »Wer ist der Kapitän am Hafen? Und warum hast du uns nichts von ihm erzählt?«

»Ist Deborah auch hier?«, zischte Horatio und guckte sich alarmiert um. Ha! Horatio hatte wohl Angst vor meiner Schwester. Außerdem fiel mir auf, dass sich zu seinem dicken Stirnpickel noch ein ähnlicher am Kinn gesellt hatte, aber diesmal würde sich mein Mitleid in Grenzen halten.

»Nein, Deborah ist –«

»Dann lasst uns nach Ladenschluss darüber reden«, flüsterte er und tat, als würde er etwas in die Registrierkasse tippen. »Die Leute starren schon, ihr seid geschäftsschädigend.«

Wie bitte? Weil Deborah nicht da war und ihm nicht mit erfundenen Kampfsportarten drohen konnte, speiste er uns einfach ab?

»Keine Chance«, wehrte ich ab. »Wir reden jetzt. Oder ich sorge dafür, dass du dein Happy End nie bekommst. In der nächsten Folge richte ich unermessliches Chaos an. Gehe in Unterwäsche zum Dinner, steche Löcher in jeden Wagenreifen und tränke den heiligen Rasen mit Unkrautvernichter. Glaub mir, das habe ich drauf.«

»Das hat sie wirklich drauf«, stimmte Morgan mir zu.

»Na fein.« Horatio rief nach Ben, damit der ihn ablöste, dann führte er uns nach draußen in den Hinterhof und setzte sich dort auf eine Kiste. »Ich habe euch neulich nicht alles verraten. Die Sache ist etwas komplizierter, als es den Anschein hat –«

»Ich will nur eins wissen: Verfasst der Kapitän die Drehbücher der Serie? Manipuliert er die Figuren?«, zischte ich. »Ja oder nein?«

»Abby, lass mich doch erst mal erklären.«

»Ja oder nein?«

»Ja«, antwortete Horatio und mir war, als hätte mir jemand

einen Schlag in die Magengrube verpasst. »Aber glaub mir, ich wollte euch das alles erzählen. Richard E. Preston, der Typ, den du Kapitän nennst, ist nämlich mein Halbbruder. Außerdem war er es und nicht ich, der die Serie erfunden hat. Es ist seine Parallelwelt, er formt sie, ganz wie er will. Er kann sogar das Wetter beeinflussen.«

Das alles bekam ich nur zur Hälfte mit. Ich war auf den steinernen Boden gesunken, während sich alles um mich herum drehte. Nicht. Real. Nichts war real. Ich fühlte mich mit einem Schlag unglaublich dumm. Und an der Nase herumgeführt. Von einem Kapitän. Ob es ihm wohl Spaß gemacht hatte, gleich zwei Figuren der Serie Gefühle für mich anzudichten und dann dabei zuzusehen, wie ich mich in eine davon verliebte?

»Also doch!«, grölte Morgan. »Dieser Kapitän Preston steuert tatsächlich Ashworth Park! Und warum tut er das? Ist er ein Kontrollfreak? Ein Psycho? Hat er ein Rad ab? Oh nein, warte, ich weiß es: Er war früher ein popeliger, unbedeutender Wurm und jetzt törnt es ihn irgendwie an, in einer Parallelwelt Gott zu spielen?«

»Nicht ganz.« Horatio lachte. »Richard ist Drehbuchschreiber. Erfolgloser Drehbuchschreiber. Vor über zwanzig Jahren kam er in mein Zimmer und ließ sich von mir erklären, wie man Parallelwelten erschafft und dorthin reisen kann. Damals hat er noch den Blödmann gespielt und so getan, als hätte er nichts davon verstanden. Doch eines Nachts hat er ohne mein Wissen Ashworth Park kreiert und sich heimlich dorthin begeben. Und nicht nur das. Er muss meine gesamte Forschung weiterentwickelt haben, denn er ist nun imstande, seine Welt mit dieser Schreibmaschine zu formen und zu beeinflussen. Keine Ahnung, wie er das anstellt. Alles, was ich kann, ist, dich und Gladys zu ihm zu schicken und zu jedem Cliffhanger wieder zurück nach New York zu holen.«

»Er ist seit all den Jahren in der Serie? Hat ihn denn hier niemand vermisst?«

»Doch.« Horatios Gesicht wurde ernst. »Und alle Spuren führten zu mir. Dachtet ihr, ich könnte der Polizei so einfach erzählen, dass ich meinen Bruder unabsichtlich in eine Parallelwelt geschickt habe? Das klingt nach einer kreativen Ausrede für einen Mord, Leute.«

In mir arbeitete es. »Aber ich verstehe es immer noch nicht. Tippt Kapitän Preston die Dialoge aller Serienfiguren? Aber wie soll das denn gehen, es passieren doch viele Dinge gleichzeitig? Schläft er eigentlich nie?«

»Alles, was ich weiß, ist, dass die Serie auch ein Weilchen von selbst laufen kann. Dann plätschert die Handlung so dahin, ohne nennenswerte Vorkommnisse«, erklärte Horatio. »Aber sobald Richard eine neue Handlung oder ein neuer Charakter einfällt, kurz gesagt ein neues Drama, setzt er sich wieder ans Papier und ändert den Kurs. Vermutlich hat er sich deswegen als Kapitän ausgegeben.«

»Verlangst du deshalb ein Happy End von mir? Um ihn zu stoppen?«

Horatio nickte. »Richard und ich haben eine Abmachung getroffen. Solange ihm die Ideen nicht ausgehen, will er in Ashworth Park bleiben. Und so speist er die Serie immer wieder mit neuen Konflikten, wie ein Uhrwerk, das man von Zeit zu Zeit aufziehen muss. Bis ihm nichts mehr einfällt.« Horatio rollte mit den Augen. »Ich dachte, das würde nicht lange dauern, immerhin war Richard nie besonders einfallsreich. Weder in der Schule beim Schummeln noch bei Anmachsprüchen für Mädchen – glaubt mir, die waren alle ultralahm. Doch nun schreibt er seit zwanzig Jahren das Drehbuch für Ashworth Park und eine abstruse Idee jagt die nächste. Handfeste Skandale, vorgetäuschte Todesfälle, verschollene Liebhaber – die schlechten Ideen scheinen ihm nie auszugehen. Und langsam stellt uns das vor Probleme.«

»Die Überschneidung der Welten«, murmelte Morgan.

»Genau. Glaubt mir, ich hätte am liebsten schon vor zwanzig Jahren die Verbindung gekappt. Aber dann wäre Richard für immer dort gefangen.«

Plötzlich ergab alles Sinn. Deshalb hielt Horatio die Verbindung nach Ashworth Park immer noch aufrecht und riskierte, dass hier in New York Satelliten ihren Dienst quittierten und auf Ashworth Park plötzlich Gerüche auftauchten. Um seinen Bruder zu retten. Einen irren Autor, der sich für den Drehbuch-Gott persönlich hielt.

»Also überliste Richard und sorg für ein Happy End, Abby. Dann kommt er zurück nach New York und Ashworth Park wird endlich das Drama los. Wer weiß, vielleicht geht es dort ohne ihn richtig beschaulich zu? Wir werden es allerdings nie erfahren ... Huch!« Horatio brach ab und starrte mich an. Kein Zweifel, er hatte es bemerkt, bevor es mir selbst aufgefallen war. »Oh, oh. Abby, du flackerst. Ist es etwa schon sieben Uhr?«

Tatsächlich. Die grausamen Geigenklänge der Titelmelodie waren ein untrügliches Zeichen, dass es wieder Serienzeit war. Jetzt würde ich es bestimmt nicht mehr bis nach Hause schaffen. Egal! Deborah würde zwar verärgert sein, wenn ich nicht in den Klamotten der letzten Folge steckte, aber nach dem, was mir Horatio eben offenbart hatte, wusste ich zumindest eins: Die Kontinuität war mein geringstes Problem.

11

Und doch lief es in Ashworth Park besser als erwartet. Kaum hatte mich die Serie zurück zu Julians Kuss-Stand katapultiert (beziehungsweise mitten in die Pferdeäpfel davor – Gott sei Dank geruchlos), kam Julian auch schon von Lady Esmeraldas Zelt zurückgetrottet. Allein an der Art, wie er ging und dabei verzweifelt den Kopf schüttelte, war klar, dass er in den Spiegel geschaut hatte.

»Zeitverzögerte Wirkung. Echt kreativ, mein Liebesfluch«, murmelte er, als wir schließlich in Tante Gladys' Wagen saßen. Auch wenn er, genau wie ich, Herpes bekommen hatte und durch die anderen Plagen des Fluchs aussah, als hätte ihn ein Schwergewichtsboxer vermöbelt, hatte er mir beim Einsteigen immer noch galant die Tür aufgehalten. »Tut mir leid, dass wir jetzt beide so furchtbar aussehen, Abigale. Aber keine Sorge, Liebesfluch-Herpes geht viel schneller weg als echter Herpes. Das Veilchen an meinem Auge, dort, wo mich vorhin der Verlobte einer Verehrerin erwischt hat, ist schon heller geworden, siehst du?«

»Oh ja. Schon viel besser«, baute ich ihn auf, auch wenn ich fand, dass das Veilchen sein geringstes Problem war.

»Dabei war ich mir so sicher, dass du die Richtige für mich bist«, jammerte er. »Ich bin am Boden zerstört.«

Julian musste es wirklich ernst meinen. Vor lauter Ärger über den erneut zugeschlagenen Liebesfluch hatte er noch nicht mal bemerkt, dass ich nicht im Schleifenkleid von vorhin, sondern in einer türkisfarbenen Bluse und einem Jeansrock steckte – mein Outfit, das ich für den Musicalbesuch ausgesucht hatte. Und er hatte nicht groß widersprochen, als ich ihn aufgefordert hatte, sofort mit mir zurück nach Ashworth Park zu kommen, weil ich fürchtete, DeWitt könnte uns während des Festes irgendetwas antun wollen.

Als müsste er sein ganzes Leben neu überdenken, starrte Julian nun aus dem Fenster in die Nacht, während Frederick am Tor des Herrenhauses hielt, dort, wo Zeus und die kopflose Aphrodite thronten, der Blackwood neulich das Haupt weggeschossen hatte.

»Wie merkwürdig. Das Tor ist geschlossen und der Pförtner befindet sich nicht auf seinem Platz, Lord Julian«, verkündete Frederick und kurbelte das Seitenfenster hinunter. »Aufmachen. Ich bin Lady Gladys' Chauffeur und bringe Lord Julian und Miss Barrington-Whitley. Hören Sie denn nicht?«

»Oh Mann, erst dieser bescheuerte Tag und jetzt ist der Pförtner wie immer in die Klatschzeitungen vertieft«, grummelte Julian vor sich hin. Kaum hatte er die Worte ausgesprochen, näherte sich eine dicke dunkle Gestalt vonseiten des Parkgeländes. In ihrer Hand glühte ein Zigarettenstummel, während sie von Hand das Tor öffnete und Frederick Zufahrt gewährte.

Ich presste mein Gesicht an die Scheibe und erhaschte einen Blick auf den Kerl, der uns das Tor aufgeschlossen hatte. Er war von Kopf bis Fuß in Schwarz gekleidet und zog an seiner Zigarette, während er etwas in ein Walkie-Talkie murmelte. Das war nicht der Pförtner, sondern jemand, den ich erst kürzlich gesehen hatte. Das war einer von DeWitts Panzerknackern!

Was tat der denn hier? Und warum war er plötzlich für das Einfahrtstor zuständig? Irgendetwas stimmte hier nicht! In mir stieg ein mulmiges Gefühl auf. Es war wie eine Vorahnung, dass etwas gewaltig schiefgehen könnte – so wie zu Hause, wenn ich fürchtete, nach Verlassen der Wohnung das Glätteisen nicht ausgemacht zu haben. Diesmal war das Gefühl allerdings wesentlich stärker.

Kaum hatte Frederick den Wagen geparkt, wurde die Rücksitztür geöffnet und meine Vermutung bestätigt: Vor uns stand nicht Giles, sondern Blackwood. Er trug seinen schwarzen Zylinder, grinste und richtete den Lauf seiner Pistole in den Innenraum des Wagens.

»Guten Abend, Lord Julian. Guten Abend, Miss Barrington-Whitley. Willkommen zurück auf Ashworth Park. Mir scheint, Sie sind überrascht, mich zu sehen. Nun, es ist so: Die Würfel wurden hier neu gemischt.«

»Blackwood!« Instinktiv rückte Julian näher an mich heran und starrte die Waffe an. »Was soll das werden? Sie und DeWitt sind hier längst nicht mehr willkommen und jetzt nehmen Sie gefälligst die Knarre runter.«

Hastig spähte ich nach draußen, auf der Suche nach einem Hinweis. Von außen wirkte das Herrenhaus unauffällig, hinter den meisten Fenstern brannte Licht, nicht ungewöhnlich für acht Uhr abends. Merkwürdig war allerdings, dass im Garten niemand unterwegs war. Lag es am Nieselregen, der langsam aufkam? Aber selbst bei schlechtem Wetter gingen Giles oder einer der Gärtner normalerweise gerne eine Kontrollrunde, doch von denen fehlte jede Spur.

»Was ist hier los?«, ergriff ich das Wort. »Und warum die Waffe? Haben Sie den Ashworths etwas angetan?«

»Jetzt male mal nicht den Schwarzen Peter an die Wand, Mädchen. Und nun bewegt euch, bevor ihr hier zur Salzsäure erstarrt«, murrte Blackwood und zeigte mit der Waffe die hufeisenförmige Freitreppe hoch. »Ihr werdet im Ballsaal erwartet. Frederick, Sie folgen mir zu den anderen Bediensteten.«

»Keine Angst, Abby«, wisperte Julian mir zu, als uns Blackwood vor sich herführte. »Ich habe die Situation unter Kontrolle. Alles wird sich aufklären, sobald wir Mutter und Vater sehen, da bin ich mir sicher.«

Ich schluckte. So sicher war ich mir da nicht. Vor allem, weil uns vorne an der Tür nicht der Butler, sondern der zweite Panzerknacker empfing, dem Blackwood zunickte und ihm befahl, uns in den Ballsaal zu den anderen zu schaffen.

Auf dem Weg durch die Prunkräume huschte eins der Dienstmädchen an uns vorbei, das erst vor wenigen Tagen neu begonnen und für das mich die Ashworths irrtümlicherweise bei meiner Ankunft gehalten hatten. Ihr Name war Betsy, sie trug eine Zigarrenkiste in den Händen und warf mir einen Blick zu, der nicht gerade freundlich war.

Schließlich öffnete sich die doppelte Flügeltür und gab den Blick auf den hell erleuchteten Ballsaal frei. Auf glänzendem Marmorboden, wo vor einigen Nächten noch die Wahl zur schönsten Rose der Insel stattgefunden und Jasper und ich zu *Unchained Melody* getanzt hatten, befand sich nun ein großer Holztisch, an dem Tante Gladys, Lady Ashworth und Lord Ashworth Platz genommen hatten. Dahinter, entlang der Breitseite des Saals, aufgestellt in Reih und Glied, stand das gesamte Personal des Hauses: Da waren Giles, Lily Bloom, Cooper und

Clarissa sowie eine Menge anderer Gesichter, die ich aus Nebenrollen kannte. Ihnen gegenüber, in einem fein geschnitzten hölzernen Sessel, ähnlich einem mittelalterlichen Thron, umringt von zwei seiner Panzerknacker, saß DeWitt und rauchte Zigarre.

»Oh, na endlich. Miss Barrington-Whitley! Etwas spät, aber immerhin! Die schönsten Mädchen kommen eben immer zuletzt zur Party!« DeWitts Gesicht erhellte sich, als er mich sah. Doch bei Julians Anblick, seinen verschmierten Klamotten, den blauen Flecken und der blutenden Nase, verzog er angeekelt sein Gesicht. »Was in aller Welt ist denn Julian zugestoßen?«

»Das, was Ihnen auch gleich zustoßen wird, wenn Sie uns nicht sofort sagen, was hier gespielt wird«, konterte ich böse.

DeWitt lachte, als hätte ich einen grandiosen Witz gerissen. »Hört, hört. Was dir an Grips und Schlagfertigkeit fehlt, Julian, macht deine kleine Freundin mehr als wett. Sie hat Pfeffer, das muss ich ihr lassen. Kommt her, dann erzähle ich euch, warum ich beschlossen habe, euch hier zu besuchen.« Er zog eine neue Zigarre aus der Kiste, die das Dienstmädchen ihm gebracht hatte. »Vielen Dank, Betsy.«

Das Quietschen eines Stuhlbeins hallte durch den Raum. »Wagen Sie es ja nicht, meine guten Zigarren zu rauchen.« Lord Ashworth fuhr DeWitt in einem Ton an, den ich selten zuvor von ihm gehört hatte. »Außerdem sitzen Sie auf dem handgeschnitzten Stuhl eines meiner berühmtesten Vorfahren, dem dritten Earl of Strathmore. Das Holz ist fünfhundert Jahre alt.«

DeWitt gab seinen Lakaien ein Zeichen, worauf diese Lord Ashworth an den Schultern zurück auf den Stuhl pressten.

Dann drückte DeWitt seinen Zigarrenstummel auf der Sitzfläche des Throns aus. »Keine Sorge, Monty, ich werde gut darauf aufpassen.«

»Genug!«, mischte sich Julian ein, während ihn einer der Panzerknacker nach Waffen durchsuchte und ein weiterer (Wie viele von denen gab es eigentlich?) mein Handy konfiszierte. »Reden Sie nicht so mit meinem Vater, DeWitt! Und ich wüsste nicht, wann einer von uns Ihnen angeboten hätte, uns zu duzen.«

»Ach ja, immer heldenhaft unterwegs, unser Lord Julian Ashworth, auch wenn er aussieht wie von einer Dampfwalze überrollt«, schnaubte DeWitt und wies uns Plätze zu.

Ich saß direkt neben Tante Gladys, die stocksteif ihren Blick auf DeWitt gerichtet hielt. Sie so unentspannt zu sehen, ließ mich zittern. »Was ist hier los?«, zischte ich ihr zu.

»DeWitt ist irre geworden«, wisperte Tante Gladys zurück, ohne mir diesmal einen delikaten Spitznamen zu geben, was meine Panik gleich noch weiter steigen ließ. »Als ich Monty und Cordelia zum Herrenhaus gebracht habe, hatte DeWitt hier bereits alles in seiner Gewalt. Also habe ich ihn in den Schritt getreten, mitten in die Kronjuwelen. Deshalb sitzt er schon den ganzen Abend rum wie ein kastrierter Köter.« Sie lächelte mich an und ich entdeckte, dass ihre Lippe aufgeplatzt war. »Aber es hat nichts genützt, ich habe bloß von einem seiner hässlichen Lakaien eine Ohrfeige kassiert. Mich ohrfeigen, kannst du dir das vorstellen? Verglichen mit denen hat selbst dein Liebling Jasper noch die Manierlichkeit der britischen Krone.«

Ich schluckte fest. DeWitt hatte also das ganze Herrenhaus unter Kontrolle. Was wollte er? Worum ging es ihm?

»Wo steckt Jasper eigentlich?«, hakte ich nach. »Ich habe ihn zuletzt vor Stunden in Rosington gesehen.«

»Ich weiß es nicht. Möglich, dass sich dein Traumprinz wieder Pomade ins Haar geschmiert hat und DeWitt und seinen Schlägervisagen erneut hilft.« Tante Gladys ballte die Hände zu Fäusten. »Ich hätte ihn im Rathaus einsperren sollen, als ich die Gelegenheit dazu hatte.«

»Jasper hatte schon Gewissensbisse, als er die Erpresserbriefe schrieb, er würde nie zulassen, dass jemand seinen Eltern körperliche Gewalt antut«, erklärte ich aus vollster Überzeugung. Doch noch während ich sprach, fiel mir ein, dass ich dank Morgans Drehbuch-Entdeckung schlauer war als noch gestern. Die Serienfiguren bestimmten nicht über sich selbst, stattdessen dirigierte der Kapitän das ganze Orchester. Er, und nur er, ließ DeWitt Pläne schmieden, Intrigen aushecken und Geiseln nehmen und erschuf damit ein hausgemachtes Drama. Und weil der Kapitän nach allen Regeln der Kunst Gott spielen konnte, war er auch fähig, Jasper skrupelloses Verhalten anzudichten, selbst wenn es nicht zu Jaspers Rolle passte. Oder?

»Ruhe jetzt!«, befahl DeWitt, bevor ich auf die Frage eine Antwort gefunden hatte, und erhob sich dabei von seinem Thron. Tante Gladys musste heute ihre Killer-High-Heels tragen, denn DeWitt schleppte sich ausgesprochen o-beinig durch den Raum. »Liebe Familie Ashworth, wie schön, dass ich heute bei Ihnen zu Besuch sein darf. Wie immer ist es mir eine wahre Freude, Sie alle wohlauf zu sehen.«

»Genug mit dem höflichen Geplänkel. Was wollen Sie, DeWitt?«, unterbrach ihn Lord Ashworth und funkelte ihn böse an. »Geld? Können Sie haben, wenn Sie dafür für immer von unserer Insel verschwinden und Ihre widerlichen Rabauken gleich mitnehmen. Ich gebe Ihnen alles, was ich im Safe oben in meinem Arbeitszimmer gelagert habe.«

DeWitt vergrub sein Gesicht in den Händen, als wäre er plötzlich peinlich berührt, doch dann lachte er. »Oh, nein, Monty! Warum denkst du denn immer das Schlechteste von mir, obwohl ich doch so freundlich zu euch war? Ich habe Lady Ashworth mit Geschenken überhäuft, habe dafür gesorgt, dass du Bürgermeister wirst, und habe Jasper sogar bei mir aufgenommen. Warum sollte ich denn böse Hintergedanken hegen?«

»Vielleicht, weil du uns hier in unserem eigenen Schloss wie Gefangene hältst?«, knurrte die Lady und funkelte ihn mit aller Boshaftigkeit an, die ihr Botox zuließ. Wenn sie vor wenigen Stunden noch Gefühle für Bobby Mason gehegt hatte, war es damit nun sicherlich für immer und ewig vorbei. »Deine munitionierten Männer bedrohen uns. Hast du das etwa vergessen, Robert? Oder sollte ich besser sagen: *Bobby Mason*?«

Kollektives Luftschnappen bei allen Nebenfiguren. Das war bestimmt wieder so ein Seriending, immer dann, wenn es eine folgenschwere Enthüllung gab.

»Oh ja, ihr habt alle richtig gehört!«, erklärte Lady Ashworth mit lauter Stimme, sodass es auch noch die letzte Maus mitbekam. »Robert DeWitt ist in Wirklichkeit niemand Geringerer als mein alter Liebhaber Bobby Mason, den wir alle für tot gehalten hatten. Nach über fünfzehn Jahren ist er zurückgekommen, um mit mir und unserem Sohn von hier zu verschwinden.«

»Wie bitte? Seinem Sohn?«, mischte sich Julian ein. »Welchem Sohn denn?«

»Jasper«, erklärte der Lord und knirschte mit den Zähnen.

»Jasper ist Bobby Masons Sohn. Er ist lediglich dein Halbbruder, Julian.«

Die Nebenfiguren schnappten noch geräuschvoller nach Luft. Na, das war ja eine ganze Wagenladung an Enthüllungen für einen einzigen Abend. Mir drängte sich langsam der Verdacht auf, dass Kapitän Preston hier keine kleine Spannungssequenz, sondern einen richtigen Oberhammer in Form eines Staffelfinales plante. Nachdem Tante Gladys ihn heute am Hafen hatte baden gehen lassen, hätte er auch ein Motiv, um uns allen ein wenig einzuheizen.

»Aber nun ist er zurückgekommen, um mich und Jasper zu holen«, fuhr die Lady fort und deutete mit dem Finger auf DeWitt, der immer noch seine Zigarre rauchte, so entspannt, wie es nur siegessichere Serien-Schurken und kubanische Kommandanten konnten. »Mit einem neuen Gesicht, zur Unkenntlichkeit entstellt wie ein scheußliches Monster.«

»Wie ein scheußliches Monster? Ach, nicht doch!« DeWitt ließ die Zigarre sinken und betrachtete selbstverliebt seine Fingernägel. »Das sahen Lydias Mutter, Mrs DeWitt und die anderen zahlreichen Frauen aber ganz anders, die mir als Ablenkung gedient haben, bis ich bereit war, zu dir zurückzukommen. Aber keine war wie du, Cordelia. Und keine von ihnen hatte ein Muttermal wie Mr Butterfly über ihrem Allerwertest–«

»Du wirst mich nie bekommen, Bobby! Welch fataler Fehler, mich je mit dir eingelassen zu haben«, tobte Lady Ashworth so laut, dass die Ritterrüstungen wackelten. So etwas brachte wirklich nur sie zustande.

Die Lakaien stürmten auf die Lady zu, doch DeWitt hielt sie zurück. »Nicht, Männer. Cordelia wird kein Haar gekrümmt.

Denn sie ist das Herzstück meines Plans, habt ihr gehört, ihr Dumpfbacken?«

Seine Handlanger nickten, während DeWitt wieder Platz nahm und die Beine über der Armlehne baumeln ließ. »Nun denn, es ist Zeit, euch in meinen Plan einzuweihen. Meine lieben Ashworths, wie ihr sicherlich unschwer erkennen könnt, ist das schöne Herrenhaus gänzlich von mir und meinen Männern in Beschlag genommen worden. An den Ausgängen patrouillieren Wachen, die Telefonleitungen sind gekappt, außerdem sind Schwerter, Säbel oder sonstige Erbstücke, die ihr womöglich als Waffen gegen mich verwenden könntet, gut versteckt. Um euretwillen verzichte ich auf Handschellen, das erschiene mir irgendwie nicht angemessen für Vertreter eures Standes. Aber ich überlege, Lady Gladys Fußfesseln zu verpassen, wenn sie mich noch ein einziges Mal tritt.«

»Werde ich nicht«, grummelte sie. »Das nächste Mal sorge ich dafür, dass Sie gleich k. o. gehen, DeWitt.«

»Wie schön. Und nun zum eigentlichen Plan. Mein Ziel ist es, meine wunderbare Cordelia dazu zu bringen, mit mir von hier zu verschwinden. Und ja, wäre ich ungehobelt, würde ich sie einfach knebeln, ins Auto schleifen und von hier wegbringen lassen. Aber ich bin ein Gentleman, ihr alle wisst das.«

»Wagen Sie es nicht, Mason«, drohte der Lord und hob die Faust.

Anders als sonst war es diesmal nicht Julian, der heldenhaft einzugreifen versuchte, sondern der Lord selbst. Konzentriert musterte er die Ritterrüstungen.

»Deshalb lasse ich ihr die Wahl«, fuhr DeWitt fort.

»Meine Antwort lautet *nein*«, unterbrach ihn die Lady barsch.

»Nicht so hastig, meine Liebste. Überdenke, was du tust. Nimm dir ausreichend Zeit, bis heute um Mitternacht. Aber bedenke, dass deine Entscheidung weitreichende Folgen haben wird. Denn wenn sie nicht positiv für mich ausfällt, dann behalte ich mir vor, Konsequenzen zu ziehen. An zentralen Punkten des Schlosses sind vier Sprengsätze versteckt, die ich selbstverständlich nur ungern zünden würde. Dieses Haus ist immerhin ein Prachtstück. Ganz zu schweigen von all den wertvollen Menschen, die hier –«

»Sprengsätze! Wenn das stimmt, sind Sie nicht nur ein Schurke, sondern auch ein Mörder. Dafür werden Sie büßen!«, schrie der Lord. Er warf seinen Stuhl zur Seite, trat zu den Ritterrüstungen und zog einen Dolch hinter einem Schild hervor. Damit stob er auf DeWitt zu. »Ich mache Sie einen Kopf kürzer, alleine dafür, dass Sie meiner Familie drohen –«

»Haltet ihn!« Panik blitzte in DeWitts Miene auf. Seine Zigarre fiel auf den Marmorboden. »Haltet ihn auf! Sofort.«

Doch seine Panzerknacker waren nicht schnell genug. Als drei von ihnen den Lord an den Armen packten, ihm den Dolch entrissen und ihn wegzerrten, hatte Lord Ashworth DeWitt bereits einen blutigen Schnitt entlang der linken Wange verpasst.

DeWitt sog scharf die Luft ein, wischte sich über das Gesicht und betrachtete das Blut auf seinen Fingern. »Das hättest du lieber nicht tun sollen, Monty«, verkündete er und ließ sich von Betsy ein Stück Watte reichen. »Du kannst doch noch nicht mal auf das Herz eines Hirschs zielen, geschweige denn auf das Herz eines Menschen. Wir waren gemeinsam bei der Treibjagd, schon vergessen?«

»Lasst mich los! Wenn Sie irgendjemandem hier Leid zufügen, hat Ihr letztes Stündchen geschlagen, ist das klar?«, gellte die Stimme des Lords durch den Saal.

Ich konnte mich nicht erinnern, ihn jemals so aufgebracht erlebt zu haben. Wie es aussah, entwickelte sich seine Rolle endlich ein wenig weiter.

»Bringt ihn weg und sperrt ihn in eins der Dienstbotenzimmer. Betsy soll ihn bewachen«, befahl DeWitt und sah zu, wie drei seiner Lakaien Lord Ashworth aus einer der Seitentüren zerrten. Der Lord wehrte sich mit Händen und Füßen und mir wurde neuerlich bewusst, dass das hier ernst war.

Mehr als ernst.

»Und ihr? Warum steht ihr so dumm herum? Ihr habt ein Abendessen vorzubereiten, um Lady Ashworth die Entscheidung etwas einfacher zu machen«, richtete sich DeWitt an das geschockte Personal.

Clarissa begann zu weinen und Cooper nahm sie tröstend in den Arm.

»Für mich deckt ihr am besten direkt neben Lady Ashworth«, fuhr DeWitt ungerührt fort. »Dann kann sie sich gleich an meine Gesellschaft gewöhnen.«

12

Die Sache war regelrecht grotesk. Wir alle sollten mit DeWitt und Blackwood zu Abend essen und dafür erwartete DeWitt nicht weniger als das volle Programm, das es sonst nur an hohen Feiertagen oder an runden Geburtstagen auf Ashworth Park gab: Kerzenleuchter, Geiger, Silberbesteck, Festtagskleidung und, nicht zu vergessen, ein achtgängiges, üppiges Festmahl. Das arme Personal wurde von DeWitts Mannschaft so sehr herumgescheucht, dass ihm nicht einmal eine Sekunde blieb, um in Panik zu verfallen.

Nur ich wurde mit jeder Minute nervöser, nachdem uns DeWitt über die Wendeltreppe in Tante Gladys' Nordflügel geschickt hatte, damit wir unsere schönsten Festtagsgewänder anzogen. Einer seiner Männer begleitete uns dabei auf Schritt und Tritt.

»DeWitt ist wirklich durchgeknallt, Tante Gladys. Seine Truppe ist bestenfalls zehn Mann stark, wir sind mindestens dreißig, eigentlich kämen wir locker gegen sie an. Aber diese Schurken sind bis unters Kinn bewaffnet. Und außerdem hat er Sprengzünder«, wisperte ich, als DeWitts Panzerknacker ein paar Meter zurückgefallen war. Dabei fiel mir ein heller Fleck an der Wand auf. »Oh, Tante Gladys, sieh nur! Hat da nicht mal ein Dolch gehangen? Der Dolch des Augustus, dieses wertvolle Familienerbstück, von dem du mir mal erzählt hast?«

»Gut möglich, Zuckerküchelchen«, antwortete Tante Gladys und starrte betrübt aus dem Fenster, fast so, als hätte sie mich gar nicht gehört.

Der Dolch des Augustus war eigentlich ein Erbstück von Tante Gladys' letztem Ehemann. Sein Vorfahr hatte damit Napoleon bei der Schlacht um Waterloo eine Narbe verpasst – die Geschichte erzählte Tante Gladys oft und gerne bei Dinnerpartys. Und nun kümmerte es sie überhaupt nicht, dass der Dolch verschwunden war? Hier ging es nicht einfach nur darum, uns mögliche Waffen wegzunehmen ... Es sah eher aus, als würden DeWitts Männer nach Strich und Faden plündern.

Doch bei Plündereien würde es nicht bleiben. Wenn sich Lady Ashworth nicht bis Mitternacht dazu bereit erklärte, mit DeWitt von der Insel zu verschwinden, würde er ... Nun ja, jedenfalls wären dann gestohlene Wertsachen unser geringstes Problem. Der Serien-Schurke würde also die letzte Schlacht gewinnen und niemand konnte ihn daran hindern. Oder vielleicht doch? Bisher hatte es nicht so ausgesehen, als würden der Lord, Julian oder Tante Gladys etwas zu unserer Rettung aushecken. Speziell Tante Gladys, die ansonsten vor Energie und Optimismus nur so strotzte, wirkte schon den ganzen Abend lang so nachdenklich und traurig, dass ich sie kaum wiedererkannte. Und wo war eigentlich Jasper?

DeWitts Lakai öffnete die Tür zu Tante Gladys' Rosenzimmer und wies uns an hineinzugehen. »Ich gebe euch fünfzehn Minuten, um euch für DeWitts Festmahl umzuziehen«, verkündete er. »Ich warte draußen.«

Als die Tür ins Schloss fiel, kam mit einem Schlag Leben in

Tante Gladys. »Oh, Sahneschnittchen, endlich sind wir alleine«, rief sie aus und begann hastig, die Kleider zu prüfen, die in meinem Schrank hingen. »Hör zu, ich habe einen Plan. Einen Plan, der uns alle hier rausholt, bevor DeWitt um Mitternacht entweder seine Sprengsätze zünden oder Cordelia entführen kann. Aber es wird nicht einfach.« Sie warf mir ein schlichtes schwarzes Kleid entgegen. »Hier, du ziehst das an. Es ist zwar potthässlich, aber es lässt einiges an körperlicher Bewegungsfreiheit zu. Und das ist ziemlich wichtig für meinen Plan.«

Ich jubelte innerlich. Also hatte Tante Gladys doch nicht den Kopf in den Sand gesteckt und stattdessen einen Schlachtplan entworfen. Auch wenn es mich irritierte, dass dafür »Bewegungsfreiheit« notwendig war. Das klang, als wollte sie wie Spiderman an der Hausmauer nach unten klettern.

»Was haben wir denn für einen Plan?«, erkundigte ich mich und prüfte das Kleid. Die Vorderseite und die Rückseite waren frei von Blumenstickereien, Rosenprints und anderem Kitsch. Das Teil war ja richtiggehend tragbar.

»Apropos Plan«, murmelte Tante Gladys, beförderte einige staubige Kisten aus den Tiefen des Kleiderschranks zutage und blies über die hölzernen Deckel. »Hier drin müssten die alten Pläne von Ashworth Park versteckt sein. Ich habe alles fein säuberlich aufgehoben, für den Fall, dass mir Cordelia und Monty endlich gestatten, einen wundervollen Rosen-Wintergarten an meinen Trakt anzubauen. Aber darauf kann ich lange warten. Pah! Von wegen denkmalgeschütztes Schloss. Eine läppische Ausrede ist das!«

»Wow. Sind das so etwas wie die Grundrisse?«, fragte ich und breitete die zusammengerollten Pläne vor mir aus. Die Blätter waren vergilbt, rissig und mit Tinte gezeichnet worden. Gut möglich, dass sie bereits Hunderte von Jahren alt waren. »Wozu brauchen wir die denn? Wohnst du nicht schon lange genug im Schloss, um jede noch so geheime Ecke zu kennen?«

»Die offiziellen geheimen Ecken kenne ich nur zu gut. Kleine Nischen, versteckte Winkel oder leere Wandschränke, in die man sich wunderbar mit einem mysteriösen Liebhaber zurückziehen kann.« Tante Gladys' roter Fingernagel deutete auf eine feine, mit Kohlestift gezeichnete Strichlinie auf den Plänen. »Aber hier in Ashworth Park gibt es noch eine zweite Dimension von geheim. Und die lautet: unsichtbar.«

Ich bekam eine vage Ahnung, wovon sie sprach. »Du meinst ... Geheimgänge?«

Tante Gladys nickte. »Hast du dich nie gefragt, ob es zum Beispiel geheime Verbindungen von hier in die Schlafgemächer der Ashworths gibt? Nun, nicht dass es mich jemals in Cordelias Schlafzimmer gezogen hätte. Brrr ... da drin will ich wirklich nicht Mäuschen spielen. Aber so manche Verbindungwege sind tatsächlich ganz praktisch. Zum Beispiel der von meinem Badezimmer nach unten in die Vorratskammer. Äußerst nützlich, wenn man nachts Lust auf Gurkensandwiches bekommt. Oder auf guten Scotch. Oder beides.«

Ich starrte sie erstaunt an. »Und du meinst, es existiert vielleicht auch ein Geheimgang nach draußen?«

»Den gibt es tatsächlich, ja.« Tante Gladys deutete mit dem Finger auf einen großen Raum im Erdgeschoss, in dem in geschwungenen Lettern *Küche* stand. »Und zwar hier. Er beginnt direkt hinter der Küchenwand und endet draußen, irgendwo in der Parkanlage. Früher hatte der Gang dazu gedient, das Küchenpersonal im Falle eines Brands schnell in Sicherheit zu bringen. Ich habe keine Ahnung, ob er heutzutage überhaupt noch existiert. Vielleicht wurde er längst zugemauert. Vielleicht haben Erdmassen ihn verschüttet. Vielleicht ist er allerdings auch unsere Chance, alle vor DeWitt –«

In diesem Moment senkte sich die Türklinke und die Tür glitt auf. DeWitts Aufpasser spähte in den Raum. »Und, fertig?«, brummte er wenig charmant.

Ich rollte die Pläne zusammen und ließ sie möglichst unauffällig unter dem Bett verschwinden. »Also entschuldigen Sie mal, können Sie nicht anklopfen?«, beschwerte ich mich und hielt mir die Hände vor die Brust, als hätte er mich nackt erwischt. Dabei trug ich immer noch meinen Rock und mein Trägertop.

»Wir entscheiden noch, welches der Kleider diesem … zauberhaften Abend und wundervollen Galadinner angemessen erscheint. Was sagen Sie zu dem hier?« Tante Gladys hielt ihm das erstbeste Kleid hin, das sie im Schrank finden konnte. Es war ein rotes Schlauchkleid. »Glauben Sie, dass mein Hintern darin fett aussieht?«

Der Mann enthielt sich einer Antwort (schlauer Kerl, er wusste wohl, dass er hierbei nichts Richtiges sagen konnte) und murmelte stattdessen etwas wie: »Frauen«, dann drehte er sich um.

Mist. Jetzt, da der Kerl im Zimmer stand und sich anscheinend weigerte, wieder zu verschwinden, mussten wir uns beeilen. Während Tante Gladys in ein üppiges, raschelndes Tüllkleid schlüpfte, faltete ich den Grundriss, steckte ihn heimlich in die Tasche und schlüpfte dann ebenfalls in mein Kleid.

»Na also, so schnell kann es gehen.« DeWitts Handlanger grinste zufrieden und musterte uns. »Und jetzt los, schon bald wird die Vorspeise aufgetragen.«

»Nun, ich fürchte, die muss noch etwas warten«, verkündete Tante Gladys und stolzierte an ihm vorbei aus dem Zimmer. »Wir müssen erst noch in die Küche und die Torte backen.«

»Die Torte?« Der Mann hob eine Augenbraue.

Tante Gladys machte ein erschrockenes Gesicht. »Huch! Sagen Sie bloß, DeWitt hat Ihnen nichts mitgeteilt? Cordelia hat doch heute Geburtstag! Wie soll sie sich denn bitte für ihn entscheiden, wenn er ihr keine Torte schenkt? Oder, Moment mal, hat er das etwa vergessen?«

»Ich weiß nichts von einem Geburtstag«, brummte unser Gegenüber. »Und ich habe den Auftrag, Sie zurück in den Ballsaal zu führen und sonst nirgendwohin.«

»Schon okay.« Tante Gladys hob die Schultern. »Es ist Ihre Entscheidung. Mit einer Torte für Cordelia würden Sie Ihren Boss vor einer regelrechten Blamage bewahren. Damit würden Sie sich abheben von …«, Tante Gladys machte eine wegwerfende Handbewegung, »Ihren zahlreichen Kollegen, die alle aussehen, als gäbe es sie im Dutzend billiger.«

Das half. DeWitts Handlanger führte uns ohne Umschweife bis zu der hölzernen Schwingtür, die in die Küche führte. Doch damit war es noch längst nicht geschafft.

Denn vor der Küche war Blackwood positioniert.

»Lady Cordelia hat heute Geburtstag«, informierte ihn unser Aufpasser gehetzt. »Und die beiden müssen in die Küche, um einen Kuchen in Auftrag zu geben. Wie es aussieht, hat's der Boss verschwitzt.«

»Glauben Sie denen nicht! Jede Wette, dass die beiden etwas aushäkeln und den Kuchen vergiften wollen! Lügen, nichts als Lügen! Alle Ashworths sind aus dem gleichen Pulver geschnitzt.«

Hm. Keine schlechte Idee: obskure Giftmischungen. Salpetersäure. Rattengift. Unkrautvernichtungsmittel. Zu schade, dass ich mich mit tödlichen Giften zu wenig auskannte, außerdem hätte ich wahrscheinlich ziemliche Skrupel, selbst einem Ultrabösewicht wie DeWitt etwas anzutun, das fatal enden konnte. Der Plan mit der heimlichen Flucht war mir um einiges lieber, den musste ich zumindest nicht mit meinem Gewissen vereinbaren.

»Aber es ist wahr, Mr Blackwood. Lady Cordelia feiert heute ihren, ähm, neununddreißigsten Geburtstag. Außerdem, was würde es uns denn bringen, den Geburtstagskuchen zu vergiften? Einer von euch Handlangern ist doch bestimmt DeWitts Vorkoster«, erklärte Tante Gladys.

Blackwood und unser Aufpasser warfen sich Blicke zu. »Was für ein Kuchen wird es denn?«, fragte Letzterer schließlich.

»Eine Schokoladen-Marzipan-Nuss-Nugat-Karamell-Baiser-Torte«, behauptete ich in der Hoffnung, dass irgendetwas dabei war, das ihm das Wasser im Mund zusammenlaufen lassen würde. Aber so wie der aussah, war er ohnehin nicht wählerisch bei Süßkram.

»Na fein«, sagte Blackwood und öffnete uns die Schwingtür zur Küche einen Spalt. »Aber beeilt euch damit. Und lasst uns hoffen, dass sich bei Cordelia die Liebe auf den Magen schlägt.«

In der Küche herrschte ein wildes Durcheinander. Wo sonst nur Clarissa und eine Handvoll Küchenmädchen ihren Dienst verrichteten, zog heute das gesamte Personal an einem Strang, um DeWitts Befehle auszuführen. Cooper putzte den Salat, Chauffeur Frederick rührte in der Suppe und Giles paffte Zigarre und übte dabei gleichzeitig auf einer Violine ein Stück (Wow! Ich wusste gar nicht, dass der Butler musisch begabt war), das er während des Dinners vortragen konnte. Und dann war da noch Julian. Im ganzen Trubel hätte ich ihn beinahe nicht erkannt, denn er trug eine Kochmütze, hatte eine Schürze um sein Hemd gebunden und walkte Pastetenteig aus.

»Leute, ihr müsst mir zuhören!« Ich schnappte mir eine hängende Pfanne von der Geschirrablage über dem Herd und trommelte mit einem Löffel darauf herum, um mir Gehör zu verschaffen. »Tante Gladys und ich haben einen Plan, um euch alle hier rauszuholen. Genau hier, hinter dieser Wand, führt ein Gang aus dem Schloss. Ein Geheimgang. Ihr müsst mir helfen, ihn freizulegen.«

»Also *ich* muss hier gar nichts«, mischte sich Julian ein und walkte weiter vor sich hin, ohne auch nur aufzusehen. »Ich habe genug von alledem. Genug davon, immer nur heldenhafte Taten zu vollbringen, meinen Vater zu retten und die Bomben zu entschärfen, so wie es meine Mutter von mir erwartet. Ich bin kein Superheld, sondern ganz normal. Ein gewöhnlicher, gut aussehender, blaublütiger britischer Lord.«

Für einen Moment herrschte Stille.

»Die Lage ist so aussichtslos wie nie zuvor«, sprach Julian weiter und presste das Nudelholz fest in den Teig. »Wir sind hier gefangen. An allen Ausgängen und rund ums Schloss haben sich DeWitts Leute positioniert und ich hatte nicht die geringste Idee, wie wir hier rauskommen könnten. Also bin ich Clarissa gefolgt und mache hier Pastete. Und weißt du was? Es entspannt mich. Ich glaube, ich koche richtig gerne.«

Mir war, als stünde er unter Schock, so wie er da stand und wieder und wieder den Teig knetete, der bereits so hauchdünn war, dass er als Carpaccio durchgehen konnte. »Julian! Was ist denn los mit dir? Ist es wegen der Kuss-Katastrophe vorhin? Oder wegen DeWitt? Keine Sorge, wir kommen hier heil raus, Tante Gladys und ich haben –«

»Ach, Abigale, die Kuss-Katastrophe interessiert mich längst nicht mehr. Genauso wie die schmalzigen Gedichte, die ich früher bei jeder Gelegenheit zum Besten gegeben habe.« Julian sah auf. »Und übrigens, ich bin auch nicht mehr länger besessen von dir.«

Oh. Echt jetzt? Erstaunt blickte ich zu ihm auf. Und genau an dieser Stelle fiel mir auf, dass etwas mit Julian ganz und gar nicht stimmte. Er sah plötzlich anders aus, so wie er da vor mir stand. Und nein, es lag nicht am Nudelholz, das er schwang. Oder an dem Veilchen in seinem Gesicht oder an den Herpesbläschen, die noch nicht ganz verschwunden waren. Es war etwas anderes. Etwas gänzlich Julian-Untypisches. Und dann sah ich es.

Es war ein Pickel.

Leuchtend rot und fett thronte er auf Julians Stirn, fast so, als würde sogleich ein Einhorn daraus wachsen. Es war wirklich … widerlich.

»Was ist denn? Was guckst du so?«, fragte er jetzt und hörte auf, den Teig zu bearbeiten.

Mein Blick heftete sich an dieses Prachtexemplar eines Pickels. Ich wollte nicht so offensiv darauf starren, ehrlich nicht, immerhin ist das ja auch total unhöflich – aber das Ding war geradezu hypnotisierend.

»Los jetzt! Mozartkügelchen, du und Julian, ihr müsst uns

helfen«, unterbrach uns Tante Gladys und klopfte mit den Fingerknöcheln die Fliesenwand ab. Clarissa und Giles halfen ihr dabei, während Cooper schon mal vorsorglich den Oberkörper frei machte, falls es eine schweißtreibende Arbeit werden würde. »Da. Dahinter müsste sich eine Tür in der Wand befinden. Macht schnell. Ihr müsst die Fliesen wegstemmen. Und ihr anderen klopft inzwischen Frikadellen, Schnitzel oder was auch immer. Wir brauchen eine Geräuschkulisse.«

»Es ist … nichts, Julian«, antwortete ich schließlich und blickte zur Seite. Das war natürlich gelogen: Etwas, das Horatio Eversmith bei unserem ersten Treffen in der verlassenen U-Bahn-Station gesagt hatte, wollte mir einfach nicht mehr aus dem Kopf gehen: Naturgesetze begannen, sich zu verändern. Und die Figuren in der Serie mit ihnen. War Julian plötzlich zu so etwas wie der duftenden Tulpe geworden? Oder dem viel zu dunklen Kellerraum? Etwas, das nach den Seriengesetzen gar nicht passieren durfte? Die Idee war plötzlich so dominant, dass ich an nichts anderes mehr denken konnte.

»Da! Da ist ein Spalt. Das müssen die Ecken einer hölzernen Tür sein«, rief Clarissa aus und fiel Cooper freudig um den Hals. Der Stalljunge der Ashworths stand verschwitzt zwischen den weißen, zerbrochenen Küchenfliesen, als mir klar wurde, wie viel Zeit vergangen sein musste – während ich dumm dagestanden und Julians Einhorn-Pickel angestarrt hatte.

»Marzinpanschweinchen! Los jetzt, das musst du dir ansehen«, jauchzte Tante Gladys, stieß die kniehohe Tür auf und starrte in ein spinnwebenverhangenes dunkles Loch. »Igitt, ist das hier widerlich. In dem Tunnel gibt es sicher Ratten. Oder eingemauerte Leichen. Jedenfalls sollte hier drinnen dringend mal geputzt werden!«

Ich ließ Julian stehen und blickte in den Hohlraum, den Tante Gladys und die anderen freigelegt hatten. Er war kaum mehr als einen Meter hoch, außerdem ungemütlich, kalt und nass. Die Wände waren aus Stein, an einigen Stellen wuchs Moos oder Unkraut und irgendwo, weit entfernt, tropfte es. Dieser Korridor erinnerte mich eher an einen mittelalterlichen Kerker oder an einen Stollen in einem Bergwerk. Bei einem Geheimgang legte wohl niemand Wert auf prunkvolle Innenausstattung.

»Irgendjemand muss das Versuchskaninchen spielen und den Tunnel überprüfen. Nur um sicherzugehen, dass es darin keine versteckten Stolperfallen, Schächte oder Falltüren gibt«, gab Giles zu bedenken.

»Ich mache es. Ich bin immerhin eine der Kleinsten hier«, hörte ich mich sagen. Okay, zugegeben, ich hatte keine Ahnung, warum ich mich gleich so bereitwillig gemeldet hatte. In Wahrheit hatte ich ziemlich Bammel, in diesem dunklen Gang Meter für Meter vorwärtszukriechen. Aber nachdem Giles, Cooper und Clarissa die ganze Arbeit mit der Freilegung des Tunnels gehabt hatten, musste ich nun auch mal etwas tun. Sonst endete ich noch wie Julian, als feiger Deserteur beim Pastetenteig.

»Ich komme mit.« Clarissa nickte. »Vier Augen sehen mehr als zwei.«

»Hier sieht noch nicht mal ein Auge was«, entgegnete Tante Gladys trocken.

»Hier. Die könnte helfen.« Julian reichte uns eine Taschenlampe. Auch wenn er hier neuerdings das scheue Hühnchen markierte, trug er wenigstens immer noch die passenden Gegenstände mit sich herum.

Dann los! Es galt, keine Zeit zu verlieren. Clarissa kroch als Erste durch die hölzerne Geheimtür, knipste die Taschenlampe an und ließ den Kegel entlang der steinernen Wände tanzen. Ich folgte ihr auf dem Fuße und hörte prompt, wie es irgendwo weiter hinten verdächtig quiekte. Zweifelsohne eine Ratte. Aber wie hieß es so schön? Die hatten mehr Angst vor uns als wir vor ihnen. Oder galt das nur für Haie? Egal jetzt. Weiter, immer weiter.

»Ihr müsst die Fliesen entsorgen, die Tür schließen und den alten Apothekerschrank mit den Gewürzen davorschieben, hört ihr? Falls jemand von DeWitts Leuten in die Küche platzt, dürfen sie nichts von dem Korridor mitbekommen«, befahl Clarissa den Zurückbleibenden. Sie klang aufgeregt, als betrachtete sie unseren Fluchtplan als ein großes Abenteuer. »Wir klopfen, wenn wir wieder zurück sind.«

Cooper gehorchte, die Tür fiel mit einem dröhnenden Pochen zurück in die Mauer und einen Moment später umhüllte uns vollkommene Dunkelheit. Das Einzige, was ich jetzt wahrnahm, war Clarissas Atem.

»Glaubst du, Giles könnte recht haben? Gibt es hier wirklich Schächte oder Falltüren?«, murmelte ich, nahm Clarissas Hand und ließ mich von ihr im Gänsemarsch in die Finsternis ziehen.

»Keine Ahnung, Abby. Wir sollten aufpassen, wo wir hintreten. Oh, Achtung! Eine Spinne auf zehn Uhr.«

»Leuchte lieber nicht hin. Ich will sie gar nicht sehen.«

»Okay.« Clarissa kämpfte sich weiter voran, als wäre sie Indiana Jones.

So mutig hatte ich das Dienstmädchen noch nie zuvor erlebt. Also riss ich mich am Riemen und folgte ihr für eine schier endlos lange Zeit ins finstere Nichts, begleitet von ihren Ratschlägen wie »Kopf einziehen«, »Hier tropft's« oder »Sieh besser nicht nach, was dir gerade über die Fuße huscht«, bis wir irgendwann vor einer massigen Felswand hielten. Wir waren schon so lange geradeaus gelaufen, dass ich nicht das Gefühl hatte, als befänden wir uns noch unter Tante Gladys' Rasen. Viel wahrscheinlicher steckten wir längst irgendwo in den Tiefen des Ärmelkanals.

»Mist. Hier geht's nicht weiter«, murmelte Clarissa und presste die Handflächen gegen die massige felsige Wand vor uns. Erde und Staub rieselten von den Wänden. »Hier endet der Tunnel. Mitten im Nichts.«

»Eine Sackgasse«, stellte ich fest. Ab hier ging es tatsächlich keinen Schritt vorwärts. Auch die Wände an den Seiten gaben keinen Zentimeter nach. Uns blieb nur die Möglichkeit, wieder zurückzukehren. »Sind wir irgendwo falsch abgebogen?«

»Es gab keine Kreuzungen, der Weg hat immer nur in eine Richtung geführt.« Clarissa leuchtete alles mit der Taschenlampe ab. »Vielleicht ist der Gang zwar begonnen, aber nie fertiggestellt worden. Obwohl, Moment mal. Ich glaube, ich spinne! Das gibt's doch nicht!«

»Was ist? Was siehst du?«

Clarissa richtete den Lichtkegel an die Decke. »Sieh nur: Da ist der Ausgang. Oder besser gesagt: Da war er mal.«

An dieser Stelle war der Geheimgang höher als zuvor und ganz oben gab es eine kreisrunde Öffnung innerhalb des Gesteins, groß genug, damit ein Mensch an die Oberfläche klettern konnte. Allerdings verriegelten uns darüber gar nicht so alt aussehende Sperrholzplatten den Ausgang ins Freie.

»Der Ausgang wurde zugenagelt«, rief ich entsetzt.

»Und ich weiß auch, von wem.«

»Etwa von DeWitt?«

Clarissa schüttelte den Kopf. »Von Cooper. Wir befinden uns hier direkt unter der neuen Erweiterung des Pferdestalls. Cooper hat erst letztes Jahr auf Befehl des Lords hin die Stallungen vergrößert und ist dabei in der vordersten Pferdebox auf ein Loch im Boden gestoßen. Er hat es einfach mit Holzbrettern verriegelt.« Sie schlug mit ihrer Handfläche gegen das Holz. »Ich kann es nicht zertrümmern. Dazu bräuchten wir schon eine Axt.«

»Aber im Schloss bekommen wir keine Axt in die Finger, DeWitt hat alles, was länger als ein Fischmesser ist, konfisziert«, überlegte ich laut.

»Stimmt.« Clarissa dachte nach. »In der Sattelkammer im Pferdestall gäbe es genügend geeignetes Werkzeug. Aber wie in aller Welt kommen wir dorthin? Wir können Mr DeWitt wohl kaum erzählen, dass wir mal eben nach den Pferden sehen wollen.«

»Nicht nach den Pferden. Aber nach dem Schwein.«

Clarissa runzelte die Stirn. »Welchem Schwein?«

Ich winkte ab. »Lange Geschichte. Jedenfalls habe ich heute auf der Frühlingsgartenschau für hundert Pfund ein Schwein namens Mr Piggles gekauft. Eine dumme Idee, ich weiß, aber irgendwie fand ich das Tier ganz süß. Der Farmer müsste es eigentlich schon vor Stunden ins Schloss geliefert und Cooper übergeben haben. Demnach dürfte sich Mr Piggles irgendwo in dem Pferdestall befinden. Da oben, direkt über unseren Köpfen.«

Clarissa schüttelte den Kopf. »Verstehe. Aber was hat das mit –«

»Keine Sorge, Clarissa. Ich erkläre dir alles später«, verkündete ich und trat eilig den Rückweg durch den Tunnel an. Wenn dieser Plan klappen sollte, war es wichtig, dass wir einen Zahn zulegten. Wir mussten in der Küche eintreffen, bevor uns jemand von DeWitts Männern vermisste.

Oder die Vorspeise aufgetragen wurde.

13

Nur zur Erinnerung: Ich hatte es schon einmal geschafft, das Dinner der Ashworths kolossal zu versauen. Wer sagte eigentlich, dass ich das kein zweites Mal konnte?

»Was in aller Welt tust du da, Schokoladensoufflé? Du stellst den Regler ja viel zu heiß ein«, sagte Tante Gladys.

Zurück in der Küche, hatte ich den Backofen angesteuert, in dem DeWitts Hauptgang vor sich hin brutzelte. Es gab Ente à l'Orange.

»Ich weiß, George-Clooney-Face ist ein irrer Psychopath, aber wenn er mitbekommt, dass das gute Fleisch genauso ruiniert ist wie sein Ruf, haben wir noch mehr Ärger am Hals. Das ist übrigens der Typ, der mit Sprengsätzen droht – für den Fall, dass du das vergessen hast.«

»Tante Gladys hat recht.« Clarissa nickte vehement. »Abby, die Ente braucht nur maximal 180 und nicht 250 Grad. Sie wird uns noch verkohlen. Und wir haben kein zweites Tier im Gefrierschrank. Willst du uns nicht endlich sagen, was du vorhast?«

»Kein Grund zur Panik. Es ist Teil meines Plans, dass der Braten verkohlt. Denn dann kann ich DeWitt vorschlagen, dass es statt der Ente einen äußerst saftigen Schweinebraten geben könnte, der, im Gegensatz zu diesem mickrigen Braten, locker für seinen ganzen Schlägertrupp reichen wird. Doch dazu müsste ich erst mal Ersatz holen. Aus dem Stall.«

»Das ist genial«, lobte mich Cooper und ballte demonstrativ seine Hand, vielleicht aber auch nur, um seinen Bizeps zur Geltung zu bringen. »Wenn du erst mal in den Stall gelangt bist, kannst du dir meine Axt aus der Sattelkammer holen, mit der ich an Weihnachten immer die Tanne schlage. Damit kannst du die Holzbretter zertrümmern und für uns den Durchgang frei machen.«

Clarissa seufzte. »Aber Cooper, ich kann kein Schwein schlachten. Das bringe ich nicht übers Herz.«

Ich schüttelte den Kopf. »Clarissa, niemand sagt, dass Mr Piggles tatsächlich gegessen wird. Bevor es Essen gibt, sind wir alle längst –« Ich hielt inne, weil Tante Gladys mir einen überraschten Blick zuwarf und dabei ihre Nase rümpfte. Es dauerte keine Sekunde und mir wurde klar, warum. Hier drin existierten plötzlich Gerüche. Schon wieder! Diesmal war es keine Blume oder das Feuer, sondern der verkohlte Braten, der begonnen hatte, bestialisch zu stinken. Dunkler Rauch quoll aus dem Backofen und verteilte sich in Windeseile in der Küche. Clarissa und die anderen begannen zu husten.

Einen Moment später riss Blackwood die Tür auf und stürmte in die Küche. »Was macht ihr hier drin? Habt ihr hier etwa ein Feuer gelegt?«, schrie er uns an und prüfte die brutzelnden Pfannen am Herd. Vor dem qualmenden Backofen hielt er schließlich an und starrte auf das Abendessen, das inzwischen viel eher einem großen Klumpen Kohle ähnelte. »Ah. Hier ist der Hase also begraben.«

»Sie meinen wohl die Ente«, korrigierte ihn Tante Gladys.

»Mir egal, wie das Sprichwort richtig heißt«, knurrte er,

drehte den Backofen ab und öffnete die Klappe. Grauer Rauch quoll aus dem Ofen. »Ich will wissen, wer das hier zu verantworten hat. Sofort.«

»Das war ich«, gab ich zu und schob mich nach vorne. Dabei fiel mir auf, dass meine Arme und Fingernägel vor Dreck nur so strotzten. Hastig versteckte ich sie hinter meinem Rücken.

So wie Blackwood mich ansah, hätte er mich am liebsten zu der qualmenden Ente in den Ofen gesteckt. »Miss Barrington-Whitley also!«, verkündete er, packte mich am Oberarm und schleifte mich aus der dampfenden Küche.

Ich bemühte mich, meinen bei DeWitt perfektionierten Spock-Griff anzuwenden, aber es war fast unmöglich, nahe genug an Blackwood ranzukommen. Außerdem trug er eine Knarre, da war es besser, lieber kein Risiko einzugehen.

»Von wegen Torte. Wer zuletzt lacht, lacht als Letztes!«

Vor der Küche nahm mich DeWitt höchstpersönlich in Empfang, der sich die Hand vor die Nase hielt, als wäre er Gerüche nicht gewohnt. Er musste sich umgezogen haben, denn nun trug er nicht nur ein riesiges Pflaster auf der Wange, dort, wo ihn Lord Ashworth mit dem Dolch erwischt hatte, sondern auch eins dieser frackähnlichen Jacketts – vorne kürzer und hinten länger geschnitten –, dazu einen Zylinder, ein Stecktuch und sogar einen Gehstock. So affig, wie er aussah, hatte er heute noch eine Audienz bei Hofe oder spielte uns gleich was am Piano vor.

»Was ist hier los?«, wollte er wissen.

»Diese Göre hat den Braten ruiniert«, teilte ihm Blackwood mit. »Jede Wette, dass sie hinterlistige Pläne schmiedet und hier integriert!«

»Abby war es nicht! Ich war es!«, mischte sich Clarissa ein.

»Und ich!« Tante Gladys, die uns ebenfalls gefolgt war, stellte sich neben mich. »Wir wollten bloß, dass der Braten schneller gar wird, um unsere Torte nachschieben zu können. Als Geschenk für Sie und Ihre wunderbare neue Freundin Cordelia.«

Ihre wunderbare neue Freundin Cordelia. Der Klang von Tante Gladys' Worten schien DeWitt zu gefallen, denn einen Moment lang starrte er verträumt an die Decke und sah dabei richtig friedfertig aus.

»Aber keine Sorge, Mr DeWitt«, versicherte ich ihm. »Vergessen Sie die Ente, die war ohnehin tiefgefroren und minderwertig. Wir haben Ersatz, draußen in den Stallungen. Dort wartet hochwertigstes marmoriertes Bio-Fleisch vom exklusiven Landschwein.«

»Auf das impulsante Festmahl bin ich aber gespannt«, brummte Blackwood.

DeWitt stöhnte. »Es heißt intrigieren! Und imposant! Blackwood, wenn wir hier wegkommen, verdonnere ich dich als Erstes zu einem Sprachkurs! In deiner Muttersprache.«

»Sorry, Boss. Fremdwörter bringen mich manchmal in die Patrouille.«

»Genug jetzt.« Mit einer flinken Bewegung holte DeWitt seine kleine silberne Waffe aus der Jacketttasche und funkelte mich dabei an. »Du holst mir dieses Prachtschwein aus dem Stall. Ich begleite dich und lasse dich nicht aus den Augen. Und dann verlange ich, dass das Schwein in null Komma nichts auf dem Teller landet, verstanden?«

Ich nickte, während ich mich in Bewegung setzte, vorbei an der geöffneten Flügeltür, die zum Blauen Salon führte, in dem bereits Lady Ashworth Platz genommen hatte. Der Blick, den sie mir zuwarf, machte mir Angst. Ihr ganzes Temperament war wie weggefegt, ihre Augen blass und ausdruckslos – vermutlich sorgte sie sich um Monty, wägte ab, ob sie auf DeWitts Angebot einsteigen sollte, oder wünschte sich eine Flasche Scotch herbei. Wenn wir es erst geschafft hatten, den Geheimgang freizulegen, würde es noch mal extraschwierig werden, die Lady unbemerkt in die Freiheit zu führen. DeWitt würde sie so schnell nicht unbeobachtet lassen.

»Hier draußen hältst du gefälligst deine Klappe«, befahl mir DeWitt, als wir einen seiner Kontrollpunkte am Haupteingang hinter uns gelassen hatten und auf der hufeisenförmigen Freitreppe in den Garten liefen. Der Nieselregen tropfte mir in den Kragen meiner Bluse. »Aber es würde dich ohnehin niemand hören, wenn du nach Hilfe rufst. Euer einziger Nachbar ist nicht zu Hause.«

Sehr witzig, wirklich. Während ich schlotternd vor Kälte und Nässe den Kiesweg zu den Stallungen entlanglief und DeWitt mir im Windschatten folgte, überlegte ich fieberhaft, womit ich ihn gleich beschäftigen konnte, wenn ich unbemerkt nach der Axt suchen und den Durchgang freischlagen wollte. Doch als wir bei den Stallungen angekommen waren, löste sich das Problem von selbst.

»Boss!«, ertönte eine Stimme, gefolgt von einem langen Rauschen. Kurz darauf beförderte DeWitt ein kleines Walkie-Talkie aus der Hosentasche. »Kommen Sie schnell. Da versucht jemand, die Hauswand hinabzuklettern! Mit nacktem Oberkörper!«

Cooper, der da gerade für ein Ablenkungsmanöver sorgte, hatte etwas gut bei mir, denn DeWitt machte augenblicklich kehrt. »Verpass ihm einstweilen einen Kinnhaken, ich komme und schnappe ihn mir«, sprach er in sein Gerät, dann deutete er mit dem Finger auf mich. »Und du holst das Abendessen. Aber versuch gar nicht erst zu flüchten.«

Danke! Das war ja perfekt! Nachdem DeWitt um die Ecke gebogen war, knipste ich den Lichtschalter in der Sattelkammer an und blickte mich eilig um. Okay. Wo war hier Coopers Axt? Hier gab es nur Sättel, Helme und Reitstiefel, aber keine ... Oh! Da war sie ja, silbrig glänzend und säuberlich aufgehängt, mitten an der Wand. Das Ding war ganz schön schwer und ich gab mir Mühe, mich nicht an der Klinge zu schneiden, als ich sie abnahm.

Okay. Weiter. Wo war nun die vorderste Box? Und wo war Mr Piggles? Das Schwein zu finden, stellte sich als die einfachste Aufgabe heraus, denn als ich den Stallgang entlanglief, gab Mr Piggles ein Grunzen von sich, als hätte er mich wiedererkannt. Erleichtert öffnete ich den Riegel.

Cooper hatte es ihm hier drin gemütlich eingerichtet. Mit Heu, Wasser und einem Eimer voll Äpfeln schien es sich Mr Piggles gut gehen zu lassen.

»Keine Sorge, Mr Piggles, aus dir wird heute kein Braten. Aber du musst mir vertrauen und mit mir mitkommen«, befahl ich dem Schwein, das tatsächlich die Lauscher aufstellte. »Und mir außerdem helfen, die Box mit dem Geheimgang zu finden. Ah, das da drüben könnte sie sein.«

Mr Piggles folgte mir auf dem Fuße, als ich die gegenüberliegende leere Box betrat, mit den Schuhen das Stroh zur Seite fegte und den hölzernen Boden abklopfte. An einer Stelle ertönte ein hallendes Geräusch, als würde sich darunter ein Hohlraum befinden. Das musste die Stelle sein!

Und nun musste ich also Holz hacken. Die Axt war so schwer, dass ich es kaum schaffte, sie hinter meinen Rücken zu führen. In Filmen sah es immer so leicht aus, wenn jemand Holzscheite mit so einem Ding zerteilte, in Wirklichkeit war es harte Arbeit. Also bündelte ich all meine Kräfte und ließ die Klinge auf den Holzboden sausen, bis sich erste Risse in den Brettern bildeten. Anschließend waren noch einige gezielte Tritte nötig, dann purzelten die Holzstücke auch schon in den Schacht. Und vor mir offenbarte sich ein knapp einen halben Meter breites Loch im Boden. Hm. Ob die Größe der Öffnung reichte? Hoffentlich litt keiner der Bediensteten unter massiven Gewichtsproblemen.

So. Fertig. Nun musste ich die Tür zur Box schließen und schnell zum Ausgang des Stalls gelangen, bevor DeWitt zurückkam und entdeckte, welchen wahren Zweck ich mit meinem Besuch im Stall verfolgt hatte.

Ich hatte gerade das Licht in der Sattelkammer ausgeknipst und bog mit Mr Piggles um die Ecke, da knallte ich plötzlich in Jasper und Gatsby.

»Abby!« Erschrocken starrte er mich an, als hätte ihn der Blitz getroffen, und spannte dabei den Regenschirm auf. »Ich habe Licht brennen sehen und fand es ungewöhnlich, dass Cooper nach zehn Uhr abends noch nach den Pferden –«

»Jasper!« Ich kämpfte gegen den Wunsch, ihn in meine Arme zu schließen, so froh war ich, ihn zu sehen. Er war unversehrt und steckte immer noch in denselben Klamotten wie nachmittags auf der Frühlingsgartenschau. »Gott sei Dank, es geht dir gut. Wo warst du nur die ganze Zeit?«

Anstatt mir zu antworten, wich er meinem Blick aus und kraulte Gatsby am Kopf. »Du hattest recht, Abby. Robert ist zurück.«

Ich lachte matt. »Ach, echt? Was du nicht sagst.«

»Und du hattest außerdem recht, was Mum betrifft. Robert möchte, dass sie mit uns mitkommt. Ich konnte es ihm nicht ausreden, er wollte unbedingt heute noch hierher, um ihr seine Liebe zu gestehen.« Jasper brach ab und zog meinen Arm zu sich heran. »Sag mal, ist alles in Ordnung mit dir? Du … du siehst aus, als wärst du in ein Erdloch gekrabbelt.«

Mein Mund blieb mir offen stehen. »Moment mal. Du weißt von nichts?«

Er lehnte sich erschöpft gegen die Stallwand und wickelte Gatsbys Leine um einen Pfosten. »Was soll ich denn wissen? Robert hat mich die letzten Stunden quer über die Insel geschickt, um alles für die Abreise vorzubereiten.«

Ach herrje! Jetzt schrieb der Drehbuchschreiber seine Figuren aber dümmer, als sie in Wirklichkeit waren. Hatte Jasper wirklich keinen Schimmer, dass sein Vater nicht nur hier war, um Cordelia seine Liebe zu gestehen, sondern um seinen Worten mit angedrohten Sprengsätzen und einer Geiselnahme Nachdruck zu verleihen?

Ich band Mr Piggles einen Strick um den Bauch und befestigte das Ende an den Metallstäben einer Pferdebox, dann zog ich Jasper in die Sattelkammer und schloss die Tür. »Willst du wissen, was hier in der Zwischenzeit vor sich gegangen ist? Dein Vater ist total durchgeknallt«, wisperte ich eindringlich. »Er droht, Ashworth Park in die Luft zu jagen, wenn deine Mutter ihn nicht freiwillig begleitet, und hat Lord Ashworth in eins der Dienstbotenzimmer gesperrt, damit er ihm nicht in die Quere kommen kann. Außerdem lässt er niemanden ins oder aus dem Herrenhaus, selbst ich bin nur hier, weil ich ihn ausgetrickst habe.«

»Was? Das kann nicht sein. Robert würde so etwas nie tun.«

Ich packte Jasper an der Schulter. Der Schurke war kurz davor, die Serie zu zerstören, und der Einzige, der ihn davon abbringen konnte, glaubte mir nicht? »Doch. Das würde er!« Ich schrie Jasper an, auch wenn das unklug war, weil man mich womöglich bis nach draußen hörte. »Du musst DeWitt von diesem Wahnsinn abbringen. Dein Vater ist hier der Bösewicht. Und du bist gerade dabei, dich auf die falsche Seite zu schlagen.«

Jasper wirkte immer noch viel zu unbekümmert für meinen Geschmack. »Robert ist manchmal sonderbar, das mag wohl sein. Aber er würde nie Ashworth Park in die Luft sprengen. Oder Geiseln nehmen.« Er machte einen Schritt zurück und befreite sich aus meinem Griff. »Warum denkst du denn immer so schwarz-weiß? Das hier ist das echte Leben und nicht irgendein Roman. Es gibt nicht nur Gut und Böse.«

»Da, wo ich herkomme, vielleicht nicht«, feuerte ich zurück, ohne über meine Worte nachzudenken. »Doch auf Ashworth Park schon. Hier *muss* es einen Oberschurken geben, der alles zerstören will.«

Jaspers Augen wurden schmal. »Da, wo du herkommst? Was soll das heißen?«

Oje. Vielleicht war das nun der Zeitpunkt, an dem ich ihm tatsächlich die Wahrheit sagen musste. Die gesamte Serie drohte zu kollabieren, und wenn ich Jasper nicht dazu bringen konnte, DeWitt zu misstrauen und mir endlich zu glauben, war es bald zu spät. Sollte Cordelia DeWitt nicht begleiten, würden in wenigen Stunden womöglich Sprengzünder das Haus in die Luft jagen. Menschenleben waren in großer Gefahr. Jasper war meine letzte Rettung.

»Na fein. Das soll heißen, dass Ashworth Park nicht die reale

Welt ist, Jasper. Nun ja, sie ist schon real, aber eben nicht *meine* reale Welt. Ashworth Park funktioniert ein wenig anders. Hier gibt es Gut und Böse. Und nichts riecht. Nach gar nichts, noch nicht mal die Pferdeäpfel im Stall riechen. Wobei, nein, langsam entwickeln sich hier Gerüche«, plapperte ich drauflos.

Jasper starrte mir ausdruckslos in die Augen. »Ich verstehe kein Wort.«

»Das dachte ich mir.« Okay. Das war ja auch ein ganz schlechter Ansatz. Clarissa meinte mal, Jasper brauchte klare Worte. Gut, die konnte er haben. »Okay, halt dich fest. Ich weiß, das ist ziemlich hart. Aber das hier … Ashworth Park, also … wir … nun … wir befinden uns in einer Serie.«

»Eine Serie.« Jasper stieß Luft aus und lachte, als wäre er fast ein bisschen erleichtert, das zu hören.

»Eine Serie, die real ist.« Ich wusste wirklich nicht, warum er das lustig zu finden schien. »Eine Serien-Parallelwelt.«

»*Sehr* witzig.« Jasper lachte immer noch. »Und wo bitte sind hier die Kameras?«

»Es gibt keine Kameras.« Wie sollte ich es nur fertigbringen, einer Figur aus einer Serie zu erklären, dass es eine Welt außerhalb ihrer Vorstellungskraft gab? »Hast du dich denn nie gefragt, warum hier auf der Insel ständig der Teufel los ist? Warum es ununterbrochen Irrungen, Wirrungen, Intrigen und Geheimnisse gibt und unrealistische Dinge am laufenden Band passieren? Und warum niemand der Ashworths von der Insel verschwinden kann? Es ist sogar sehr gut möglich, dass du, deine Mum und DeWitt auch heute nicht von hier wegkommen, wenn es die Serie nicht zulässt.«

Jasper schwieg, während die Glühbirne über unseren Köpfen flackerte und Schatten auf seine blassen Wangen warf. Nach einigen Sekunden setzte er zu einer Frage an, ließ es dann aber bleiben. Schwer zu sagen, wie ich das deuten sollte.

»Da, wo ich herkomme, läuft vieles etwas anders, aber dann auch wieder doch nicht. Wir schreiben den gleichen Tag, es gelten die gleichen physikalischen Gesetze und im Osten geht die Sonne auf«, erklärte ich etwas umständlich. »Bitte, Jasper, sag doch irgendwas.«

»Ich lebe also in einer Serie.« Seine Lippen kräuselten sich zu einem Schmunzeln. »Und du in der echten Welt?«

Ich wünschte, er würde endlich aufhören, mich auszulachen. »Also gut. Stell dir zwei identische Donuts vor. Von außen sehen sie gleich aus, aber der linke ist innen noch mit Vanille gefüllt, der rechte nicht. Es ist bloß eine zusätzliche Dimension, die Ashworth Park von meiner Welt unterscheidet. Und die man beeinflussen kann.«

»Beeinflussen.« Jasper sprach das Wort ganz vorsichtig aus.

Na fein. Jetzt konnte ich auch schon aufs Ganze gehen. »Nun, kennst du Kapitän Preston am Hafen? Es stammt aus meinem New York und hat das alles hier erschaffen. Na ja, nicht ganz alleine, mein Lieblings-Donutverkäufer Horatio Eversmith, der eigentlich Erfinder ist, hat ihm dabei geholfen. Und nun zieht Preston hier die Fäden und kontrolliert alles, was du sagst und tust. Alle Figuren hier sind so etwas wie seine Marionetten. Er schreibt das Drehbuch. Ich hab neulich sogar einige Seiten davon geklaut.«

»Okay, Abby.« Jasper schüttelte den Kopf, als erwachte er aus einem Traum. »Du faselst wirres Zeug. Vermutlich stehst du unter Schock.«

Er hielt mich also für verrückt. Dass er mir nicht mal eine Sekunde lang Glauben schenkte, versetzte mir einen Stich.

»Aber du warst doch bereits da, wo ich herkomme. In New York. Du weißt doch schon alles und glaubst mir längst, Jasper. Ich bin überzeugt, dass du das tust.«

»Ich finde die Theorie mit der Komafantasie inzwischen plausibler, danke sehr«, sagte er, als plötzlich die Tür zur Sattelkammer aufgerissen wurde und krachend gegen die Wand schlug.

DeWitt stand im Türrahmen, hielt Gatsby an der Leine und funkelte uns an.

»Ah ja. Da bist du ja wieder. Sagte ich nicht, du sollst dich an der Pforte melden, wenn du zurück bist, Jasper?«, brummte er, packte ihn an der Hand und zog ihn aus der Kammer. Wie es aussah, ging er mit seinem eigenen Sohn nicht weniger zimperlich um als mit mir.

Doch Jasper machte sich energisch los und griff nach Gatsbys Leine. »Was ist hier los, Robert? Abby sagt, du hast Montgomery weggesperrt.«

»Weggesperrt? Mein Junge, Montgomery ist verrückt geworden und wollte mich mit einem Dolch ermorden.« DeWitt riss das Pflaster ab und präsentierte eine klaffende Wunde, die wirklich nicht appetitlich aussah. »Er ist durchgedreht, als ich deiner Mutter meine Liebe gestanden habe. Es gab einen ziemlichen Tumult und ich fände es besser, wenn du nicht zurück ins Haus gehst.«

»Was? Aber –«

DeWitt drückte ihm seinen Regenschirm in die Hand. »Vertrau mir, mein Sohn. Geh zum Hafen und besorge uns drei Tickets für die Fähre Richtung Festland um Mitternacht.« Er kramte in seiner Tasche und reichte Jasper einige silbern glitzernde Gegenstände, unter anderem auch den rubinverzierten

Dolch des Augustus, dessen Fehlen Tante Gladys und mir aufgefallen war. »Das sollte dem Kapitän als Bezahlung reichen. Und jetzt los.«

Jasper zögerte einen Moment, doch dann spannte er den Schirm auf, zog an Gatsbys Leine und steuerte das Tor an, den Dolch in den Händen, während meine Hoffnung mit jedem seiner Schritte schwand. Hatte Jasper mir auch nur ein Wort geglaubt? Wenn er sich jetzt zu mir umdrehen würde, nur ganz kurz, dann hätten wir vielleicht noch den Hauch einer Chance.

»Und wir beide gehen jetzt zurück ins Schloss. Sofort.« DeWitt packte mich am Arm, band mit der freien Hand das Schwein los und zog unsanft an Mr Piggles Strick, während ich Jasper hoffnungsvoll hinterherstarrte und ... der plötzlich anhielt und mir einen eiligen Blick über die Schulter zuwarf.

Ich zuckte zusammen. Er machte sich Sorgen um mich, das war nicht zu übersehen. Fragte sich nur, warum. Weil er begann, DeWitt zu misstrauen? Oder weil er dachte, ich sei ein Fall für die Klapse?

Ich wand mich aus DeWitts Griff. »Die Drehbücher! Such nach den Drehbüchern!«, rief ich Jasper eindringlich hinterher. »Dann verstehst du alles, glaub mir.«

»Los jetzt«, knurrte DeWitt, als Jasper durchs Tor verschwunden war. Er schubste mich so fest vor sich her, dass ich stolperte und zu Boden fiel. Der Kies brannte auf meinen Knien, als ich mich aufrappelte. »Zurück ins Haus. Eins kann ich dir versichern, Miss Barrington-Whitley. Ab jetzt stehst du unter Rund-um-Überwachung. Von mir höchstpersönlich.«

14

DeWitt hielt Wort.

Zumindest was meine Sicherheitsvorkehrungen betraf. Denn im weiteren Verlauf des Abends ließ er mich kein einziges Mal aus den Augen. Es war noch nicht mal möglich, alleine auf die Toilette zu gehen, geschweige denn mich unbeaufsichtigt in die Küche zu stehlen, um nachzusehen, ob Clarissa, Cooper, Giles, Gladys, Julian und die anderen es inzwischen geschafft hatten, durch den Geheimgang in die Freiheit zu entkommen. Die Ungewissheit war quälend, doch noch quälender war, dass ich während des Dinners direkt neben DeWitt sitzen und aus nächster Nähe zusehen musste, wie er Lady Ashworth in seiner ganzen Schleimigkeit den Hof machte.

»Möchtest du noch ein Glas Wasser, Cordelia-Darling?«, säuselte er und reichte ihr den gläsernen Krug. »Du siehst etwas mitgenommen aus. Aber sorg dich nicht, wenn wir erst einmal hier weg sind, wird alles gut. Dann machen wir Urlaub auf den Fidschis und vergessen das alles hier.«

Lady Ashworth griff nach dem Krug und vermied es, DeWitt auch nur einen Moment in die Augen zu sehen. Hatte die Lady vor einiger Zeit noch ständig beteuert, dass sie Montgomery nie und nimmer verlassen und DeWitt begleiten würde, wohin auch immer, schwieg sie nun beharrlich vor sich hin – vermutlich war ihr klar geworden, dass ihre Möglichkeiten nicht gerade zahlreich waren.

»Sagt mal, wo stecken denn eigentlich unsere anderen Gäste? Und hatte ich nicht Geigenmusik bestellt?« DeWitt indes schien nicht eine Sekunde lang betrübt zu sein, dass ihm seine Angebetete die kalte Schulter zeigte. »Blackwood, alter Freund, geh los und such Gladys und Julian, wir wollen endlich mit dem Dinner beginnen.«

Blackwood erhob sich vom Tisch, während sich mir schmerzhaft der Magen zusammenzog – und das nicht nur, weil ich schon seit Stunden keinen Bissen gegessen hatte. War es nun so weit? Bekam DeWitt nun mit, dass sich außer mir und der Lady niemand mehr im Herrenhaus befand? Sollte mein Plan aufgegangen sein, müssten Gladys, Julian und alle anderen längst durch den Geheimgang in den Pferdestall und von dort über die Schlossmauern in den Wald geflüchtet sein, so, wie wir es geplant hatten.

Und wenn es so wäre ... wie würde DeWitt dann reagieren? Würde er vor Wut durchdrehen, sobald er erkannte, dass ich ihn gelinkt hatte? Cordelia-Darling würde er verschonen, immerhin war sie seine große Liebe. Aber mich ... Mit mir würde er vermutlich nicht zimperlich umgehen.

Alle meine Horrorvisionen verschwanden mit einem Schlag, als sich geräuschvoll die Flügeltür öffnete und Julian und Tante Gladys in ihrer besten Abendgarderobe den Saal betraten. Ich wusste nicht ganz, ob ich mich darüber freuen oder doch lieber ärgern sollte, dass sie nicht durch den Geheimgang geflüchtet waren. War mein Plan etwa doch nicht aufgegangen? War die Öffnung im Stall vielleicht zu schmal, um hindurchzuklettern?

»Ach, da sind sie ja!« DeWitt klatschte in die Hände, als wären die beiden Überraschungsgäste auf seiner Geburtstagsparty. »Gladys, Julian, nehmt Platz! Ich hoffe, ihr seid hungrig.«

»Eher das Gegenteil ist der Fall!«, knurrte Tante Gladys und setzte sich neben mich. »Bei Ihrem geschniegelten Anblick kommt mir glatt das Kotzen. Mit dem ganzen Fett in Ihren Haaren könnte man ein Hühnchen frittieren.«

DeWitt rollte mit den Augen. »Meine Güte, wie schnippisch du sein kannst, wenn du sauer bist, Gladys. Oh, und wenn du dich tatsächlich übergeben musst, dann verlasse doch bitte wenigstens davor den Raum. Ich will nicht, dass Cordelia sich ekelt.« Er klatschte in die Hände und sah sich um. »So, wann geht es denn nun endlich los mit dem Essen? Wo steckt das Personal, Cordelia-Darling?«

In diesem Moment senkte sich die Türklinke und Clarissa rollte den Speisewagen in den Saal. Sie trug eine perfekte blütenweiße Service-Uniform – also musste sie sich nach unserem Ausflug in den Geheimgang umgezogen haben. »Entschuldigen Sie die Verspätung, Mr DeWitt. Die Brokkoli-Schaumsuppe ist nun fertig, um aufgetragen zu werden«, erklärte sie und schenkte uns ein bescheidenes Lächeln, so wie sie es immer tat.

Sekunde mal. Zuerst hatten Tante Gladys und Julian entschieden hierzubleiben und nun war auch Clarissa immer noch hier? Als ich mit DeWitt aus dem Garten zurückgekehrt war, hatte ich angenommen, dass Lady Ashworth und ich als Einzige im Herrenhaus übrig waren – mal abgesehen von DeWitt und seinen Männern. Was war passiert?

»Tante Gladys! Der Geheimgang ist doch jetzt frei! Warum in aller Welt ist denn niemand abgehauen?«, zischte ich ihr zu, während DeWitt Clarissa streng darauf hinwies, dass wir mehr Gedecke brauchten. Auch seine Männer verdienten sich ein Essen, denn sie hätten viel Mühe damit gehabt, ein Auge auf uns zu haben und so die Sicherheit im Haus zu gewährleisten. Es war lächerlich.

Tante Gladys täuschte einen Hustenanfall vor, führte ihre Serviette an den Mund und beugte sich zu mir. »Keine Sorge. Alle sind abgehauen, bis auf Julian, Clarissa und mich. Wir sind wegen dir geblieben, Sahnekaramell. Na, wegen dir und wegen der Braut Satans da drüben.« Tante Gladys' Kinn deutete auf Lady Ashworth. »Wir konnten euch doch nicht im Stich lassen. Wenn das Dinner beginnt und keiner mehr im Schloss ist, kapiert DeWitt sofort, was Sache ist. Aber so konnten wir Zeit gewinnen.«

»Oh.« Tante Gladys hatte also nicht vorgehabt, mich allein in der Höhle des Löwen zurückzulassen. Ich vergötterte sie plötzlich umso mehr.

»Als du vorhin im Stall warst, konnte ich kurz mit Cordelia sprechen«, erzählte Tante Gladys weiter. »Und jetzt rate mal. Sie hat ebenfalls einen Plan.«

»Echt? Na dann hoffen wir mal, dass er gut ist.«

»Und dass sie bald loslegt. Clarissa hat nämlich keinen Hauptgang parat.«

Oje. Ich schluckte fest, als ich dabei zusah, wie DeWitts Männer einer nach dem anderen an der Tafel Platz nahmen und Clarissa flink aufdeckte. Einige von ihnen besaßen, man mochte es kaum glauben, noch weniger Tischmanieren als ich, wischten sich die Finger an der Tischdecke ab, schnäuzten sich in die Serviette oder amüsierten sich darüber, wie viel Besteck es hier gab. Sicher hatte DeWitt sie am anderen Ende des Tisches platziert, damit sich seine Angebetete durch ihre Wirtshausmanieren nicht gestört fühlte.

»Was die Reihenfolge der Essensvergabe betrifft, nun, Clarissa, rollen Sie den Suppenwagen zuerst zu Mr DeWitt«, ordnete Lady Ashworth großzügig an. »Wir werden die Etikette heute mal über Bord werfen und mit der Suppe bei einem Bürgerlichen beginnen.«

»Ach, tatsächlich? Oh, Cordelia-Darling … ich weiß gar nicht, was ich sagen soll«, zwitscherte DeWitt und strahlte die Lady an, als hätte sie ihm gerade ihre Liebe gestanden. Jede Wette, dass er sich noch zu gut an seinen fatalen ersten Abend bei den Ashworths erinnern konnte, als das Thema »Wer bekommt zuerst Suppe auf seinen Teller?« eine solch hitzige Diskussion entfacht hatte, dass die Wände gewackelt hatten. Inklusive einer lebensbedrohlichen allergischen Reaktion und eines gefressenen Eherings.

Doch heute nickte Lady Ashworth nur wohlwollend und beobachtete, wie der Wagen mit dem Suppenkessel durch den Saal auf DeWitt zurollte. Doch als Clarissa auf ihrer Höhe war, griff die Lady plötzlich nach dem Wagen und zog ihn mit einem Ruck von Clarissa weg. Der Suppenkessel kippte und die gesamte brühheiße Brokkoli-Cremesuppe landete auf DeWitts Schoß.

Clarissa gab einen spitzen Schrei von sich.

»Aaaahhgh.« Wie von der Tarantel gestochen hüpfte DeWitt auf. Die Suppe floss an seinen Hosenbeinen entlang bis auf das Parkett und hinterließ dort grün-weiße Pfützen. »Du dämliches Dienstmädchen. Autsch, ist das vielleicht heiß. Ich verlange eine neue Hose, sofort!«

»Verehrter Mr DeWitt, es tut mir so wahnsinnig leid!«

Clarissa griff nach einer Serviette, unsicher, ob sie ihn damit abtupfen sollte – doch angesichts der Stelle, wo die Suppe gelandet war, hielt sie doch lieber Abstand. »Ich weiß wirklich nicht, wie das passieren konnte.«

»Aber ich. Sie ist gestolpert und hat die Kontrolle über den Wagen verloren«, mischte sich die Lady ein. »Clarissa, bringen Sie Mr DeWitt eine von Montys alten Hosen, in die er nicht mehr hineinpasst. Und ich werde inzwischen dafür sorgen, dass es seinen Männern an nichts fehlt.« Sie hob eine Karaffe Rotwein vor DeWitts versammelter Mannschaft. »Möchte jemand statt der Suppe ein vorzügliches Glas Wein? Das ist ein zwanzig Jahre alter Pinot noir, eine Spitzensorte aus Frankreich.«

DeWitts Handlanger gossen sich genüsslich Wein ein, aber ihr Boss tobte immer noch. Aufgebracht tigerte er vor dem Fenster auf und ab und wischte sich die Suppe von den Klamotten. »Lenk nicht ab, Cordelia! Denkst du, ich bin dumm? Ich weiß genau, dass das Absicht war und ihr mich austricksen wollt!«

Ach du liebe Zeit! *Das* war also Lady Ashworths genialer Plan gewesen? DeWitt mit heißer Suppe zu verbrühen? Hatte sie sich denn keine Gedanken darüber gemacht, dass ihn das unmöglich ausschalten, sondern noch viel, viel wütender machen würde? Aber warum wunderte ich mich eigentlich – wie dumm war es denn von mir zu hoffen, eine hysterische, nach Scotch süchtige Serienfigur könnte uns hier rausholen?

»Schreien Sie nicht so rum, Mr DeWitt. Davon bekomme ich Beklemmungsgefühle«, mischte sich Julian ein. Schon die ganze Zeit über kauerte er äußerst unheldenhaft auf seinem Platz – wie ein Hündchen, das man unter Wasser getaucht hatte. Die Zeiten, wo Julian auf Leondra thronte und der Gefahr ins Auge blickte, schienen unendlich lange her.

»Ich habe hier das Sagen und ich schreie, wann ich will«, donnerte DeWitt zurück. Einige Brokkoli-Stückchen klebten immer noch an seinem Hemd. »Und nun, Blackwood, reichen Sie mir die Box. Ich werde euch zeigen, wie ernst es mir wirklich ist.«

»Natürlich, Boss.« Blackwood kramte in seiner Tasche und überreichte DeWitt eine kleine schwarze Schachtel, die aussah, als befände sich darin ein Ehering.

Was war denn das? Wollte er Lady Ashworth nun vor versammelter Mannschaft einen Heiratsantrag machen, obwohl sie schon verheiratet war?

Doch als DeWitt schließlich die Schachtel öffnete, eine Antenne ausfuhr und uns vier verschiedenfarbige Knöpfe im Inneren präsentierte, wünschte ich mir, es wäre der Heiratsantrag gewesen. Diese Dinger kannte ich bereits aus anderen schlechten Fernsehserien. Es war ein Fernzünder.

DeWitt lachte triumphierend. »Betsy hat tolle Arbeit geleistet. Sie hat Sprengkörper im Haus versteckt. Und weil ich mal nicht so sein will, verrate ich euch auch gerne, wo. Einer befindet sich hier im Haupthaus, einer im Dienstbotentrakt, einer in Tante Gladys' Flügel und einer an der Pforte.«

»Du bluffst doch!«, schrie die Lady. »Das ist nichts als eine billige Attrappe.«

»Möglich. Aber was, wenn nicht?« DeWitt ließ seinen Zeigefinger über einem der Knöpfe rotieren.

»Was hat er vor?«, wisperte Tante Gladys.

»Ich … weiß es nicht.« Mir wurde plötzlich heiß und kalt.

»Heute ist noch nicht Silvester, aber ein kleines Feuerwerk

sei euch trotzdem schon mal vergönnt. Seht doch mal aus dem Fenster, sonst verpasst ihr noch die Show.«

»Nicht!«, schrie Lady Ashworth, so laut sie konnte, doch in diesem Moment hörten wir bereits einen lauten Knall, der in den Ohren dröhnte. Wie ferngesteuert sprang ich auf, rannte zum Fenster und starrte auf das Pförtnerhäuschen, das lichterloh in Flammen stand.

Ach du meine Güte. Es war kein Bluff. Der Zünder war keine Attrappe. DeWitt hatte wirklich vor, Ashworth Park zu zerstören, wenn Lady Ashworth nicht mit ihm kam.

Julian blieb der Mund offen stehen. »Sie haben das Tor und die Pforte in die Luft gejagt«, wisperte er.

»Gut erkannt, Schwachkopf. Aber du kannst dich entspannen, das Häuschen stand leer und der Regen löscht den Brand rasch.« Zufrieden klappte DeWitt seine schwarze Schachtel wieder zu, fuhr die Antenne ein und wirkte fast wie einer dieser gefährlichen und doch genialen James-Bond-Schurken – hätte nicht Brokkoli-Cremesuppe auf seiner Hose geklebt.

»Genug!«, rief die Lady, in einem Ton, der normalerweise keine Widerrede duldete. Sie hielt die flache Hand vor DeWitt auf, so wie sie es gerne tat, wenn sie Jasper bei einem spießigen Anlass mit Kaugummi im Mund erwischte. »Gib mir sofort diesen Sprengzünder, Bobby!«

Doch DeWitt dachte nicht mal daran, ihr zu gehorchen. Flink reichte er den Auslöser zurück an Blackwood, bevor Lady Ashworth die Schachtel auch nur annähernd zu fassen bekam. »Erst wenn du die drei magischen Worte sagst, mein Liebling.«

»Scher dich zum Teufel?«, riet Tante Gladys. »Ups, nein, das waren vier.«

»Ich liebe dich? Ich werde dich niemals lieben«, schwor Lady Ashworth.

»Liebe wird überbewertet«, lachte er böse. »Das erwarte ich gar nicht von dir, Cordelia-Darling. Zumindest nicht sofort. Für heute reicht mir schon ein einfaches: Ich begleite dich.«

»Gut, gut! In Gottes Namen: Ich begleite dich.« Die Lady rieb sich verzweifelt die Stirn. »Ich begleite dich.«

»Aber Mutter!«, mischte sich Julian ein. »Das kannst du doch nicht tun!«

»Ich muss, mein Sohn«, verkündete Lady Ashworth und blickte auf die Uhr am Kaminsims. »Noch zwanzig Minuten bis Mitternacht. Lassen wir das Dinner ausfallen. Um diese Zeit noch üppig zu essen, ist ohnehin nicht gut für die schlanke Linie. Clarissa soll uns die Pastete für die Reise einpacken. Und ich brauche die übrige Zeit, um meine Sachen zu packen.«

»Oh, Cordelia! Ist das wahr?« Ungeachtet der Brokkoli-Cremesuppe schloss DeWitt die Lady in die Arme und drückte sie an sich. »Ich wusste, du würdest die richtige Entscheidung treffen. Aber sicherheitshalber werde ich dich beim Kofferpacken nicht aus den Augen lassen. Nicht dass du auf die Idee kommst, dich jetzt noch davonzustehlen.« Er kniff sie liebevoll in die Wange. »Du und deine Tricks.«

»Unser Serienschurke wird von Minute zu Minute gruseliger«, wisperte Tante Gladys in mein Ohr. »Wir müssen uns etwas einfallen lassen, Biskuittörtchen, nachdem Cordelias Plan mit der heißen Suppe … ähm, sagen wir mal, in die Hose gegangen ist. Wenn die beiden gleich verschwinden, haben wir Zeit, um uns etwas Neues zu überlegen, während sich DeWitts Mannschaft hemmungslos mit unserem besten Wein besäuft.«

»Unbedingt.« Ich nickte. »Wenn Lady Ashworth mit DeWitt

und Jasper die Insel verlässt, ist unser Happy End für immer im Eimer.«

»Du sagst es. Also –«

»Miss Barrington-Whitley begleitet uns natürlich auch«, fiel DeWitt mir ins Wort und streckte die Hand nach mir aus.

»Mein Schokoladenkeks soll euch begleiten?«, wiederholte Tante Gladys schockiert. »Wozu brauchen Sie denn Abigale in Ihrem neuen Leben in … na, hoffentlich im Knast? Oder haben Sie noch mehr heimliche Kinder, die Sie mitnehmen möchten, DeWitt?«

»Sie begleitet uns doch nicht um Mitternacht, Gladys«, korrigierte DeWitt augenrollend. »Was diese dumme Göre macht, wenn wir weg sind, ist mir einerlei. Bis es allerdings so weit ist, lasse ich dieses kleine, hinterlistige Monster nicht aus den Augen.«

»Mist«, fluchte ich leise und folgte Lady Ashworth aus dem Saal.

DeWitt dirigierte uns den ausladenden Treppenaufgang hoch, der in die Galerie führte, von der das Schlafzimmer der Ashworths, die Bibliothek, Montgomerys Büro und viele leer stehende Zimmer abzweigten. Vor Lady Ashworths begehbarem Kleiderschrank hielten wir an. »Wir haben es ziemlich eilig, die Fähre ist für kurz nach Mitternacht bestellt«, erklärte er ihr. »Ich warte hier auf dich.«

»Aber um zu packen, brauche ich eine helfende Hand«, verkündete die Lady, öffnete die Tür zu ihrem Kleiderschrank und zog mich an ihre Seite. »Miss Barrington-Whitley wird mir dabei helfen, meine … ähm … Unterhöschen zu falten. Und das ist nun mal höchst privat.«

Bevor DeWitt auch nur ein Wort erwidern konnte, knipste

sie das Licht an, zog mich in den Raum und warf die Tür hinter uns zu.

»Das war Ihr toller Plan, Lady Ashworth?«, schimpfte ich und sah mich um. Der begehbare Kleiderschrank war riesig. Alleine die Perlenketten-Abteilung war locker so groß wie unser Badezimmer in New York. »DeWitt mit Suppe zu verbrühen? Na, das ist ja bestens gelaufen.«

Lady Ashworth zog einen großen braunen Koffer aus einem der Schränke und begann, wahllos Kleider hineinzuwerfen. Wie es aussah, brauchte sie mich doch nicht zum Unterhöschen-Falten – eine große Erleichterung. »Du dummes Mädchen! Das war doch noch nicht alles. Und es läuft eigentlich richtig gut. Nur du blockierst mein Vorhaben gerade.«

Ich starrte sie an. »Was? Ich?«

»Der Unfall mit der Suppe war doch bloß ein Ablenkungsmanöver, um meinen richtigen Plan in die Tat umzusetzen«, weihte sie mich ein. »Während Bobby sich mit Suppe verbrüht hat, habe ich eins von Tante Gladys' wirksamsten Schlafmitteln in den Rotwein gekippt. Bobbys zwielichtige Truppe schläft gleich wie die Babys.«

Wow. So viel Hinterlistigkeit hätte ich ihr gar nicht zugetraut. »Aber warum haben Sie uns nicht eingeweiht?«

»Wozu denn? Du und Julian, ihr macht euch doch nichts aus Wein. Und bei Gladys konnte ich das Risiko ruhig eingehen. Wenn die ein paar Gläschen zu sich nimmt und schlummert, geht sie mir wenigstens nicht auf den Wecker.« Lady Ashworth hörte einen Moment lang auf, wie wild Klamotten um sich zu werfen. »Zu dumm nur, dass Bobby keinen Schluck von dem Wein genommen hat und immer noch putzmunter herumläuft. Aber mit dem kommen wir schon alleine zurecht, sobald seine Mannschaft erst mal tief und fest schlummert. Das müsste in exakt … dreißig Minuten der Fall sein. So lange müssen wir hier noch –«

»Aber so viel Zeit gibt DeWitt uns nicht«, wandte ich ein.

Nachdenklich raufte die Lady sich die Haare, woraufhin sich einige Strähnen aus dem komplizierten Flechtwerk auf ihrem Kopf lösten. »Dann müssen wir eben etwas Zeit schinden, bis Bobby vollkommen alleine ist«, beharrte sie. Ihr Blick fiel auf ein schlüpfriges Spitzenunterhemd, das auf einem seidenbezogenen Kleiderbügel hing. »Nun, ich könnte das hier anziehen, dann wäre er bestimmt noch ein Weilchen abgelenkt.«

Uagh. Nein! Nicht! Alles, nur das nicht.

»Aber da wärst *du* ja leider im Weg«, überlegte sie weiter. »Ich weiß etwas anderes! Wir verstecken uns. In Montys Arbeitszimmer. Das ist neuerdings der sicherste Raum in diesem Haus. Er ist videoüberwacht, außerdem kann man die Tür innen mit einem Code verriegeln.«

»Verstecken? In Lord Ashworths Arbeitszimmer? Ich finde, das ist keine gute Idee. Was ist, wenn DeWitt wütend wird und das Herrenhaus in die Luft jagt, während wir uns da drin verbarrikadieren?«

»Das wird er nicht. Nicht, solange *ich* im Haus bin«, versicherte sie mir und sah mir beinahe mütterlich in die Augen. Kaum zu glauben, dass diese durchtriebene Intrigantin so schlaue Schlüsse zog. Vielleicht hätte ich mich schon viel früher mit ihr verbünden sollen. »Glaub mir, Abigale, an meiner Seite kann dir nichts passieren.«

Blieb zu hoffen, dass die Lady sich da nicht selbst überschätzte.

»Und bitte nenn mich Cordelia.«

»Oh. Okay.«

»Die Zeit ist um«, erklärte DeWitt genau in diesem Augenblick und stieß die Tür zu Lady Ashworths Kleiderschrank auf. »Los, Cordelia-Darling, wir müssen unsere Fähre erwischen.«

»Natürlich«, antwortete sie kühl, schritt zurück auf den Flur und drückte DeWitt ihren Koffer in die Hand. Schweigend folgten wir ihm über den Flur, während ich kurzerhand beschloss, auf Lady Ashworths Plan zu vertrauen. Wir würden flüchten, in Lord Ashworths Arbeitszimmer. Und dort warten, bis niemand mehr da war, um DeWitt den Rücken zu stärken. Aber dazu mussten wir ihn erst abschütteln und die gut zwanzig Meter über den Flur bis zur Bürotür laufen.

Ich nahm allen Mut zusammen und wagte ein Ablenkungsmanöver.

»Warten Sie!«, erklärte ich mit fester Stimme und baute mich vor DeWitt auf. »Bevor Sie gehen und Lady Ashworth gegen ihren Willen mitnehmen, möchte ich Ihnen noch eins sagen, Mr DeWitt. Schurken wie Sie werden niemals gewinnen. Und dafür gibt es drei gute Gründe.«

»Drei gute Gründe?« DeWitt hielt am Treppenabsatz inne und guckte mich neugierig an. »Ach? Und die wären?«

»Also erstens …«, setzte ich an, doch ich hatte gar nicht vor, ihn auch nur eine Sekunde zu belehren. Stattdessen trat ich ihm fest gegen sein linkes Schienbein. »Jetzt! Lauf, Cordelia!«

DeWitt verlor das Gleichgewicht und schlitterte rückwärts über die oberen Stufen. Doch dann rettete er sich mit einem Griff am Handlauf.

»Hier entlang, Abigale!«, keuchte Lady Ashworth und rannte über den weichen Teppichboden voran, bis ans Ende des Flurs.

DeWitt fluchte und folgte uns auf dem Fuße.

»Hier hinein.« Eilig zog Lady Ashworth die Tür zum Arbeitszimmer ihres Mannes auf, ließ mich hindurchschlüpfen und warf sie fest ins Schloss. Mit zitternden Händen öffnete sie ein holzverkleidetes Kästchen neben der Tür und tippte mit ihren manikürten Nägeln einen vierstelligen Code ein. Mit einer Glockenspiel-Melodie verriegelte sich die Tür nur eine Sekunde, bevor DeWitt die Türklinke zu fassen bekam.

»Das war knapp«, stöhnte ich und ließ mich zu Boden gleiten.

»Cordelia! Nicht doch!«, jaulte DeWitt draußen im Flur und rüttelte fest an der Klinke. »Liebling, was ist los? Hast du etwa kalte Füße bekommen?«

»Kalte Füße? Du bist wohl größenwahnsinnig geworden!«

»Komm schon! Lass uns reden! Verrate mir den Code, meine Liebste!« Ich hörte ein elektronisches Klicken – womöglich probierte DeWitt einige Zahlenkombinationen durch. »Ist es etwa mein Geburtsdatum?«

»Das hättest du wohl gerne.«

»Wie lautet denn die richtige Zahlenkombination, Cordelia?«, erkundigte ich mich im Flüsterton.

»Es ist mein Geburtsjahr«, wisperte Lady Ashworth zurück.

»Dein Geburtsjahr?«, echote ich. Leise Panik kroch in mir hoch. Das Geburtsjahr der Lady als Code zu verwenden, war doch viel zu einfach. Das würde ich doch gleich als Nächstes probieren, wäre ich DeWitt. Konnten sie sich nichts Besseres einfallen lassen?

»Keine Sorge. Es ist natürlich mein *echtes* Geburtsjahr. Denn auch wenn ich so aussehe, ich bin schon lange keine neununddreißig mehr. Deshalb kann den Code niemand so leicht erraten … Außer vielleicht meine Familie.«

»Cordelia-Darling, nun ist der Spaß aber vorbei!«, dröhnte es von der anderen Seite der Tür. Mit einem Mal klang DeWitt nicht mehr so schleimig untertänig wie zuvor, sondern als hätte ihn ein unartiges Kleinkind ausgesperrt. »Wenn du nicht freiwillig aufmachst, hole ich dich da raus.«

Und dann hörten wir ein kräftiges Poltern, das den ganzen Raum erbeben ließ.

»Komm lieber weg von der Tür.« Lady Ashworth zog mich zur Seite. Wir kauerten uns gemeinsam auf den Boden und lehnten uns an Lord Ashworths Schreibtisch.

Die Minuten verstrichen und nach einigem Poltern war schließlich Ruhe eingekehrt. Wollte DeWitt nicht mehr länger mit uns reden? Hatte er aufgegeben? Oder war er längst aus dem Haus gelaufen und ließ seinen Finger erneut über einen der Knöpfe in seinem Fernzünder-Schächtelchen kreisen, bereit, alles hier dem Erdboden gleichzumachen? Der Gedanke schnürte mir augenblicklich die Luft ab. Positiv denken, Abby. Positiv denken. Lady Ashworth hatte die Lage bestimmt im Griff.

»Ich hoffe, das Schlafmittel wirkt bald«, murmelte sie nun und blickte immer wieder auf die tickende Pendeluhr über Lord Ashworths Schreibtisch. »Dann kann sich mein guter Junge Julian eine der Waffen von Bobbys Männern stibitzen und Bobby heldenhaft in seine Schranken weisen. Ich weiß, dass der Junge das Zeug dazu hat, uns alle zu retten.«

Sagte ich soeben, Cordelia hätte die Lage im Griff? Ich nahm alles zurück.

»Du hoffst auf Julian? Cordelia, Julian ist eine Memme! Ein Riesenfeigling!«, machte ich ihr klar. Hatte sie noch nicht mitbekommen, dass er dem Heldentum für immer abgeschworen hatte? Der Ritter in schimmernder Rüstung hatte einen Pickel bekommen, Herrgott noch mal. »Ich würde eher darauf hoffen, dass uns Tante Gladys hier rausholt. Das heißt, wenn sie nicht von dem Wein getrunken hat. Du hättest sie wirklich einweihen sollen.«

»Aber –«, setzte die Lady an, doch da hörten wir erneutes Klicken an dem Zahlenfeld auf der anderen Seite der Tür. Vier Tasten wurden gedrückt, dann ertönte plötzlich das bekannte Glockenspiel und die Tür glitt auf.

Voller Panik hob ich den Kopf, während mein Herz so laut gegen meine Brust klopfte, dass Cordelia es bestimmt hören konnte.

Im Türrahmen, mit wildem, entschlossenem Blick in den Augen, stand DeWitt, die Hose immer noch mit Brokkoli-Cremesuppe bekleckert, Cordelias Koffer in der einen, den Zünder in der anderen Hand.

Neben dem Eingabefeld der Sicherheitstür, an DeWitts Seite, wartete Jasper.

Ich erstarrte.

»Jasper«, knurrte Cordelia und funkelte ihn an, als hätte sie ihn am liebsten auf der Stelle geohrfeigt. Ihre Flechtfrisur hatte sich aufgelöst, ihre Augen wirkten blass und müde, und zum ersten Mal, trotz der vielen Verjüngungskuren, war mir, als hätte sie die neununddreißig tatsächlich vor langer Zeit überschritten. Vor sehr langer Zeit. »Bist du verrückt geworden? Warum nur hast du das getan? Dein Vater … er hat Sprengstoff und droht, das Schloss zu zer–« Plötzlich hielt sie inne, ihre Lippen öffneten sich. »Du bist genau wie er. Böse und durchtrieben, durch und durch. Ich habe immer gewusst, dass du ein widerwärtiges Scheusal bist.«

»Tja, das ist meine Mum. Eine Giftspritze wie immer, besonders dann, wenn der Scotch alle ist«, scherzte Jasper in DeWitts Richtung, der amüsiert mit der Zunge schnalzte, als gefiele ihm diese Eigenschaft an Cordelia ganz besonders gut. »Mum, es wäre besser, du kommst nun mit und lässt das üble Gerede. Dann wird keinem hier etwas passieren.«

Lady Ashworth wurde immer blasser. »Aber –«

»Hör auf unseren Sohn, Cordelia. Er kommt nämlich in der Tat ganz nach mir«, lachte DeWitt und klopfte Jasper fest auf die Schulter, während ich mein letztes bisschen Mut verlor und mich die Enttäuschung buchstäblich auffraß.

Schon klar, das alles war nichts weiter als eine Serie. Die Dialoge der Figuren wurden vom Kapitän geschrieben – ich würde nicht so dumm sein und diese Tatsache noch einmal vergessen. Trotzdem zerriss es mir das Herz, Jasper an DeWitts Seite zu sehen und Zeuge zu sein, wie er mich konsequent keines einzigen Blickes würdigte.

Als Jasper an mir vorbeischritt, griff ich nach seiner Hand. Seine Haut war so warm und vertraut wie immer, aber diesmal fädelte er seine Finger nicht in meine, so wie es zwischen uns fast zur Gewohnheit geworden war. »Hast du vergessen, was ich gesagt habe? *Er* ist der Bösewicht. Wenn DeWitt gewinnt, dann –«

»Es reicht, Abby. Ich habe genug von deinen Geschichten. Und genug von diesem Versteckspiel.« Seine blauen Augen leuchteten beinahe so dunkel wie DeWitts, als er mich fest am Handgelenk packte und unsanft aus dem Zimmer schleifte. Ihn so kühl und brutal zu erleben, machte mich ganz starr vor Angst. »Du kommst jetzt hier raus, auf der Stelle. Und, Mum, für dich gilt dasselbe. Wir gehen!«

»Das ist mein Zuhause! Ich gehe hier nicht weg! Bobby, du musst das Haus mit mir in die Luft jagen«, verkündete Lady Ashworth vehement und stemmte die Beine in den Boden. Aber da hatte DeWitt sie schon an der Taille gepackt, über seine Schulter geworfen und aus dem Zimmer getragen.

Bevor DeWitt die Tür schließen konnte, fuhr Jaspers Arm in den Türspalt. »Haben wir noch eine Minute, Robert? Ich kenne den Code für Montys neuen Safe, nebenbei bemerkt. Da drin befinden sich Erbstücke seiner Familie. Eigentlich nur ein Haufen alter, verstaubter Ringe, Amulette und so Zeug, aber gut möglich, dass sie uns morgen beim Pfandleiher ganz schön was einbringen. Wenn ich achtzehn bin, hätte ich echt gerne ein Auto.«

»Das wagst du nicht!«, drohte Cordelia. »Du kennst doch nie und nimmer den Code für den Safe.«

»Und was, wenn doch?«

Cordelia knirschte mit den Zähnen. »Wenn du Monty beklaust, dann bekommst du keinen Penny von deinem Erbe.«

»Du meinst, mein Erbe aus dem Safe da?« Jasper grinste.

DeWitt schmunzelte, machte einige Schritte in den Raum hinein und betrachtete die Wand hinter Lord Ashworths Schreibtisch, an der sich eine Vielzahl von Gemälden reihte. »Wo ist der Safe, mein Sohn?«

Jasper deutete auf einen großen Rahmen, der hoch über den anderen hing. »Hinter dem Bild namens *Der fette Sir Anthony beim Jagdhornblasen*«, erklärte er und sah zu, wie DeWitt einen Stuhl an die Wand schob, um das Gemälde zur Seite zu schieben.

Der … fette Sir Anthony beim Jagdhornblasen? Sekunde mal. Lord Ashworths Safe befand sich doch hinter *Pudel nebst*

Obstschale in Öl, schoss es mir durch den Kopf, während DeWitt auf die Sitzfläche kletterte.

Genau in diesem Moment dämmerte es mir, warum Jasper uns vorhin so forsch aus dem Zimmer geschoben hatte.

Und dann ging plötzlich alles ganz schnell. Als DeWitt auf die Zehenspitzen stieg, um das Gemälde zur Seite zu schieben, machte Jasper einen Schritt zurück, warf die Tür ins Schloss, tippte hastig den Code ein.

Das metallische Glockenspiel ertönte und die Tür verriegelte sich, als DeWitt endlich zu begreifen schien, dass Jasper ihn ausgetrickst hatte. Wir hörten ein Fluchen, gefolgt von einem Krachen, als würde DeWitt mit vollem Gewicht gegen die Tür donnern, während Jasper erleichtert aufseufzte und seiner Mutter in die Arme fiel.

Es war ein Trick gewesen. Die ganze Zeit über. Hatte Jasper mir doch geglaubt, als ich ihm von der Serienwelt und DeWitts Rolle darin erzählt hatte? Oder hatte er mit eigenen Augen gesehen, dass sein leiblicher Vater übergeschnappt war? Ich rätselte, was davon wahrscheinlicher war, aber alle meine Gedanken waren ohnehin wie weggeblasen, als Jasper schließlich über Cordelias Schulter meinen Blick suchte und mir fest in die Augen sah. Beinahe wie an dem Abend vor dem Kamin, als er noch davon überzeugt gewesen war, dass zwischen uns alles gut werden würde.

Als er sich endlich von Cordelia losmachte und auf mich zusteuerte, polterten Julian, Tante Gladys und Lord Ashworth über die Treppe.

»Jasper! Ich verstehe nicht ganz. *Du* hast DeWitt hier drin eingesperrt?«, wollte Julian wissen und schob sich zwischen uns, während wir Zeugen wurden, wie DeWitt glaubhaft unter

Beweis stellte, dass er absolut kein Gentleman war – zumindest was seine Wortwahl betraf. »Warum … hast du das denn gemacht? Wir dachten alle, du stehst auf seiner Seite. Das dachten wir doch, nicht wahr?«

»Ach, Julian!« Tante Gladys seufzte. »Jetzt, wo du so männlich und heldenhaft bist wie ein … Buschwindröschen, hatte ich gehofft, du wirst als Ausgleich ein weniger smarter … Aber da lag ich wohl falsch.«

»Entschuldige mal bitte, ich habe Betsy k. o. geschlagen, als du Vater befreit hast«, rechtfertigte sich Julian entrüstet.

»Du hast ein Mädchen geschlagen. Welch eine Leistung, mein Junge.« Tante Gladys tätschelte Julians Kopf, während DeWitt hinter der verriegelten Tür weiter wie vom Teufel besessen vor sich hin tobte. Diesmal galt sein ganzer Unmut nicht mir, sondern seinem Sohn. »Bastard« war noch eins der netteren Schimpfworte, die er Jasper an den Kopf warf. »Meine Güte, der flucht ja schlimmer als ein Bierkutscher, halt dir die Ohren zu, Zuckerkringel.«

»Lasst uns gehen«, befahl Lord Ashworth. »DeWitt ist hier sicher eingesperrt, nicht wahr, Jasper?«

Jasper nickte. »Keine Sorge, Robert kennt den Code nicht. Vorhin ging alles so schnell, er konnte mir bei der Eingabe nicht über die Schulter schauen. Und selbst wenn er irgendwann ahnt, dass es Mums Geburtsjahr sein könnte, kommt er so schnell nicht auf das genaue Datum. Das hat sie sich ja sogar aus dem Reisepass streichen lassen.«

Lord Ashworth schien zufrieden. »Gut. Und er wird auch das Haus nicht in die Luft jagen, solange er selbst darin sitzt. Aber nun wartet unten im Saal noch Arbeit auf uns. Wir müssen DeWitts schlafende Crew wegsperren, bevor sie wieder aufwachen. Und dann schleunigst Detective Sergeant Brimble von der Kriminalpolizei rufen.« Er drückte die Hand seiner Frau. »Ach, Cordelia! Was bin ich froh, dass ich diese sauteure Sicherheitstür habe einbauen lassen.«

Cordelia lehnte sich glücklich an die Schulter des Lords und drückte ihm einen Kuss auf die Wange, während mich Tante Gladys zur Seite zog. »Sag mal, spürst du das, Zuckerkringel?«

»Was meinst du?«, frage ich, während wir hinter den Ashworths die Treppe ins Erdgeschoss hinabstiegen. Ich spürte gar nichts, außer der Erschütterung, jedes Mal, wenn sich DeWitt neuerlich gegen Lord Ashworths sauteure Sicherheitstür warf.

»Na, das Happy End«, flüsterte sie leise in mein Ohr. »DeWitt ist geschlagen, die Ashworths sind wieder glücklich miteinander, selbst Julian ... Nun, der hat seine mühsame Suche nach der Traumfrau endlich aufgegeben. Vielleicht macht er jetzt öfter Pasteten? Die haben eigentlich ganz lecker ausgesehen.«

»Du meinst ... es ist nun tatsächlich vorbei?« Plötzlich war mir klar, wovon sie sprach. »Und du spürst schon das Kribbeln, direkt vor dem Cliffhanger? Ich ... ich spüre rein gar nichts.«

»Ich spüre auch noch nichts, aber es kann jeden Moment losgehen. Darum packen wir besser schon mal unsere Sachen. Ich will eine ganze Menge mitnehmen, wenn ich das allerletzte Mal aus der Serie springe.« Tante Gladys wirkte ganz aufgekratzt, so sehr, dass sie anscheinend vergessen hatte, dass sie in der Serie nicht von der Serie sprechen wollte. »Meine wunderschönen Kleider. Meinen Schmuck. Und nicht zu vergessen meine Rosenstecklinge, die machen sich bestimmt prima auf meinem Balkon in New York. Ich hoffe, ich bekomme keinen Ärger mit Horatio, wenn ich Gegenstände transportiere. Und wenn mein Koffer mehr als dreiundzwanzig Kilo wiegt.«

Tante Gladys hatte recht. Nun war das eingetreten, was Horatio Eversmith vor Jahren mit seinem Bruder Richard Preston vereinbart hatte: ein Happy End. Und somit würde es ab sofort kein Drama mehr geben. Preston würde aufhören zu schreiben und freiwillig nach New York zurückkommen.

Die Erkenntnis traf mich wie ein Schlag: Es war vorbei.

Zumindest dachte ich das.

15

Doch da war kein Kribbeln. Nicht mal ein bisschen. Selbst Minuten später fühlte ich mich absolut nicht kribbelig, so genau ich auch in mich hineinhorchte. Mir war noch nicht mal mein Bein eingeschlafen. Und wo kein Kribbeln war, da war auch kein Flackern. Und kein Boden, der mir schlagartig unter den Füßen weggezogen wurde. Kein endlos langer Fall, der wie immer damit endete, dass ich unter Kopfschmerzen in New York aufwachte. Ich fühlte mich prächtig.

Wenn eine Folge zu Ende war, ging es normalerweise schnell, bis ich begann, die ersten Symptome eines Rücksprungs zu spüren. Das Kribbeln überkam mich jedes Mal schlagartig, die Serie hatte sich bisher nie sehr lange Zeit gelassen, bis sie mich und Tante Gladys zurück nach New York schleuderte. Doch genau an dieser Stelle trödelte die Soap nun herum und zog es vor, mir auch noch ein Teil von dem zu präsentieren, was nach einem Happy End so alles geschah:

Die Feuerwehr, die den Brand am Pförtnerhäuschen löschte. Die örtliche Polizei, die DeWitts Trupp, inklusive Betsy und Blackwood (»Lasst mich los, sonst werde ich euch ordentlich die Levanten lesen!«), in Handschellen abführte. Sergeant Brimble, Detective Sergeant der Kriminalpolizei und dicker, rotnasiger Trink- und Jagdkumpan von Lord Ashworth, der mit seinen Männern Lord Ashworths Arbeitszimmer stürmte, DeWitt festnahm und noch vor Ort verhörte. Und schließlich Giles, Lily Bloom, Cooper (Letzterer mit blauem Auge, das er während des Ablenkungsmanövers kassiert hatte) und all die anderen Nebenrollen, die ins Herrenhaus zurückkehrten, nun, da die Gefahr gebannt war.

Ich hatte mich schon vor einiger Zeit entschieden, mich nicht von den Figuren zu verabschieden, wenn ich jemals die Chance haben sollte, die Serie nach einem Happy End für immer zu verlassen. Ich weiß, eigentlich hätte ich das tun sollen, und der Gedanke, einfach wortlos für immer in die echte Welt zu verschwinden, brach mir beinahe das Herz. Denn ich hatte sie alle lieb gewonnen, jeden Einzelnen von ihnen, selbst Lady Ashworth. Mehr als nur einmal hatte ich überlegt, nach Jasper zu fragen, danach, was ihn dazu veranlasst hatte, seinem Vater in den Rücken zu fallen und uns zu helfen. Auch wenn es mir sehr schwerfiel, aber ich bemühte mich, die Sache nüchtern zu betrachten. Wenn es stimmte und jeder von ihnen in Wahrheit eine fremdgesteuerte Marionette war, würden sie mich dann überhaupt vermissen? Vermutlich nicht.

Also konzentrierte ich mich darauf, sentimentale Gefühle auszublenden, biss die Zähne zusammen und wartete gemeinsam mit Tante Gladys darauf, dass es für uns endlich zurück nach New York ging. Genauer gesagt warteten wir mitten auf dem Flur, vor dem Arbeitszimmer, wo Detective Sergeant Brimble DeWitt mit den Anschuldigungen konfrontierte, die die Ashworths gegen ihn vorgebracht hatten. Die Liste war ganz schön lang: Unerlaubter Waffenbesitz, Diebstahl und Körperverletzung waren nur einige der Delikte, die ihm Sergeant Brimble zur Last legte.

Clarissa machte uns eine dampfend heiße Kanne Pfefferminztee, während einer nach dem anderen zu Deputy Weaver, dem kleinen, sommersprossigen Assistenten des Sergeants gerufen wurde, der unsere Zeugenaussagen zu Protokoll nahm.

Bei mir dauerte es am längsten von allen. Erst gegen halb drei Uhr morgens verließ ich todmüde das Gästezimmer, das Lord Ashworth Deputy Weaver für die Befragungen überlassen hatte. Nicht das kleinste Detail von DeWitts kriminellen Machenschaften hatte ich ausgelassen, um sicherzugehen, dass ihn die örtliche Polizei möglichst lange hinter Schloss und Riegel behalten würde. Kein Mangel an Beweisen oder sonstige Drehbuch-Schlupflöcher sollten dieses Happy End jemals gefährden. Nur was Jaspers Beteiligung an Lord Ashworths Erpressung betraf, hatte ich gelogen und vorgegeben, davon nichts zu wissen. Die genauen Gründe, warum ich Jasper half, waren mir selber nicht ganz klar.

Als ich schließlich in meinem Bett in Tante Gladys' Rosenzimmer lag und an die Decke starrte, fühlte ich mich von einem Seriensprung immer noch meilenweit entfernt. Das Einzige, was ich wahrnahm, bevor ich einschlief, war, dass es plötzlich kälter geworden war und der Wind um das Herrenhaus pfiff. Als ich in den Morgenstunden wieder aufwachte, war mir, als hätte der Sturm ebenfalls an Stärke zugelegt.

Genervt und gleichzeitig verwirrt darüber, dass die Serie augenscheinlich immer noch lief und ich immer noch darin feststeckte, tapste ich über den kalten Boden ans Fenster und schob die Vorhänge beiseite.

Im nächsten Augenblick musste ich mich am linken Vorhangteil festhalten, denn sonst wäre ich vor Schreck auf der Stelle umgefallen.

Schnee.

Und das nicht gerade wenig. Ehrlich gesagt mehr, als ich je zuvor in New York gesehen hatte. Eine dicke weiße Schneedecke überspannte Tante Gladys' Rasen, die hufeisenförmige Freitreppe und reichte sogar bis über die Fenster des Erdgeschosses. Der Himmel war düster, die Wolken hingen tief und ein rauer Wind blies ums Herrenhaus. Bloß der Pavillon, der Geräteschuppen, die Ställe und das Einfahrtstor erhoben sich aus den weißen Massen.

»Um Himmels willen! Hast du schon aus dem Fenster geschaut, Schaumröllchen?«, platzte in diesem Moment Tante Gladys in mein Zimmer. Sie trug einen grauen Daunenmantel, einen grauen Schal und eine ausladende graue Fellmütze und erinnerte mich an die neureichen Russinnen, die sich in New York in den Galerien herumtrieben, in denen Mum gerne ausstellen würde. »Schnee? Und das Ende Mai! Ach, was ist nur mit dieser Serie los? Ist die Isle of Roses in den Norden abgedriftet? Oder hat sich Arktis neu formiert? Komm schnell, wir gehen nach unten und finden heraus, warum zur Hölle hier zu dieser Jahreszeit Schnee fällt.« Sie nahm mich an der Hand. »Und dann bauen wir einen Schneemann.«

Von Tante Gladys' Optimismus hätte ich mir gerne eine Scheibe abgeschnitten. Eilig wusch ich mein Gesicht (die Herpesbläschen waren endlich weg, zumindest eine erfreuliche Veränderung heute Morgen!), zog mir eine Jeans über und schlüpfte in die wärmsten Klamotten, die ich in ihrem Schrank finden konnte – eine bunte, glänzende Skijacke mit elastischem Taillengurt, eindeutig ein Relikt aus grauer Vorzeit –, und folgte ihr damit nach unten in den Blauen Salon.

Zu meiner Überraschung lag um diese Uhrzeit niemand mehr in den Betten. Julian saß am Fenster, während Lady Ashworth mit sorgenvoller Miene auf und ab lief, Brimble in einen Scone biss, Clarissa Holzscheite in den Kamin stapelte und Lord Ashworth, eingehüllt in eine dicke Decke, auf der Chaiselongue kauerte und offensichtlich fror.

»Ich finde es untragbar, dass Bobby immer noch hier ist«, verkündete Lady Ashworth energisch. »Wenn der akute Wintereinbruch Detective Sergeant Brimble und den Deputy weiterhin davon abhält, ihn aufs Revier zu bringen, müssen wir uns wappnen.«

»Keine Sorge, Cordelia. Der Verdächtige ist zwar noch hier, aber –«

»Er ist kein Verdächtiger, sondern ein Verbrecher!«, schrie Lady Ashworth, lief zur Anrichte und nahm einen großen Schluck Scotch aus der Flasche. So früh zu trinken, war selbst für sie ungewöhnlich.

»Das sagt man nur so, bis er verurteilt wurde, Liebling«, erklärte der Lord und hustete.

»Danke, Monty! Hm, die Dinger sind echt lecker«, murmelte Detective Brimble und griff ungefragt nach einem weiteren Scone. »Nun, Cordelia, er wurde doch bereits festgenommen und befindet sich in Handschellen, ohne Waffen und ohne seinen Zünder. Der wurde ihm abgenommen und alle drei übrigen Sprengsätze wurden entschärft. Und bis wir ihn aufs Revier bringen können, lässt ihn Deputy Weaver in Montys Arbeitszimmer nicht aus den Augen. Oder habt ihr hier irgendwo ein dreckiges Kellerloch, das wir uns ausborgen dürfen?«

»Das haben wir natürlich.« Lady Ashworths Gesicht leuchtete auf. Sie schien Brimbles Scherz für bare Münze zu nehmen. »Sperrt diesen Widerling in eins der schimmligen Kellerabteile. Da ist es nass, kalt und zum Essen kann er sich dann ein paar Ratten grillen.«

»Mum, das war ein Scherz.« Julian drückte ihre Hand. »Wir haben jetzt ganz andere Probleme. Ist dir aufgefallen, dass wir das Haus nicht verlassen können? Dad leidet unter Schwindsucht und braucht Medizin und Giles und Lily Bloom bekommen heute noch ihr Baby – und dabei sind wir seit Stunden eingeschneit. Denkst du nicht, wir sollten der Polizei vertrauen?«

Tante Gladys und ich wechselten einen Blick.

»Das kann nicht sein«, wisperte ich, einen dicken Knoten im Hals. Hatte ich gerade richtig gehört? Wir waren eingeschneit? Lord Ashworth war krank? Und … Giles und Lily Bloom bekamen ein Baby? Hatte ich irgendwie die drei letzten Folgen verschlafen? Und den Sommer und den Herbst gleich mit dazu?

Tante Gladys sah mich ernst an. »Das heißt also –«

»Preston hält sich nicht an die Vereinbarung«, stellte ich fest und konnte nicht verhindern, dass sich Panik in meine Stimme mischte. Dabei hatten wir es doch geschafft! Das Happy End war längst im Sack und nun … verwandelte der Serienschreiber die Isle of Roses über Nacht in lebensfeindliches arktisches Brachland? Und als ob das nicht reichte, legte er noch einen spontan erkrankten Lord Ashworth und eine schwangere Lily Bloom obendrauf? Diese Tussi hatte doch gestern Abend noch die Taille von Kate Moss. Und heute bekam sie ein Baby? Von Giles?

»So, ich habe nachgesehen. Die Standleitung ist immer noch

tot, Mum. Robert muss sie gestern gekappt haben.« Jasper betrat den Raum. Er steckte in dem Hemd von gestern, sein Haar wirkte elektrisiert und seine Augenschatten erreichten eine ganz neue Dimension. Er sah aus, als hätte er keine Sekunde geschlafen. »Was Medikamente angeht, haben wir leider nur Erkältungspillen im Haus. Das hilft uns leider gar nicht weiter. Und was Lily Blooms Baby betrifft –« Jasper schüttelte unentwegt den Kopf, als könnte er selbst kaum glauben, was er da sagte. »Die Mutter von einem der Stubenmädchen war früher Hebamme und sie traut sich zu, anstelle von Dr. Kinkley die Geburt einzuleiten, falls sich das Wetter nicht bessert.« Er blickte zum Fenster, aber die Sicht war fast gänzlich durch Schneehaufen verdeckt. Darüber legten sich immer wieder neue Flocken auf die Schneedecke. »Welches Datum haben wir noch gleich?«

»Den siebenundzwanzigsten Mai«, antwortete Julian.

»Ah. Wollte nur sichergehen.« Jasper ließ gedankenversunken den Blick durch den Raum gleiten – bis er schließlich an mir hängen blieb. Ein Ruck ging durch seinen Körper, als hätte er einen Stromschlag abbekommen. Oder einen Geist gesehen.

Lady Ashworth folgte seinem Blick und entdeckte uns in der Tür. »Oh. Guten Morgen, Gladys. Miss Barrington-Whitley«, flötete sie vergnügt, doch ihr Tonfall passte nicht zu ihrer Mimik, denn die zeigte nichts als Verachtung. Wie es aussah, hatte sie die Vertraulichkeit von gestern Nacht wieder abgelegt und war zur formellen Ansprache zurückgekehrt. »Wie schön, dass ihr es auch der Mühe wert befunden habt aufzustehen. Gladys, du bist ja die Expertin für Schlafmittel und toxische Substanzen aller Art. Du hast nicht zufällig ein wirksames Antibiotikum für Monty?«

»Keins, das Krankheiten heilt, die in unseren Breitengraden nahezu ausgestorben sind, Cordelia.« Sie verdrehte die Augen. »Bestimmt hat dein Göttergatte bloß Schnupfen. Männer-Schnupfen. Die leidvollste und zermürbendste Krankheit der Welt. Zumindest wenn es nach den Männern geht.«

Lord Ashworth hustete und verdrehte die Augen. »Ich simuliere nicht. Mir geht es wirklich schlecht.«

»Ja, ja, das sagen sie alle«, lachte Tante Gladys. »Wie muss es erst dem Mädchen mit der unbefleckten Empfängnis gehen, die über Nacht um das Gewicht einer Wassermelone zugelegt hat?«

Lady Ashworth verdrehte die Augen. »Mein Gott, bestimmt hat Lily Bloom sich einfach nur nicht getraut, uns von dem Baby zu erzählen. Diese jungen Mädchen sind doch heutzutage alle so. Das ist normal.«

»Normal? Kommt euch das nicht merkwürdig vor?«, brach es aus Jasper heraus. Er starrte angestrengt in die Gesichter seiner Familie. »Diese nicht enden wollenden Schneemengen, obwohl die Kanalinseln doch vom Golfstrom profitieren und so viel Schnee hier noch nicht mal im Winter üblich ist? Dad, der über Nacht eine sehr seltene Krankheit bekommt? Und dann noch Lily Bloom und –« Er schnitt eine Grimasse. »Ausgerechnet Giles! Bis gestern bekam sie doch Ausschlag bei der Erwähnung seines Namens. Und heute erwartet sie sein Kind?«

»Aber so ist es doch immer, Jasper«, mischte sich Julian ein. »Hier. Bei uns auf Ashworth Park.«

»Ja. Ich weiß.« Jaspers Blick klebte an mir fest, als könnte er herausfinden, was hier vor sich ging, wenn er mich nur lange genug anstarrte. Die Situation wurde zunehmend unangenehmer, bis Lady Ashworth schließlich in die Hände klatschte.

»Okay. Wir machen Folgendes«, beschloss sie in einem Ton, der keine Widerrede zuließ. »Clarissa soll prüfen, wie viele Vorräte es noch gibt. Julian, du kochst deinem Vater Tee und bringst ihn ins Bett, er braucht jetzt Ruhe. Jasper, du versuchst, gemeinsam mit Giles die Telefonleitung zu reparieren – vielleicht haben wir Glück und erreichen Dr. Kinkley. Und Sie, Detective Sergeant Brimble, Sie überwachen Robert. Rund um die Uhr!« Dann sah sie mich und Tante Gladys an. Mit dem gleichen Blick hatte sie auch die Brotkrümel bedacht, die dem Detective Sergeant beim Essen hinuntergefallen waren. »Und ihr kümmert euch um das schwangere Mädchen, ich kann diesen ganzen Babykram nicht ausstehen. Los jetzt.«

Keiner wagte es, Einspruch zu erheben. Während die Lady selbst in die Küche zu Clarissa ging, um die Vorräte zu prüfen, stahl sich Brimble noch einen Scone und verschwand damit im ersten Stock. Julian nahm seinen Vater am Arm, um ihn ins Bett zu bringen, bloß Jasper machte keine Anstalten, Giles zu suchen und sich um die durchtrennten Telefonleitungen zu kümmern. Stattdessen marschierte er zielstrebig auf mich zu und packte mich an der Hand. »Wir müssen reden. Und zwar sofort.«

In Jaspers Zimmer zu sitzen, war ein komisches Gefühl. Es kam mir inzwischen wie eine Ewigkeit vor, dass ich zum ersten Mal hier gewesen war und inmitten der vielen Fotos dieses eine Bild entdeckt hatte, das er von mir geknipst hatte – und auf dem ich ein wenig aussah wie die Mona Lisa. Außerdem verband uns beide eigentlich die Eigenschaft, dass wir einen

Hang zum Chaos besaßen, doch heute sah hier alles richtig ordentlich aus – was wohl daran lag, dass Jaspers Sachen noch in Reisetaschen verstaut waren. Nach seiner Rückkehr aus DeWitts Cottage hatte er bisher nicht ausgepackt.

»Erzähl mir noch mal von deiner Theorie.« Jasper setzte sich auf seinen Schreibtischstuhl und wies auf das Bett. »Die mit der Serien-Parallelwelt. Jede Einzelheit. Und von ganz vorne. Am besten von der Stelle an, als du an diesem einen Nachmittag Tante Gladys' Rasen ruiniert und danach in der Sprinkleranlage geduscht hast.«

Zögerlich nahm ich Platz. Er hatte also nicht vergessen, was ich ihm gestern Abend im Stall erzählt hatte. War das nun ein gutes oder ein schlechtes Zeichen? Wollte er verstehen, was hier vor sich ging? Oder brauchte er einen neuerlichen Beweis, dass ich wahnsinnig war?

Um es mir jetzt anders zu überlegen, war es nach dem spontanen Geständnis gestern ohnehin zu spät. Denn an dieser Stelle wieder mit der Komafantasie zu beginnen, würde nicht mal Julian schlucken. Und doch gab es tausend Gründe (Deborah kannte sie bestimmt alle), warum es besser war, Serienfiguren nichts von ihrer begrenzen Welt zu verraten. Aber hier war doch ohnehin schon alles im Eimer, oder etwa nicht? Der Serienschreiber hielt sich nicht an den Deal und versorgte die Serie weiter mit Drama, was zur Folge hatte, dass mich auch Horatio nach wie vor in der Serie schmoren ließ (Diese Episode dauerte bestimmt schon drei Stunden!). Oder wer weiß, vielleicht hatte Horatio wegen der zunehmenden Überschneidungsgefahr und der Satellitenausfälle die Verbindung nach New York bereits gekappt? Und somit mich, Gladys und Richard Preston an die Serie geopfert? Daran wollte ich nicht mal denken.

Fest stand nur eins: Sie hielten sich nicht an die Regeln, also würde ich mich auch nicht an die Regeln halten. So einfach war das.

»Na fein. Aber ich warne dich besser vor: Es ist eine längere Geschichte.«

Jasper sah aus dem Fenster. »Ich habe heute nichts mehr vor.«

Ich begann bei Deborah. Deborah und ihrer Besessenheit von Ashworth Park, einer merkwürdigen Serie, die nur wir empfangen konnten und die ich nicht ausstehen konnte. Und ich machte weiter bei meinem ersten Sprung in die Soap, meiner Verwirrtheit und Tante Gladys, die mich, ohne zu fragen, im Nordflügel aufgenommen hatte. Als ich von meinen weiteren Sprüngen, den Cliffhangern und den vereinzelten Ausschnitten aus dem Seriengeschehen erzählte, die Deborah und Morgan im Fernsehen miterleben konnten, runzelte Jasper zwar die Stirn, unterbrach mich aber nicht. Und selbst als ich ihm schließlich offenbarte, dass Tante Gladys schon seit Jahrzehnten dieses Leben führte, wirkte er zwar geschockt (und gleichzeitig erleichtert, als erkläre das viele schräge Dinge an ihr), ließ mich aber trotzdem weiterreden. Erst als ich auf Horatio zu sprechen kam, der in einer New Yorker U-Bahn-Station die Verbindung nach Ashworth Park hielt und meine Seriensprünge einleitete, meldete er sich schließlich zu Wort.

»Mir fällt es leicht, sehr viel zu glauben«, stellte er nüchtern fest und sah mir tief in die Augen. »Auf Ashworth Park ist immerhin schon viel passiert. Menschen sind ins Koma gefallen, vermisste Verwandte zurückgekommen oder ja, einmal ist sogar ein böser, verschollener Zwilling von Mr Buckley, dem Wurstverkäufer, wie aus dem Nichts aufgetaucht. Ich kann also ziemlich viel verdauen.« Jasper stand plötzlich auf und tigerte vor mir auf und ab. »Aber willst du mir erzählen, dass dieser Horatio Eversmith, dieser … Donutverkäufer deines Vertrauens, meine ganze Welt, das alles hier, gemeinsam mit seinem Bruder in einem Wimpernschlag erschaffen hat?«

Nicht nur diese Welt. Auch die Figuren darin. Aber das Wort für Wort auszusprechen, brachte ich gar nicht zustande. Also nickte ich nur. »Ich weiß, dass es schwer zu glauben ist.«

Jasper starrte auf den Boden. »Es ist unmöglich zu glauben.«

»Und doch musst du es versuchen«, bat ich eindringlich. »Mir ging es nicht anders, als ich mich zum ersten Mal in Luft aufgelöst habe. Ich hoffte, dass ich das alles nur geträumt hätte. Aber dann lagst du plötzlich mit einer aufgeplatzten Wunde mitten in unserem Wohnzimmer und ich –«

Sein Kopf schnellte hoch. »Ich war also tatsächlich in New York.«

Ich kramte in meiner Tasche und reichte ihm das Polaroid, das wir auf Trevors Dachterrasse aufgenommen hatten. »Ja. Und es war eigentlich ganz lustig. Wir waren gemeinsam auf einer Party. Das heißt, du hast dich dorthin geschlichen und ich musste dich von da wieder wegbringen, irgendwohin, wo niemand mitbekam, dass wir bald zu flackern beginnen wie ein gestörtes Fernsehbild. Zurück in Ashworth Park, hatte ich gehofft, du könntest dich an nichts mehr erinnern.«

Jasper betrachtete immer noch das Polaroid. »Ich kann mich an alles erinnern. An deine Schwester Deborah. An Trevor, den komischen Typen mit dem Eyeliner. Und an dich. Vor allem an dich«, sagte er und die Art, wie er mich ansah, ließ mich plötzlich rot werden.

»Ich war mehr als einmal kurz davor, dir die Wahrheit zu sagen«, erklärte ich ihm und untersuchte dabei konzentriert die Struktur seiner Tagesdecke, damit ich nicht noch verlegener wurde. »Aber als wir zurückkamen, ging das Drehbuch sofort wieder weiter. Mit einer Menge Drama. Kapitän Preston hat den nächsten Coup geplant. Lord Ashworths Kandidatur zum Bürgermeister. Die überraschende Vaterschaft. Damit hat er das Drehbuch in eine völlig neue Richtung getrieben.«

Jasper setzte sich neben mich. »Das Drehbuch«, wiederholte er und schüttelte den Kopf, als beförderte Kapitän Prestons geschriebenes Skript die Absurdität unserer ganzen Situation auf eine völlig neue Stufe. »Denkst du immer noch, dass mir alles, was ich tue und lasse, ein Drehbuchautor zuflüstert? Kapitän Preston, der am Hafen sitzt?«

»Ich denke es nicht nur, ich weiß es«, versicherte ich ihm. »Ich habe die Drehbücher selbst gesehen. Er schreibt alle eure Dialoge und kurz danach werden sie real. Wie ich schon sagte: Das hier ist eine Serie.«

»Jetzt verstehe ich, warum wir nicht zusammen sein können. Du hältst mich für eine hirnlose, gefühlskalte Marionette«, murmelte Jasper gekränkt und ich schämte mich plötzlich dafür, dass er genau erraten hatte, wie ich die Serienfiguren in Gedanken oft nannte. Na ja, ganz so war es dann auch wieder nicht, hirnlos und gefühlskalt hatte er selbst hinzugedichtet.

Doch ich widersprach nicht und Jasper seufzte laut. Schon klar, dass es ihm schwerfiel zu verstehen, dass jemand anderes über das entschied, was er tagein und tagaus tat. Damit war er nichts als eine Spielfigur des Serienschreibers, auch wenn seine Figur deutlich komplizierter angelegt war als alle anderen in Ashworth Park. Jasper besaß eine Vielzahl an Stärken, Schwächen, Gewohnheiten und Ticks, die ihn ausmachten. Zum Beispiel die allergische Reaktion, die er auf Chili bekam. Oder die nervösen Flecken am Hals. Oder die Art, wie er meine Hand nahm, so wie jetzt.

»Aber ich *bin* keine Marionette. Und ich habe mich nicht in dich verliebt, weil es eine kurze Randbemerkung in Kapitän Prestons magischem Drehbuch war. Glaubst du das denn wirklich?« Aus Jaspers Mund, der in Fleisch und Blut vor mir saß und meine Hand hielt, klang es wie die lächerlichste Idee aller Zeiten. Und doch würde er mich nicht so leicht vom Gegenteil überzeugen.

»Aber woran sollte ich denn sonst glauben?« Ich konnte nicht verhindern, dass mir Tränen in die Augen traten. »Hier ist doch nichts real, Jasper.«

»Doch. Ich bin real. Genauso real wie du.« Ohne Vorwarnung führte er meine Hand an seine Brust. Sein Herz schlug unter meiner Berührung kräftig und ziemlich schnell. »Ich wäre genauso verwundbar gewesen wie du, hätte mich Robert gestern mit einer Kugel getroffen. Du hast es selbst gesehen, als Blackwood mich mit der Schaufel erwischt hat.«

Ich schluckte schwer und zum ersten Mal kamen mir Zweifel an … ja, an so ziemlich allem, was mir Horatio jemals über die Serie erzählt hatte. Daran, dass diese Welt anders war als meine. Dass alle hier Serienfiguren waren. Dass Jasper nicht selbst über sich bestimmte. Oder dass er in irgendeiner Weise anders war als ich.

Alles wirkte so echt. Er. Ich. Diese merkwürdige Kraft, die mich wie magnetisch bis zu ihm rücken ließ, ohne dass ich es wollte. Die Art, wie er mich ansah und wie ich seinen Blick bis in die Zehenspitzen spürte. Der Drang, ihn zu berühren, durch sein Haar zu streichen und ihn küssen zu wollen. Keines dieser Gefühle könnte jemals unecht, geplant oder konstruiert sein.

Die Erkenntnis traf mich unvorbereitet und wie ein Schlag: Für immer nach New York zu reisen und Jasper zurückzulassen, tat zu weh. Zum allerersten Mal gab ich dem Gedanken Raum, für immer hierzubleiben.

Ich gab mir noch einen Moment, das Gefühl auszukosten. Daran zu glauben, dass Horatios Theorie falsch war und Jasper mich wirklich liebte, doch dann stand er auf, lief an den Schreibtisch und reichte mir wortlos einige Blätter Papier. Ich erkannte das Format sofort. Es waren Dutzende Drehbuchszenen und sie sahen aus, als hätte er sie zusammengeknüllt aus einem Mülleimer gefischt. Ganz obenauf befand sich die Szene, in der Jasper am Vorabend der Wahl auf der Bühne im Rathaus stand, kurz davor, das Geheimnis um seinen wahren Vater zu verkünden.

»Ich habe sie im Abfallcontainer am Hafen gefunden«, bestätigte er meine Vermutung. »Es sind Dutzende Szenen und viele von ihnen stellen mich vor Rätsel. Ich würde sie nur zu gerne gemeinsam mit dir lösen. Und wenn es den ganzen Tag und die ganze Nacht dauert. Aber zuerst verlange ich, dass du mir glaubst, dass Kapitän Preston mich in keinster Weise beeinflusst. Denkst du, ich würde es nicht merken, wenn ich wie ein ferngesteuerter Roboter durch die Gegend laufen würde?«

Ich schüttelte den Kopf. »Das merkt man doch gar nicht. Bestimmt denkst du, es war deine Idee, aber in Wirklichkeit ist es das Drehbuch, das das mit dir macht.« Gott, wie das klang. Fast wie Sekten-Gehirnwäsche.

Er wirkte genervt. »Das bedeutet, du glaubst mir nicht?«

Ich schüttelte resigniert den Kopf. Ich hielt Teile des Drehbuchs in den Händen, das war doch das beste Beispiel dafür, dass genau das Gegenteil der Fall war. »Das kann ich nicht.«

»Doch, du kannst. Manchmal denke ich, du willst unbedingt glauben, dass alles nur ein Laune der Serie war, weil es dir dann leichter fällt, mit uns abzuschließen und nach New York zurückzukehren. Aber jetzt verlange ich, dass du mir noch eine Chance gibst, bevor du mich abschreibst.«

Die Eindringlichkeit seiner Worte überraschte mich. »Und wie?«

Er funkelte mich an. »Indem du nur ein einziges Mal logisch denkst. Wenn Richard Preston und seine Schreibmaschine auch nur in irgendeiner Weise mein Leben kontrollieren würden, warum zur Hölle hat er mich dann nicht davon abgehalten, gestern in seiner Mülltonne zu wühlen und die Drehbuchseiten zu klauen? Oder tut es jetzt, während ich sie dir gebe? Oh, und falls du immer noch denkst, *er* hätte entschieden, dass ich mich in dich verliebe, hier ein kleines Detail am Rande: Wie viel du mir bedeutest, wurde mir zum ersten Mal in New York klar. Würde mich echt interessieren, wie Preston es angestellt hat, ein Drehbuch für die echte Welt zu schreiben.«

Jaspers Worte trafen mich mit der Wucht einer Abrissbirne. Und absurderweise war alles logisch. Preston hatte schon neulich nicht vorhersehen können, dass Tante Gladys und ich ihn beklaut und danach ins Meer gestoßen hatten. Und er hatte offenbar auch nicht verhindern können, dass Jasper dem Serienschurken, der stets für Action sorgte, das Handwerk legte. Warum hatte ich zuvor nicht daran gedacht?

Noch während ich den Gedanken hin- und herdrehte, öffnete Jasper die Tür zum Flur – ein untrügliches Zeichen dafür, dass ich jetzt gehen sollte. Wenn er sauer war, konnte er unmissverständlich direkt sein. »Denk gründlich darüber nach, Abby. Und wenn du mir endlich glaubst, triff mich nach Schlafenszeit unten in der Bibliothek. Dann können wir die Drehbücher durchgehen, ohne dass jemand etwas davon mitbekommt. Um herauszufinden, was Preston tatsächlich mit uns anstellen kann. Und was nicht.«

16

Fest stand jedenfalls, dass Preston *das* hier anstellen konnte: Und zwar der Buchhalterin und eher unwichtigen Nebenfigur Lily Bloom eine magische Vierundzwanzig-Stunden-Schwangerschaft zu verpassen, die nun mit kugelrundem Bauch und schweißüberströmtem Gesicht in ihrem Bett im Dienstbotentrakt in den Presswehen lag. Die ganze Sache war so absurd und an den Haaren herbeigezogen, dass es mich nicht gewundert hätte, wenn sie Zwillinge auf die Welt brachte. Oder ein Elefantenbaby.

»Die Fruchtblase ist bereits geplatzt. Jetzt heißt es atmen! Und pressen«, befahl eins der Stubenmädchen und kniete unter einem Zelt aus Bettlaken, das Lilys Unterleib umschloss. Der Name des Stubenmädchens war Eugenia und bis jetzt war sie mir nur aufgefallen, weil sie einen ausgeprägten Damenbart besaß. Aber offenbar machte sie sich auch ganz gut als Geburtshelferin. »Die Abstände zwischen den Wehen verkürzen sich, Lily. Es kann nicht mehr lange dauern.«

»Können wir irgendwie helfen?«, fragte ich und betrachtete die Szene, die sich in dem kleinen Zimmer abspielte.

Clarissa, die am Kopfende des Betts unermüdlich Lily den Schweiß von der Stirn tupfte, und Giles, der Lilys Hand streichelte (wenigstens stand er zu dem Baby und hinterfragte das alles nicht groß), schienen schon ein eingespieltes Team zu sein.

»Cordelia hat uns geschickt.« Tante Gladys hielt sich ein besticktes Taschentuch vor die Lippen, als müsste sie sich gleich übergeben. »Wir helfen gerne, solange es nicht … besonders ekelig ist. Igitt, ich hoffe, es wird keine Sauerei. Nach Geburten sieht es immer aus wie beim Pferdeschlachter.«

»Es kommt! Es kommt!«, rief Eugenia plötzlich. »Oje, das wird keine einfache Geburt.«

Tante Gladys würgte und wandte sich ab. »Um Himmels willen, es geht los! Bitte nicht. Gott, was bin ich froh, dass ich nie eigene Kinder bekommen habe und diese Höllenqualen nicht am eigenen Leib durchmachen musste. Dieses Mädchen schreit, als hätte ihr letztes Stündchen geschlagen.«

»Abby, Lady Gladys, Eugenia hat hier alles im Griff. Wenn ihr hier herumsteht und Panik schiebt, macht ihr die arme Lily noch viel nervöser. Aber ihr könntet einen Krug Wasser holen«, befahl mir Clarissa mit fester Stimme. Es war ungewöhnlich, sie in letzter Zeit so oft selbstbewusst zu erleben. »Und viele, viele Handtücher.«

»Natürlich, Clarissa. Komm, Tante Gladys«, sagte ich und war heilfroh, dass ich mich in genau dem Moment umdrehte, als Lily Bloom einen markerschütternden Schrei ausstieß.

Als wir schließlich genügend Handtücher aus dem Wäscheraum unten im Keller geholt hatten und mit zwei Flaschen Wasser in den Händen an Lily Blooms Zimmertür klopften, schrie diese allerdings noch lauter.

Tante Gladys bohrte die Beine in den Boden. »Ich weigere mich, in dieses Gruselkabinett noch einmal hineinzugehen. Du machst das. Immerhin hast du mir mal erzählt, dass du

Horrorfilme magst«, erklärte sie und klemmte mir die zusammengerollten Handtücher unter die Arme.

Na fein. Wortlos drückte ich die Türklinke hinab, schlüpfte in den Raum und sah aus den Augenwinkeln, wie Eugenia ein glitschiges Etwas in den Händen hielt. So schnell ich konnte, legte ich die Handtücher und die Wasserflaschen auf der Kommode ab und huschte wieder aus dem Zimmer. Das Baby würde ich mir später ansehen.

»Ein Baby, einfach so, über Nacht«, murmelte ich vor mich hin, als ich wieder draußen war. Ich presste mich gegen die Flurwand und gab mir eine Minute, um die Ungeheuerlichkeit zu verdauen, die ich gerade mit eigenen Augen gesehen hatte. »Was fällt Richard Preston wohl als Nächstes ein?«

Tante Gladys knabberte an ihren roten Fingernägeln. »Ich finde das richtig gruselig, Marmorküchlein. So wie in dem Film, in dem eine Frau schwanger wird, ganz ohne, na ja, ohne vorhergehende Vorkommnisse – du weißt, was ich meine. Und dann in null Komma nichts das Kind des Satans zur Welt bringt.« Sie starrte panisch auf die geschlossene Zimmertür. »Wuah! Hoffentlich hat Kapitän Preston den Film nicht gesehen und lässt sich nun davon inspirieren.«

»Keine Sorge, Preston kann aus einer kitschigen Adelssoap keine Horrorserie machen«, versicherte ich ihr und hoffte, dass ich damit recht behielt. Sicher sein konnte ich mir natürlich nicht, aber dass Preston einfach so das Genre wechselte, wäre schon ziemlich ungewöhnlich. »Oder doch?«

»Nein, du hast recht, Muffin. Irgendwann gehen ihm die Ideen aus, keine Sorge.«

»Die Frage ist nur, was wir bis dahin machen.«

»Nun, wir müssen geduldig sein und ausharren.« Tante

Gladys wanderte zum Fenster und sah hinaus. Weil der Dienstbotentrakt so hoch oben lag, konnte man von hier bis zu den Klippen sehen. Der gestern noch grüne Rasen, die bunten Rosensträucher und die sanften Hügel im Umland lagen unter einer dichten Schneeschicht begraben. Doch zwischen den dunklen Wolken blitzte immer wieder die Sonne hindurch. Es schien, als würde der Schnee langsam zu tauen beginnen. »Das Wetter wird besser, siehst du es? Inzwischen sieht es da draußen gar nicht mehr nach Blizzard aus.«

Ich hielt inne. »Blizzard? Ich dachte, die gibt's nur in der Arktis und bei uns in Nordamerika.«

»Das dachte ich auch. Mit Logik hat es der Kapitän wohl nicht so.« Tante Gladys trommelte mit ihren langen Fingernägeln aufs Fensterbrett. »Bestimmt ist der Schnee bald komplett weggeschmolzen und Preston gibt auf. Vermutlich hat er sich selbst in der Hütte den Hintern abgefroren.«

»Gott sei Dank. Ich wusste doch, er kann es nicht ewig schneien –«

»Es ist da!« Clarissas Stimme unterbrach mich mitten im Satz. Sie hatte die Tür zu Lily Blooms Zimmer einen Spaltbreit geöffnet und strahlte uns an »Das Baby ist da! Es ist ein gesunder und munterer kleiner Junge!«

»Endlich ist es vorbei!« Tante Gladys atmete erleichtert aus. »Ich hatte schon ein Klingeln in den Ohren von Lilys Geschrei. Und? Sieht das Baby unauffällig aus? Menschlich? Ganz ohne Hörner, Ziegenbeine und Dreizack?«

»Äh, ja.« Clarissa schien irritiert. »Wartet, ich sehe nach, ob ich euch den Kleinen kurz zeigen darf«, bot sie an und kam kurz darauf mit dem Kind auf dem Arm zurück. Der Winzling in der Leinendecke sah äußerst menschlich aus (zumindest soweit ich das beurteilen konnte) und blinzelte mich mit seinen blauen Augen an. Ich strich ihm über den glatten Kopf und wunderte mich einmal mehr darüber, welche erstaunlichen Dinge in dieser Serienwelt möglich waren.

»Wie wird er denn heißen?«, erkundigte ich mich.

»Lily will ihn Richard nennen.«

»Richard?« Am liebsten hätte ich laut aufgelacht. Der Drehbuchschreiber war schon ein selbstverliebter Gockel, wenn er das Baby nach sich selbst benannte. Andererseits konnte es gut sein, dass er uns damit eine Botschaft übermitteln wollte. Und zwar: Egal was du oder Tante Gladys anstellt, *ich* schreibe hier das Drehbuch. Es sind bloß ein paar Wörter im Skript nötig und schon kann ich Menschen erschaffen, gesunde Figuren krank werden und eisige Blizzards übers Land fegen lassen. Seht mich an! Ich bin der Drehbuch-Gott und ich kann verdammt noch mal anstellen, was ich will.

Der Gedanke schnürte mir die Luft ab.

»Was schreit Clarissa da? Das Baby ist da? Also noch ein Mensch mehr hier im Haus? Dabei werden die Vorräte ohnehin schon knapp.« Die Stufen knarzten und ihre hohe, hysterische Stimme war schon zu hören, bevor man Lady Ashworth sehen konnte. Anstatt auch nur einen Moment lang das Baby zu betrachten, steuerte sie auf das Flurfenster zu und betrachtete die Schneelandschaft. »Habt ihr euch das Wetter angesehen? Vorhin war es einen kurzen Moment lang besser, aber jetzt gewinnt der Blizzard erst so richtig an Stärke.«

Ich lief ebenfalls ans Fenster, um nachzusehen. Lady Ashworth hatte recht. Mit einem Schlag hatte sich das Wetter wieder verschlechtert. Je länger ich hinaussah, desto stärker fiel mir außerdem auf, dass es draußen binnen Sekunden dunkler und dunkler wurde. Wie es aussah, hatte Preston beschlossen, es um fünfzehn Uhr finster werden zu lassen. Das war doch wider die Natur! Wir hatten Ende Mai, Herrgott noch mal! Da war es doch normalerweise viel länger hell.

Im Windschatten von Lady Ashworth war auch Jasper gemeinsam mit Gatsby über die Treppen nach oben gestiegen. Jasper sah aus, als traute er seinen Augen nicht, als er das Baby in Clarissas Armen entdeckte. »Du meine Güte, ich fasse es nicht. Das Baby ist da!« Er sah auf und suchte meinen Blick. »Und es ist ... ganz schön groß, findest du nicht?«

»Ich hätte zumindest ein Frühchen erwartet«, gab ich zu.

»Mum, willst du es dir nicht ansehen?«, fragte er.

»Papperlapp! Das Baby interessiert mich nicht. Meinem lieben Monty geht es gar nicht gut. Er ist so krank, dass er noch nicht mal seine Pferdezeitschrift liest. Irgendjemand muss sich auf den Weg zu Dr. Kinkley machen und passende Medizin für ihn holen. Ich werde Julian schicken.«

»Julian?« Tante Gladys verdrehte die Augen. »Der steht doch in der Küche und rührt zufrieden in einem Topf voller Babybrei. Hat wohl eine kulinarische Ader entwickelt. Und einen Hang zu Hautproblemen.« Sie beugte sich näher zu uns und wisperte verschwörerisch: »Habt ihr heute Morgen seine Pickel bemerkt? Ich habe noch nie so große Dinger gesehen. Ich glaube, die könnten seinen Marktwert bei zukünftigen Junggesellenversteigerungen etwas schmälern –«

»Dann musst eben *du* gehen.« Lady Ashworth deutete entschlossen auf Jasper, der immer noch bei Clarissa stand und mit Richards Babyfingern spielte. »Wenn Julian ... vorübergehend seinen Pflichten nicht nachgehen kann und Detective Sergeant Brimble und sein Deputy sich um Robert kümmern, musst du eben die Heldenrolle übernehmen, Jasper. Auch wenn ich nie gedacht hätte, dass ich das jemals sagen würde.«

Jasper zog seinen kleinen Finger aus dem Griff des Säuglings. »Da raus? Mitten in die Arktis? Das ist nicht dein Ernst.«

»Hast du mich jemals scherzen gehört?« Seine Mutter gab Jasper einen Schubs in Richtung Treppe. »Los, los, du nimmst den Seitenausgang durchs Jagdzimmer, den die Dienstboten benutzen. Die Tür dort lässt sich öffnen und der Schnee türmt sich nicht ganz so hoch wie vorne auf der Freitreppe. Wenn du diesen Weg einschlägst und dir den Hund, eine Schneeschaufel und etwas Salz mitnimmst – und vielleicht noch eins von Montys Jagdgewehren, nur für den Fall …«

»Gatsby, eine Schneeschaufel, Salz und ein Jagdgewehr? Cordelia, vergiss das gleich wieder! Wir bräuchten viel eher eine Räumung«, unterbrach sie Tante Gladys energisch. »Es ist viel zu gefährlich.«

»Mum, kein Mensch kann sich durch diese Berge aus Schnee graben«, machte ihr Jasper klar. »Es würde Tage dauern, bis ich auch nur bis zum Schlosstor gelangt wäre. Wenn Gatsby und ich bis dahin nicht erfroren sind.«

»Feigling!«, schrie die Lady, machte kehrt und stürmte über die Treppenstufen zurück nach unten. Richard begann zu quengeln.

»Mum, das hat doch nichts mit Feigheit zu tun.« Jasper warf mir einen genervten Blick zu, dann folgte er seiner Mutter nach unten. Gatsby hechelte ihm hinterher. »Wir sollten zumindest noch diese eine Nacht abwarten, bevor wir irgendetwas unternehmen.«

»Nicht schon wieder Konflikte, Tante Gladys«, wisperte ich, nachdem Clarissa mit dem Baby in Lilys Zimmer verschwunden war und wir wieder alleine auf dem Flur standen. Inzwischen war es um uns herum dunkel geworden, draußen herrschte tiefste Nacht. »Die Spannungssequenzen in der Serie hören gar nicht mehr auf. Was ist, wenn Lady Ashworth recht hat? Wenn sich Lord Ashworths Zustand immer weiter verschlechtert und er dringend seine Medizin braucht? Will uns der Drehbuchschreiber etwa mit solchen Tricks mürbe machen? Uns so lange festhalten, bis wir gezwungen sind, unser Leben zu riskieren?« Mir lief ein eiskalter Schauer über den Rücken. »Will er uns umbringen?«

Tante Gladys tätschelte mir aufmunternd die Schulter, auch wenn sie schon mal optimistischer ausgesehen hatte. »Jetzt beruhige dich, Zuckerkrümel. Richard Preston wird seine Hauptfiguren nicht einfach so sterben lassen, dafür ist er viel zu besessen von der Serie. Und Horatio Eversmith wird das ebenso wenig zulassen. Kopf hoch. Es kann nicht schlimmer werden, als es schon ist.«

Konnte es doch.

Das Abendessen einige Stunden später mündete in einem handfesten Streit darüber, was als Nächstes zu tun sei – und die Tatsache, dass es nichts Anständiges zu essen gab, trug nicht gerade zur Entspannung der Situation bei.

Da die Vorräte für eine unbestimmte Zeit reichen mussten und Mr Piggles kein Haar gekrümmt werden sollte, gab es nur Toast und Dosenbohnen, wovon Detective Sergeant Brimble das meiste futterte. Doch darüber verlor Lady Ashworth kein Sterbenswörtchen (sie verkündete sogar, Brimble brauche seine Energie, um Robert zu überwachen), sondern zog es vor, ihren Frust an Jasper auszulassen. Egal wie viele Alternativen er seiner Mutter auch aufzählte (ein neuerlicher Versuch, die Telefonleitungen zu reparieren oder Morsezeichen zu senden), Lady Ashworth war nicht davon abzubringen, ihn und Gatsby mit einer Schneeschaufel ausgerüstet in Richtung Rosington schicken zu wollen, sobald der Morgen graute.

Es dauerte eine ganze Weile, bis an diesem Abend alle zu Bett gegangen waren. Lady Ashworth machte sich erst gegen elf in ihr Zimmer auf, Tante Gladys und Julian folgten kurz darauf, doch es dauerte noch bis nach Mitternacht, ehe schließlich auch Clarissa und Cooper in den Dienstbotentrakt verschwunden waren. In letzter Zeit sah man die beiden häufig zusammen über den Flur huschen und dabei heimlich miteinander flüstern. Ich konnte nur hoffen, dass Clarissa endlich ihre Schüchternheit überwand und die beiden zueinanderfanden.

Als endlich alle Lichter gelöscht waren und ich zu Jasper und den Drehbuchseiten in die Bibliothek schleichen wollte, wurde ich plötzlich nervös. Wegen des Babychaos, Lord Ashworths Krankheit und der Streitereien über die Vorräte hatte ich nicht viel Zeit gehabt, darüber nachzudenken, was Jasper heute Morgen in seinem Zimmer zu mir gesagt hatte. Und zwar, dass er sich ganz ohne Prestons Zutun ich mich verliebt hatte. Ob ich ihm das glauben sollte, hatte ich immer noch nicht entschieden. Einerseits fand ich es ziemlich unwahrscheinlich, dass alle Figuren mühelos vom Kapitän kontrolliert wurden und nur Jasper die Ausnahme bildete. Andererseits machten alle Argumente, die Jasper vorgebracht hatte, absolut Sinn. Auf dem Weg in die Bibliothek ging ich das Gespräch in Gedanken erneut durch, als ich die beiden Polizisten plötzlich im Flur entdeckte. Sie lehnten an der Tür zu Montgomerys Arbeitszimmer und waren in ein Gespräch vertieft.

»Einen Geistlichen? Sofort? Pah! Wenn es aufhört zu schneien, bestellen wir meinetwegen Reverend Pemberton aufs Revier«, sagte Brimble und biss in eine Tafel Schokolade, die Lady Ashworth äußerst streng rationiert und die er bestimmt aus dem Vorratsraum geklaut hatte. »Vorher kann er sich die Beichte abschminken. Hat er mal aus dem Fenster gesehen?«

Deputy Weaver knabberte an seinen Fingernägeln. »Aber es scheint wirklich eilig zu sein. Vorhin, als ich ihm sagte, dass bei diesem Wetter kein Seelsorger hierherkommen würde, wurde er sogar richtiggehend beleidigend. Er meinte, mein Haar wäre so rot wie das Höllenfeuer.«

Brimble lachte. »Er ist ein Verbrecher, Weaver.« In diesem Moment entdeckte er mich ebenfalls, schluckte den Bissen Schokolade hinunter und richtete seinen rundlichen Körper auf. »Oh, guten Abend, Miss. Was führt Sie denn hierher? Wollen Sie etwa unserem Ganoven einen Besuch abstatten?«

»Ähm, ich wollte …« Ich deutete auf die Tür zur Bibliothek, die weiter hinten lag. Nein, DeWitt wollte ich bestimmt nicht sehen. »Ich kann nicht schlafen und wollte mir bloß ein Buch holen.«

»Hoffentlich nicht die Bibel, die ist bereits ausgeliehen«, witzelte Weaver.

»Entschuldigen Sie, Gentlemen, aber ich habe Ihnen gerade ein wenig zugehört«, gab ich zu. Nun wurde ich doch etwas neugierig, immerhin konnte ich mir keinen Reim auf deren merkwürdiges Gespräch bilden. Einen Seelsorger? Die Bibel?

»Sprechen Sie etwa von DeWitt? Ist mit ihm … alles in Ordnung?«

»Nun ja, er benimmt sich seit heute Morgen ziemlich seltsam, Miss. Er fastet«, erzählte Brimble kauend und rollte dabei mit den Augen, als wäre das das absolut Letzte, was er sich vorstellen konnte.

»Und er betet. Und liest uns Psalme vor«, ergänzte Weaver.

Beten? Lesen? Fasten? Das klang ja so gar nicht nach DeWitt. Irgendetwas war hier faul. War DeWitt womöglich abgehauen und hatte stattdessen den beiden Bullen einen Priester als Gefangenen untergejubelt? »Darf ich vielleicht mal nach ihm sehen?«, bat ich.

»Natürlich, Miss.« Deputy Weaver öffnete die Tür zu Lord Ashworths Arbeitszimmer einen Spaltbreit. Helles Licht flutete den Flur. »Wir haben ihn zwar gefesselt, aber gehen Sie trotzdem besser nicht zu nah an ihn ran.«

»Und beeilen Sie sich. Wir wollen absperren und in unsere Betten gehen.«

Ich nickte, betrat das Büro und entdeckte DeWitt an Lord Ashworths Schreibtisch, die rechte Hand mit Handschellen an den Stuhl gefesselt. Der Mann vor mir war ohne Zweifel immer noch der altbekannte Schurke, auch wenn er inzwischen ganz anders aussah: Seine Haare waren nicht mehr dick mit Pomade zurückgelegt, sondern zu einem artigen Mittelscheitel frisiert, dazu trug er sein Hemd bis zum letzten Knopf geschlossen. Mit diesem noch nie da gewesenen Funkeln in seinen Augen wirkte er wie eine absurde Mischung aus Psychopath, Mönch und Chorknabe. Um es kurz zu machen: Die Sache war gruselig.

»Oh, Besuch? Miss Barrington-Whitley, Gott sei Dank! Die

liebe, gute, atemberaubend hübsche Miss Barrington-Whitley ist hier, um nach mir zu sehen! Sie wunderbares Mädchen, Sie«, zwitscherte er vergnügt, klappte sein Buch zu und verbeugte (ja, verbeugte!) sich vor mir.

»Mr DeWitt. Sie sehen irgendwie … merkwürdig aus«, gab ich zu.

»Merkwürdig? Sie meinen geläutert.« Er breitete seinen rechten Arm aus und machte Anstalten, auf mich zuzustürmen, aber die Handschellen hielten ihn zurück. »Ich bin bekehrt, Miss Barrington-Whitley, wahrlich bekehrt. Kommen Sie näher, Sie wunderbares, engelsgleiches Wesen, ich möchte Ihnen etwas zeigen.«

»Nein danke, ich bleibe lieber hier stehen.«

»Wie Sie möchten. Nun, da mich Cordelia nicht erhört hat, habe ich nachgedacht. Und schließlich ist das Unglaubliche passiert, Miss Barrington-Whitley, das wahrlich Unglaubliche! Wollen Sie wissen, was?«

»Sie haben erkannt, dass Ihre Frisur furchtbar ist? Nun ja, die neue ist leider auch nicht viel besser. Sie sehen aus wie Harry Potter.«

»Nicht doch.« DeWitt erhob sich und streckte seinen freien Arm ehrfurchtsvoll an die Decke. »Das Unglaubliche, das passiert ist und von dem ich Ihnen erzählen möchte, ist das: Gott hat zu mir gesprochen!«

»Gott? Gott hat … zu Ihnen gesprochen?« Ich machte mir plötzlich ernsthafte Sorgen um DeWitts mentale Gesundheit.

»Oh ja! Und dafür habe ich sogar Beweise! Alles fing ganz gewöhnlich an. Vor lauter Langweile habe ich sinnlos an die Wand gestarrt und mich gefragt, hinter welchem der Bilder Lord Ashworths Safe tatsächlich stecken könnte.« Er deutete zu der Galerie hinter dem Schreibtisch. »Und wie die Kombination dafür lauten könnte. Es hat mich fast verrückt gemacht, nur Zentimeter vom Geld des Lords entfernt zu sitzen und nicht heranzukommen. Aber dann, Miss Barrington-Whitley, dann habe ich das hier entdeckt.«

Ich folgte seinem Fingerzeig. Dort hing ein Porträt eines ziemlich übellaunigen Mannes an der Wand. »Sie meinen dieses Gemälde da? Von Lord Ashworths Großonkel? Lord Ignatius Shittington-Ashworth?« Das war ja mal ein fieser Name. Kein Wunder, dass der Typ so miesepetrig aussah.

»Nein, nicht das Bild. Sehen Sie den runden Fleck an der Tapete, gleich links daneben? Finden Sie nicht, dass der Fleck ein wenig so aussieht wie ... wie ein Heiligenschein?«

Ich sah genauer hin. Das war doch bloß eine Stelle, wo früher einmal ein rundes Porträt gehangen hatte und die Tapete nicht ganz so ausgebleicht war.

»Ein Heiligenschein! Direkt vor meiner Nase. Auf dieses Zeichen hin habe ich nach der Bibel verlangt und begonnen, darin zu lesen. Ich habe entdeckt, dass Gott Sünden verzeiht, wenn man sie beichtet.« Stolz präsentierte er mir die in Leder gebundene Bibel auf dem Schreibtisch. »Deshalb habe ich nun einen Geistlichen bestellt, der mir die Absolution erteilt, damit ich –«

»Sie fühlen sich doch nicht plötzlich auch sterbenskrank, so wie Lord Ashworth, oder?« Eine böse Vorahnung beschlich mich. »Oder wollen Sie sich ... etwas antun? Sich aus dem Fenster stürzen, weil Cordelia Sie nicht erhört hat?«

»Selbstmord?« DeWitts Augen wurden kugelrund. »Nicht doch. Das wäre eine Todsünde. Alles, was ich möchte, ist, ein neues Leben zu beginnen, im Dienste der Wohltätigkeit. Vielleicht nicht länger mit meinem Sohn an meiner Seite – ich fürchte, Jasper hat für die christliche Tugend des Verzeihens nicht besonders viel übrig.«

»Kein Wunder. Immerhin wollten Sie gestern noch seine Mutter erpressen und sein Zuhause in die Luft sprengen.«

»Nun ja, mag sein.« DeWitt schüttelte den Kopf, als wollte er nicht mehr daran denken. »Aber das war mein altes Ich. Und wenn Jasper mir schon nicht sein Herz schenkt, habe ich doch immer noch meine entzückende Tochter Lydia. Ich habe sie gestern Abend bei dem ehemaligen Dienstmädchen der alten Lady DeWitt, Miss Marblestone, in Rosington untergebracht. Ich hoffe, mein armes Mädchen fürchtet sich bei diesem Wetter nicht zu Tode.«

»Ah.« Ich hatte mich schon gefragt, wo Lydia abgeblieben war. Ob der Serienschreiber sie einfach kommentarlos aus der Besetzungsliste entfernt hatte, nun, da er sie nicht mehr gebrauchen konnte. Aber anscheinend hatte er die Figur ganz einfach auf Stand-by gestellt.

»Oh, Miss Barrington-Whitley, wenn ich nur dem Gefängnis entgehen und ein neues, wunderbares Leben führen könnte, mit meiner zauberhaften Tochter Lydia«, schwafelte DeWitt weiter, ohne mit Übertreibungen zu geizen. »Stellen Sie sich nur vor, ich wäre weiterhin der gottlose Tunichtgut geblieben, der ich gestern noch war. Dank dieses Heiligenscheins an der Wand ist mir ein Licht aufgegangen.« Er begann, vor sich hin zu summen, und zwar *Amazing Grace*, ein Lied, das ich von den Gospelchören in Harlem kannte. »Wie süß der Klang, der einen armen Sünder wie mich errettete! Ich war einst verloren, aber nun bin ich gefunden –«

»Mr DeWitt, hören Sie auf zu singen, das ist ja furchtbar.«

»War blind, aber nun sehe ich«, trällerte er voller Inbrunst.

»Ich sagte –«

»Schon gut, schon gut.« Er strahlte mich an. »Ich wollte Ihnen bloß zeigen, dass Sie mich nicht mehr fürchten müssen. Ich bin ein neuer Mensch. Davor fühlte ich mich so ... so fremdbestimmt. Aber nun ist mir, als läge ein ganz neues Leben vor mir. Ein Leben, das ich mir selbst aussuchen kann.«

Bei seinen Worten überkam mich ein merkwürdiges Kribbeln. »Was sagten Sie gerade?«

»Ich sagte: Ich werde dem Ruf Gottes folgen, Miss Barrington-Whitley. Und zwar nach Rom, um mich dort dem Klerus anzuschließen, unter dem Namen Pater Robertus. Und dort werde ich so viel Gutes tun, bis alle meine schändlichen Taten für immer gesühnt sind ... Moment mal, Miss Barrington-Whitley, warum gehen Sie denn? Ich muss Ihnen doch noch erzählen, wie mein Weg zu Gott aussehen wird. Ich werde so lange wohltätig sein, bis sie öffentliche Plätze nach mir benennen. Und Schulen!«

Größenwahnsinnig war er also immer noch. »Ich muss weg, Mr DeWitt.«

Er setzte einen Hundeblick auf. »Aber wohin denn?«

»Zu Jasper!«, verkündete ich und zog die Tür zum Flur auf, während DeWitt begann, romantisch zu seufzen und Lobeshymnen auf das gottgegebene Wunder der Liebe zu singen. Aber das bekam ich alles nur mehr am Rande mit. Etwas, das er gerade gesagt hatte, hatte mir zu denken gegeben. Etwas, das uns helfen könnte, das Rätsel um Jaspers geklaute Drehbuchseiten und ihren Einfluss auf die Charaktere für immer zu lösen.

17

Ich entdeckte Jasper ganz hinten in der Bibliothek, auf einem Sofa in der Leseecke, dort, wo sich Lord Ashworth gerne hinverzog, wenn er in Ruhe durch seine Pferdezeitschriften blättern wollte. Jasper hatte sich in eine flauschige Decke gekuschelt, die Beine auf einen Hocker gelegt und schob sich eine paar Kartoffelchips in den Mund, während er die Drehbuchseiten auf seinem Schoß balancierte.

»Oh, hi.« Er stand auf, als er mich bemerkte, und einige der Zettel plumpsten zu Boden. »Du bist also doch gekommen. Ich hab schon mal begonnen, die Szenen zu lesen, aber ich bin noch nicht sehr weit. Hier, setz dich. Hast du Hunger? Bedien dich.« Er deutete auf den Beistelltisch, der vor Süßigkeiten überquoll.

Ich hatte schrecklichen Hunger. »Wo hast du denn das ganze Zeug her?« Ich griff mir die Tüte mit den Gummibärchen und setzte mich neben ihn. »Etwa aus der Vorratskammer geklaut?«

»Ist der Geheimvorrat aus meinem Zimmer. Für den Fall, dass das Essen ausgeht, weil uns ein übergeschnappter Drehbuchschreiber eine spontane Eiszeit beschert.« Jasper grinste. »Oder wenn ich abends mal zu faul bin, um bis zum Kühlschrank zu gehen.«

Ich lächelte und rieb meine eisig kalten Hände aneinander.

Er war ziemlich süß, wie er so dasaß, dick eingepackt, mit seinen zerzausten Haaren und diesem blauen Schafswollpulli und seinen geheimen Essensvorrat mit mir teilte. Am liebsten hätte ich mich an ihn gekuschelt – und zwar nicht nur, weil die Bibliothek unbeheizt und es hier drinnen unglaublich kalt war. »Du hättest wirklich eine zweite Decke mitbringen können«, meckerte ich.

»Nun, ich habe praktisch gedacht«, gab Jasper zu. Das grüne Licht der Schreibtischlampe fiel ihm aufs Gesicht, als er mich ansah. »Wenn du nicht kommst, reicht ja wohl eine Decke. Und wenn du doch kommst, bedeutet das, dass du glaubst, dass kein Serienschreiber über mich entscheidet und du es mit jeder einzelnen Faser bereust, dass du mich neulich am Kamin einfach abserviert hast. Und in diesem Fall würden wir uns eine Decke teilen.«

Ich lachte auf. »Du bist wohl sehr von dir selbst überzeugt.«

»Mag sein. Also, was ist nun? Glaubst du mir?«

»Ja. Ich fange an, es zu glauben.«

Jasper verzog das Gesicht. »Was soll das denn nun schon wieder heißen?«

»Das heißt, dass mir langsam klar wird, nach welchem Prinzip diese Serienwelt funktioniert.« Ungefragt zog ich ein Stück der Decke heran. »Horatio Eversmith hat einmal zu mir gesagt, dass sich nicht nur die Serie mit all ihren Eigenheiten und Gesetzen verändern kann, sondern auch die Figuren. Erst konnte ich mir nicht so recht vorstellen, was er damit meint, doch eben, als ich DeWitt besucht habe, da –«

Jasper verschluckte sich und hustete. »Du warst bei meinem Vater? Abby, Robert ist irre. Du hast gestern selbst gesehen, was er –«

»Stimmt, er ist immer noch irre«, stimmte ich ihm zu und überlegte fieberhaft, wie ich ihm beibringen konnte, was mit seinem Vater los war. »Aber diesmal irgendwie anders irre. Er hat über Nacht beschlossen, plötzlich eine männliche Ausgabe von Mutter Teresa zu werden. Aber das wirklich Seltsame war, dass er zu mir gesagt hat, dass er ab nun selbst über sein Leben bestimmen könne. Und da kam mir zum ersten Mal dieser Gedanke. Und zwar, dass sich Serienfiguren, wenn die Zeit reif ist, womöglich weiterentwickeln können. Und nicht mehr die Charaktere sein müssen, zu denen der Serienschreiber sie gemacht hat.« Ich brach ab, weil Jasper mich mit großen Augen anstarrte. »Was ist? Ich weiß, das klingt dumm –«

»Nicht so dumm, wie du vielleicht denkst.« Er bückte sich und sammelte hektisch die Drehbuchseiten vom Boden auf. »Sieh dir doch noch mal die Szene genauer an, in der ich auf der Bühne im Rathaus stehe. Sie beschreibt nicht die Wirklichkeit. Nichts davon ist so passiert, wie es hier im Drehbuch steht. Nicht mal im Entferntesten.«

Ich riss ihm die Blätter aus der Hand, überflog die Seiten und prüfte einzelne Sätze, die daraufstanden. Jasper hatte recht. Die Dialoge, die er in der Szene sprechen sollte, hatte ich niemals gehört. Was hatte das zu bedeuten?

»So hätte Kapitän Preston diese Szene wohl gerne gehabt.« Jasper rückte näher an mich heran und spähte über meine Schulter. »Hier, sieh mal. Da plaudere ich vor der versammelten Mannschaft das Geheimnis über DeWitts Vaterschaft aus. Alle reagieren geschockt und bewerfen Lord Ashworth mit Käsebrötchen und zerknüllten Servietten. Und auf der nächsten Seite versucht Preston es erneut. Hier steht die gleiche Szene noch mal und schon wieder entspricht nichts davon der

Wahrheit. Darin stelle ich mich der Polizei wegen der Erpresserbriefe und wandere in den Jugendknast. Und da, in der dritten Version, raste ich komplett aus und verströme Tränengas in die Menge! Warum sollte ich das denn plötzlich machen? Abby, das ist alles so nicht passiert.«

Aufgeregt stand ich auf und tigerte vor Lord Ashworths ausladendem Bücherregal auf und ab. Das half, meine Gedanken zu ordnen. »Der Kapitän muss versucht haben, die Szene zu kontrollieren, aber es ist ihm nicht gelungen«, kombinierte ich und stützte mich an dem Regal mit den großen Lexika ab.

Jasper stand auf, steuerte auf mich zu und lehnte sich neben mich. Seine blauen Augen sahen zu mir herunter. »Jetzt glaubst du mir endlich, oder?«, wisperte er eindringlich. »Habe ich jetzt jeden erdenklichen Zweifel bei dir ausgeräumt?«

Ich nickte zögerlich.

»Na endlich.« Er beugte sich zu mir und presste seine Lippen auf meine.

Ohne zu zögern ließ ich zu, dass er mich küsste und seine Arme mich fest umschlagen. Ich wusste, dass ich ihn vermisst hatte, aber wie sehr, das wurde mir erst jetzt so richtig klar. Und trotzdem fühlte es sich nicht ganz richtig an.

Vielleicht war es doch keine gute Idee gewesen, in die Bibliothek zu kommen. Es gab für Jasper und mich weiterhin keine Zukunft. Deborah hatte mir das immer wieder eingebläut und deshalb konnte ich nicht mehr darüber hinwegsehen. Nicht mal, wenn er mich so stürmisch küsste wie gerade eben.

Zögerlich machte ich mich los.

»Außer Atem?« Jasper grinste.

»Nein. Nur müde«, log ich und meine Wangen wurde ganz heiß. »Ich sollte ins Bett.«

»Müde? Echt? Also ich kein bisschen. Wenn es nach mir ginge, könnte ich noch bis Sonnenaufgang so weitermachen. Oder wann auch immer Serien-Gott Preston sich entschließt, uns wieder dem Tageslicht auszusetzen.«

Ich seufzte tief. »Na gut, okay. Ich gebe es zu, ich bin nicht müde. Es ist eher, weil … Na ja, neulich am Kamin habe ich dich nicht abserviert, weil ich dachte, das zwischen uns wäre bloß eine Marotte des Serienschreibers. Das wusste ich damals noch gar nicht.«

Jaspers Miene gefror. »Und warum dann?«

»Warum? Na, weil du hier lebst und ich in New York. Welten entfernt. Wenn Horatio die Verbindung nach Ashworth Park trennt – und das macht er, jede Wette –, dann sehen wir uns nicht mehr wieder«, machte ich ihm klar. »Ich bin dann wieder in New York und sollte mich dort besser mit Jungs treffen, die nicht weit entfernt in einer Parallelwelt leben.«

»Jungs wie dieser Eyeliner-Trevor?«

»Ja.« Ich überlegte. »Das heißt, nein. Ich werde mich nicht mehr mit ihm treffen. Als wir neulich im Musical waren –«

»Warte mal. Ihr wart im Musical? Du und Eyeliner-Trevor?«

»Im Musical trug er keinen Eyeliner.« Dass Jasper aufs Stichwort eifersüchtig reagierte, gefiel mir. »Außerdem war es kein Date und zudem von Morgan organisiert. Aber was ich sagen wollte: Währenddessen habe ich die ganze Zeit über nur von dir geredet und natürlich hat Trevor sofort geschnallt, dass ich über beide Ohren in dich verliebt bin und –«

»Was, echt?« Jasper grinste, doch dann bemühte er sich schnell wieder, möglichst cool dreinzublicken. »Ich meine, gut. Dann bin ich nicht mehr der Einzige, dem ganz übel wird bei dem Gedanken, dass wir nicht zusammen sein können. Und der diesen Abend außerdem ganz wundervoll findet, auch wenn morgen vielleicht nie wieder die Sonne aufgeht und wir alle erfroren sind.«

Nun musste ich ebenfalls grinsen. Sein Galgenhumor steckte irgendwie an.

Er nahm meine Hände in seine und rubbelte sie warm. »Wenn wir das alles überstanden haben, werden wir eine Lösung finden«, versicherte er mir. »Ich würde nur zu gerne Ashworth Park verlassen und nach New York gehen. Und hey, ich habe sogar einen Reisepass, auch wenn ich den noch nie benötigt habe. Und sollte sich jemand wundern, wo Rosington liegt, könnte es ja wohl auch ein Tippfehler sein und Rossington heißen, und davon gibt's einige. Ich könnte als stinknormaler britischer Austauschschüler durchgehen.« Er sah mich flehend an. »Abby, lass nicht zu, dass uns so etwas Banales wie eine Serienwelt trennt, okay? Wenn alles vorbei ist, bringen wir Kapitän Preston dazu, mich für immer mit nach New York zu nehmen.«

Seine Zuversicht machte mir Mut. »Denkst du wirklich, das könnte klappen?«

»Wir werden zusammen sein. Ich verspreche es dir. Und können wir jetzt bitte da weitermachen, wo wir aufgehört haben?«

»Du meinst, die Seiten aus den Drehbüchern zu Ende zu lesen?«

»Das meinte ich nicht.«

»Das sollten wir aber.« Ich sah ihn streng an. »Zuerst müssen wir unsere Arbeit erledigen und dringend herausfinden, welche der Serienfiguren Preston noch steuert und welche nicht. Dass er DeWitts Dialoge nicht mehr schreiben kann, davon bin ich inzwischen überzeugt, und ich denke außerdem, dass es sich bei Julian auch so verhält.«

Jasper blätterte die Drehbücher durch. »Julian? Ja, gut möglich. Ich habe vorhin eine Stelle gefunden, wo Robert das Haus in seine Gewalt bringt und Julian wieder mal eine Heldenaktion durchführen sollte. Er hat ein Messer ins Haus geschmuggelt, DeWitt mit einem Gedicht abgelenkt und beim Dinner die Klinge an seine Kehle gehalten. Auch das ist nicht passiert, stimmt's?«

»Nein. Julian hat bloß dumm herumgesessen. Da war leider kein plötzlicher Anflug von Heldenmut. Und auch kein Gedicht. Gott sei Dank.«

»Und ich wette, es gab auch keine Szene, in der Clarissa vor Angst ihren Job geschmissen hat.«

Ich schüttelte den Kopf. »Weißt du, was das bedeutet? Es werden immer mehr.«

»Das ist doch gut, oder?« Jasper setzte sich wieder aufs Sofa und lächelte. »Vielleicht müssen wir alle Figuren dazu bringen, aus ihren Rollen auszubrechen. Meine Mum könnte endlich mal Gefühle zeigen und dem Scotch abschwören. Und Monty müsste Verantwortung übernehmen. Jede Wette, dass seine mysteriöse Krankheit dann im Nu geheilt wäre. Auf diese Weise könnte Preston niemanden mehr kontrollieren und gibt vielleicht auf. Nur wie stellen wir das an?«

Ich setzte mich und überlegte. »Oft hilft ein Moment der Erkenntnis. Wie bei Julian, der kapiert hat, dass ich nicht seine Traumfrau bin. Oder DeWitt, der eingesehen hat, dass er Cordelia für immer vergessen kann.«

Jasper schien eine Weile darüber nachzudenken. »Der Ansatz ist nicht übel.«

»Cordelias Herz ist gar nicht so schwer zu öffnen, denke ich«, erklärte ich und erinnerte mich an den Abend, als DeWitt uns bedroht hatte und die Lady mich kurzzeitig beim Vornamen genannt hatte. »Sobald sie Mitleid empfindet, haben wir sie geknackt. Ich könnte versuchen, ihr Herz zu gewinnen, indem ich vortäusche, ich hätte mich ebenso mit Schwindsucht angesteckt.«

»Und Monty bräuchte sicherlich bloß das Gefühl, nützlich zu sein. Dass *er* es sein könnte, der die Ashworths rettet«, überlegte Jasper weiter.

»Neulich hat er DeWitt sogar mit einem Dolch attackiert«, fiel mir wieder ein. »Womöglich sollte Lady Ashworth nicht dich, sondern ihn mit der Schneeschaufel ins Dorf schicken, um neue Vorräte zu holen.«

»Aber er ist doch krank –« Jasper hielt inne. »Obwohl, nein. Das wäre er ja dann nicht mehr.«

»Genauso ist es. Lord Ashworth wäre vermutlich von der Schwindsucht kuriert, bevor er auch nur einen Schritt in den Schnee wagen würde. Und außerdem nicht nur geheilt, sondern auch nicht länger von Preston gesteuert. Wir schlagen zwei Fliegen mit einer Klappe.«

Jaspers Kopf ruhte an der Sofalehne. »Es wäre einen Versuch wert. Und es ist der beste Ansatz, den wir haben.«

Ich nickte, griff über ihn und stahl mir ein paar Kartoffelchips. Das Gefühl, einen Plan zu haben, fühlte sich gut an. Wenn die Figuren nicht länger von Preston gelenkt werden konnten, würde ihm sehr bald langweilig werden. Aus dem Serienschreiber würde dann eine unbedeutende Nebenfigur werden, die am Hafen saß und die Ashworths beobachtete, die endlich nach ihrem freien Willen handelten.

Jasper wirkte zufrieden. »Na, dann ist die Arbeit ja nun getan. Bis Mum und Monty aufstehen, können wir ohnehin nichts ausrichten.« Er zog mich an sich heran und begann, langsam meinen Nacken zu küssen. »Dir gehen langsam die Ausreden aus.«

»Na gut, gewonnen«, erklärte ich, schlang die Arme um ihn und ließ mich rückwärts aufs Sofa fallen. Im nächsten Moment küssten wir uns erneut, kicherten und genossen es, dass keinem von uns mehr kalt war, als es plötzlich an der Tür hämmerte.

Jaspers Blick sprach Bände. »Oh Mann. Das kann jetzt aber nicht wahr sein.«

Ich rappelte mich auf. »Vielleicht ist es dringend.«

»Dringend?« Schnaubend stand er auf und verschwand hinter den Regalen. »Bestimmt nicht. Irgendeiner der Dienstboten will sich wohl ein Buch ausleihen. Die kommen öfter nachts hier rein. Ich sage ihnen, dass der Raum besetzt ist und sie morgen –« Ich hörte, wie er die Tür aufzog. »Wer in aller Welt sind *Sie* denn?«

»Vergesst den Plan. Der ist bescheuert. So werdet ihr Preston nie überreden, von hier zu verschwinden«, ertönte eine Stimme, die mir bekannt vorkam, die ich aber nicht sofort einordnen konnte. Wie aus Reflex stellten sich meine Nackenhärchen auf, denn etwas in mir ahnte, dass der Störenfried an der Tür hier komplett fehl am Platz war.

Jasper antwortete nicht sofort. »Woher wissen Sie das?«, flüsterte er und klang dabei plötzlich angsterfüllt.

»Erklärungen gibt's später. Wo ist sie?«

»Wo ist wer?«

»Die rosarote Milchkuh, Dummkopf.« Die Stimme lachte frech.

»Die … *was?*«

»Ich meinte *Abby*! Wo zum Geier ist *Abby?*«, knurrte die Stimme ungeduldig. Schritte hallten übers Parkett, bis schließlich eine große, in einen Daunenparka eingepackte Person vor mir stand. Ihr schütteres Haar war zu Eiskristallen gefroren, ihre Nase leuchtete rot und auf ihrer Mütze lag Schnee. Vor mir stand Horatio Eversmith.

Ich verschluckte mich an den Kartoffelchips. »Wie kommst du denn hierher?«, hüstelte ich und starrte ihn an.

»Falsche Frage, Abby.« Er klopfte sich den Schnee von der Jacke. »Frag mich lieber, *warum* ich da bin.«

»*Ich* frage Sie lieber, was Sie in unserem Haus zu suchen haben«, knurrte Jasper. »Wenn Sie nicht sofort abhauen, rufe ich die Polizei.«

»Wird schwer, ohne Telefonleitung, Romeo.« Horatio lachte und nahm sich ungefragt die Packung mit den Kartoffelchips. Der Schnee von seinen Klamotten durchnässte unsere Decke. »Nun, ich *musste* kommen. Um euch abzuhalten, einen Fehler zu begehen.«

»Also entschuldige mal«, feuerte ich zurück. »Jasper und ich haben uns bloß geküsst. Außerdem wüsste ich wirklich nicht, was dich das angeht –«

»Uah.« Horatio schnitt eine Grimasse. »Das meinte ich doch gar nicht. Mir doch egal, wie lange ihr es schafft, euch zu küssen, bevor einer von euch vor Sauerstoffmangel ganz blau im Gesicht wird. Ich spreche von eurem tollen, ausgeklügelten Plan, die Serienfiguren in echte Menschen zu verwandeln.«

»Sie sind Horatio, der Donutverkäufer«, dämmerte es Jasper.

»Der Wissenschaftler«, korrigierte Horatio.

Ich versuchte, tief durchzuatmen. Dass sich Horatio in der

Serie befand, gefiel mir gar nicht. »Warte mal. Wenn du hier bist, wer kümmert sich dann in der City Hall Station um die Verbindung nach Ashworth Park?«

»Deborah!«

Ich schnappte nach Luft. »Deborah?«

»Deine Plüschbiber-Schwester?«, fragte Jasper.

»Beruhigt euch, Deborah macht das wirklich gut, okay?« Horatio ließ eine ganze Handvoll Chips in seinen Mund wandern, setzte sich aufs Sofa und legte seine dreckigen Schuhe auf den Hocker. »Sie ist zwar immer noch unterschwellig aggressiv und ich habe immer noch ein kleines bisschen Angst vor ihr, aber sie gibt einen ausgezeichneten Lehrling ab. Sie wird die Verbindung schon nicht trennen und uns für immer hier versauern lassen.«

Jasper verschränkte die Arme. »Können Sie uns jetzt bitte verraten, was mit unserem Plan nicht stimmt? Und unsere Chipsvorräte nicht länger verputzen? Das sind nämlich die guten Chips. Die mit Essig!«

Horatio tat, als müsste er würgen. »Essig? Deswegen schmecken die so grauenvoll. Was esst ihr nur in diesem Land? Habt ihr keine Donuts?«

»Nur Scones, aber die hat Brimble schon alle aufgefuttert«, erwiderte Jasper.

»Scones sind mir eh zu trocken, bäh.« Horatio wischte sich über die Lippen. »Und was euren Plan betrifft: Hat euch euer jugendlicher Superhormon-Verliebtheitsschub auch mal eine Minute Zeit gelassen, die Idee genauer zu durchdenken? Richard steuert nicht nur die Figuren, sondern auch die gesamte Umgebung. Wenn ihr die Serienwelt von seinem Einfluss befreit, bedeutet das nicht, dass er nicht neue Figuren erfinden kann. Oder euch nicht weiterhin mit einem Blizzard in die Enge treiben kann. Ich ahne schon, was ihm als Nächstes einfällt. Poltergeister. Oder ein Alien-Angriff.«

Ich sah, wie Jasper schluckte.

»Und was schlägst du vor?«, wollte ich wissen.

»Wir müssen das Übel bei der Wurzel anpacken und Richard dazu bringen, mit uns zurückzukommen. Und das geht nur, wenn wir uns bis zu seiner Hütte im Hafen vorkämpfen.«

Ich schüttelte den Kopf. »Bei fünfzig Grad minus? Horatio, das ist eine blöde Idee. Das schaffen wir nie. Wie wäre es, wenn wir die Figuren stattdessen einfach nach New York evakuieren? Sie brauchen mich doch nur an der Hand zu nehmen, während bei mir ein Seriensprung einsetzt.«

»Ja!« Jaspers Augen glänzten vor Begeisterung. »Das ist eine brillante Idee. Und diesmal könnte ich dort bleiben! Für immer.«

»Diesmal?« Horatio fixierte mich.

Ich fühlte mich plötzlich verpflichtet, Horatio alles zu erklären. »Ich habe Jasper einmal unabsichtlich nach New York mitgenommen«, beichtete ich. »Damals, als Blackwood ihn an der Schläfe erwischt hat.«

Horatio glotzte mich mit großen Augen an. »Was? Ihr Serienfiguren könnt … in unsere Welt? Das revolutioniert meine gesamte Forschung. Oh, Abby! Wäre nett gewesen, wenn du mir verraten hättest, dass du mit dem Casanova hier Urlaub gemacht hast.«

»Tut mir leid. Ich dachte, das würde Ärger geben.«

»Hätte es auch. Und doch kann es eigentlich nicht der Wahrheit entsprechen.« Horatio prüfte unsere Gesichter, als vermutete er, dass wir ihm ein Lügenmärchen auftischten. »Gladys hat doch schon öfter Figuren berührt, als der Cliffhanger eingesetzt hat. Und nie hat sie jemand begleitet.«

»Vielleicht liegt es an mir«, mischte sich Jasper an. »An der Tatsache, dass der Serienschreiber keinen Einfluss mehr auf mich hatte. Schon damals, zu diesem Zeitpunkt. Vielleicht hatte er das niemals.«

Horatio schwieg und schien nachzudenken. Nur das Knirschen der Erdnüsse war zu hören, die er sich zwischenzeitlich geschnappt hatte und die sein Kiefer nun zermahlte. »Aber als die nächsten Folge lief, hast du die Geigenklänge gehört und wurdest gemeinsam mit Abby zurückgeschleudert, oder nicht?«

Jasper nickte langsam.

»Es muss an Richard liegen. Solange er sich *in* der Serie befindet, landet auch ihr Figuren immer wieder darin. Von Freiheit kann keine Rede sein.«

»Das heißt, wenn Preston nicht aufgibt, werde ich niemals für immer von hier wegkommen«, schlussfolgerte Jasper. »Ich könnte Abby nur begleiten, würde aber dann wieder zurück in die Serie gerufen werden.«

»Unter der Voraussetzung, dass wir die Verbindung aufrechterhalten. Und das ist nicht so einfach. Denn Ashworth Park bringt seit Jahren unsere gesamten Sattelitenverbindungen durcheinander«, ergänzte Horatio und riss eine neue Tüte Erdnüsse auf. »Aber für einen Jungen, dem bei dem Gedanken – ich zitiere – ›ganz übel‹ wird, nicht mit seinem Mädchen zusammen sein zu können, verzichten wir natürlich gerne auf den Fortbestand unserer technikorientierten Welt. Auf Forschungssatelliten, Weltraumteleskope, Navigation, Wetterberichte. Und natürlich auf Satellitenfernsehen. Ach, ich werde meinen japanischen Lieblings-Kochsender vermissen. Dort hatte ich gute Donutrezepte für meinen Laden her.«

Jasper schnaubte und wurde rot.

»Wenn ihr also eine Möglichkeit sucht, die Serie zu stoppen und aus der Serienwelt zu verschwinden, dann müssen wir Richard dazu bringen, Ashworth Park für immer aufzugeben«, sprach Horatio weiter. »So, wie ich es dir bereits erklärt hatte, Abby.«

»Okay.« Jasper krempelte sich die Ärmel hoch und schien plötzlich voller Datendrang. »Legen wir los. Sofort.«

»Immer langsam mit den jungen Pferden«, bremste ihn Horatio. »Draußen herrscht noch immer Eiszeit. Und so schnell wird sich das Wetter nicht bessern.«

»Aber vielleicht doch«, wandte ich ein. »Nachmittags, als Lily ihr Baby bekommen hat, da hat einen Moment lang die Sonne geschienen. Es sah aus, als würde das Wetter besser werden.«

»Na, sieh mal einer an.« Horatios Miene hellte sich auf, dann klatschte er langsam in die Hände. »Wie schön, dass du wieder klar denken kannst. Gut bemerkt, Abby.«

»Aber sobald das Baby auf der Welt war, hat sich das Wetter wieder drastisch verschlechtert«, beendete ich den Gedanken.

»Jedoch nur, weil sonst nichts passiert ist.« Jaspers Augen leuchteten plötzlich. »Wenn Preston abgelenkt ist, weil er zwischen anderen Figuren Konflikte entstehen oder mysteriöse Babys das Licht der Welt erblicken lässt, kann er sich nicht auch noch um den Blizzard da draußen kümmern. So war es doch schon immer bei uns in der Serie. Die dramatischen Momente haben sich stets aneinandergereiht und sind nie alle im selben Moment eingetreten. Genau wie heute Morgen. Über

Nacht kam der Schnee, dann wurde der Schneefall schwächer, als Monty krank wurde. Und erneut am Nachmittag, als das Baby kam. Wie es aussieht, klappt immer nur eine Spannungssequenz auf einmal.«

»Logik: Eins – setzen.« Horatio nickte. »Seht ihr jetzt, warum es unklug wäre, Richard seine Spielfiguren zu klauen?«

Ich nickte. So hatte ich die ganze Sache noch gar nicht betrachtet. Horatios Überlegungen schienen durchaus logisch, auch wenn ich nicht genau wusste, was wir daraus schließen sollten. »Und was können wir jetzt tun?«

»Abwarten. Und ein kleines Nickerchen einlegen.« Horatio nahm unsere Decke in Beschlag und machte es sich auf der Breitseite des Sofas bequem, drauf und dran, die Augen zu schließen und einzudösen. »Und darauf hoffen, dass Richard morgen früh erneut die Zügel in die Hand nimmt und neues, an den Haaren herbeigezogenes Drama erschafft, genauso wie er es heute Morgen getan hat. Und zum Beispiel der Geist von Tante Gladys' drittem Ehemann das Herrenhaus heimsucht. Oder sich eins der Dienstmädchen als Junge outet. Oder Gatsby plötzlich Gedichte rezitiert.«

INNEN - SCHLAFZIMMER DER ASHWORTHS - MORGENS.

Draußen ist es immer noch dunkel, während **LORD ASHWORTH** mit Schwindsucht das Bett hütet. Dicke Schweißtropfen stehen auf seiner Stirn. **LADY ASHWORTH** prüft sorgenvoll das Fieberthermometer.

LADY ASHWORTH *(theatralisch)*
Monty, mein armer, guter Monty. Dein Zustand verschlechtert sich zusehends. Oh, wenn doch nur einer unserer Söhne den Mut hätte, sich nach draußen zu wagen und Dr. Kinkley aufzusuchen.

LORD ASHWORTH *(hustend)*
Oh, Cordelia. Ich werde schon nicht sterben. Nicht jetzt, nachdem du endlich erkannt hast, wie wichtig ich dir bin. Halte durch, das Wetter wird sich bessern und auch die Sonne wird wieder aufgehen. Und dann schickst du einen unserer Söhne in die Stadt.

LADY ASHWORTH
(fegt aus dem Zimmer und kommt im Pelzmantel zurück) Ich kann nicht länger warten! Wenn Julian und Jasper resignieren, dann ziehe ich eben selbst los. Ich bin eine starke Frau, jawohl, ich kann das.

LORD ASHWORTH
Nicht doch, Cordelia! Das ist viel zu gefährlich!

LORD ASHWORTH ruft mehrmals ihren Namen, doch **LADY ASHWORTH** stürmt bereits wild entschlossen über die Treppe ins Erdgeschoss. Wenig später ertönt ein lautes Poltern aus dem Jagdzimmer, ganz in der Nähe des Dienstbotenausgangs. Aus Sorge um seine Frau schleppt sich LORD ASHWORTH nach unten und findet LADY ASHWORTH bewusstlos am Boden.

LORD ASHWORTH *(wackelig auf den Beinen)*
Cordelia, Liebes! Oje, was ist denn hier passiert? Bist du etwa gestürzt? Schnell, holt den Butler.

GILES eilt herbei.

GILES *(besorgt)*
Entschuldigen Sie die Verzögerung, **LORD ASHWORTH**. Unser Neugeborenes ist äußerst unruhig und hört nicht auf zu schreien. Aber was tun Sie denn hier unten im Jagdzimmer? Sie sind krank, Master, Sie sollten doch im Bett liegen.

LORD ASHWORTH *(entdeckt ein herabgefallenes Hirschgeweih neben Cordelias Kopf)*
Ich musste doch nach meiner Frau sehen. Oh, jetzt verstehe ich. Eins der Geweihe hat sich von der Wand gelöst und ist ihr auf den Kopf gefallen. Welch ein Unglück!

GILES
Oh nein!

LORD ASHWORTH *(streicht ihr durchs Haar)*
Cordelia, Liebling, sprich doch mit mir. Sehen Sie, Giles, sie schlägt die Augen auf. Gott sei Dank, sie lebt! Aber ich glaube, sie hat eine ziemliche Gehirnerschütterung,

18

Pünktlich am nächsten Morgen bahnte sich bereits der nächste vermeintliche Geniestreich des Serienschreibers an: eine Gehirnerschütterung, die von furchtbaren Kopfschmerzen begleitet wurde. Zwischenzeitlich hatte ich die Hoffnung, dass der Schlag auf den Kopf Lady Ashworth vielleicht nun auch vom Einfluss Prestons befreit und sich ihr Wesen so wie bei DeWitt verändert hatte, doch damit lag ich leider falsch. Cordelia benahm sich noch immer so herrisch und affektiert wie zuvor, verlangte kalorienarmes Frühstück und befahl, dass man ihr Bücher aus der Bibliothek brachte – mit der Ausnahme, dass sie sich heute alles am Bett servieren ließ.

»Ich habe Sie irgendwie jünger in Erinnerung, Mr Eversmith. Und mit mehr Haaren auf dem Kopf«, verkündete Tante Gladys, als sie kurz nach Lady Ashworths Unfall zu uns kam, während Horatio, Jasper und ich aus dem Fenster in die finstere Parkanlage blickten. Horatios Theorie schien sich zu bewahrheiten, denn seit Lady Ashworths Unfall für Furore sorgte, hatte es draußen tatsächlich zu tauen begonnen. Nur die Sonne war immer noch nicht aufgegangen, dabei war es schon zehn Uhr am Vormittag.

»Sehr charmant, Gladys. Als ich Sie vor zwanzig Jahren für die Serie ausgesucht habe, war bereits klar, dass Ihre große

Klappe gut zu Ashworth Park passt«, konterte Horatio. »Aber jetzt sollten wir Richtung Hafen losziehen, auch wenn es draußen immer noch finster ist. Bevor Richard auffällt, dass er seinen hausgemachten Blizzard sträflich vernachlässigt hat und wir das ausgenutzt haben. Habt ihr alles dabei, was ihr benötigt? Warme Klamotten, Taschenlampen, gute Schuhe, Kompass?«

Ich nickte und spähte in den Flur, um zu prüfen, ob die Luft rein war. Bis jetzt hatten wir es geschafft, Horatio von den anderen Bewohnern des Herrenhauses fernzuhalten. Denn Tante Gladys, Jasper, Horatio und ich wollten keinesfalls, dass die anderen Serienfiguren von ihrem frisch geschriebenen Drama abgelenkt wurden. Die sollten weiterhin schön brav die Drehbuch-Anweisungen befolgen, die ihnen Kapitän Preston zuschrieb.

Wir konzentrierten uns stattdessen darauf, einen Schlachtplan gegen Horatios Halbbruder zu entwickeln. Der erste Teil unserer Strategie sah vor, uns durch den Geheimgang zu den Stallungen und von dort weiter zum Kapitänshäuschen vorzukämpfen. Wenn wir Glück hatten und uns der Blizzard nicht in Eiszapfen verwandelte, bevor wir dort ankamen, würden wir zum zweiten Teil übergehen: Richard davon abzuhalten, seine Schreibmaschine weiter zu bedienen. Und ihn schließlich davon zu überzeugen, nach New York mitzukommen.

Wie wir *das* anstellen sollten, war mir immer noch schleierhaft. Horatio hingegen schien an einem Plan zu tüfteln und so beschloss ich, ihm zu vertrauen. Immerhin war er derjenige, der gekommen war, um die Serie zu einem Happy End zu bringen. Und so warteten wir, bis die Küche menschenleer war, schoben dann den Schrank zur Seite und kletterten in den Geheimgang. Horatio führte die Gruppe an, Jasper bildete das Schlusslicht.

»Wäre es nicht klüger, wir würden nicht bloß zu viert zum Hafen losziehen, sondern nähmen uns noch irgendeinen Muskelprotz mit? Cooper vielleicht?«, gab Tante Gladys zu bedenken, während wir uns im Gänsemarsch durch den Geheimgang quetschten. Beim zweiten Mal fiel mir der Weg durch den staubigen Tunnel viel leichter, nur die arme Tante Gladys ekelte sich vor jedem Krabbeltierchen an der Wand.

»Cooper?« Horatio war der Erste, der im dunklen Stall an die Oberfläche krabbelte. Er streckte Tante Gladys die Hand entgegen und half ihr durch die Öffnung nach oben. »Gladys, wir können nicht wissen, ob Richard Coopers Rolle nicht doch noch kontrolliert. Nur bei uns selbst können wir sicher sein, dass wir alleine entscheiden. Wir müssen Richard überraschen. Ohne dass uns eine gesteuerte Serienfigur hineinpfuscht.« Er sah sich im dunklen Stallgang um. »So, wer reitet nun welches Pferd?«

Mooooment mal. Stopp! »Pferd? Davon, dass wir reiten, war nie die Rede!«, rief ich geschockt, als ich ebenfalls oben angekommen war. Nach dem letzten Pferdeabenteuer mit Julian und Baghira musste man nicht Lady Esmeralda heißen, um zu wissen, wie bescheuert ich Horatios Idee fand. An die Panik, die ich gefühlt hatte, als ich hilflos auf diesem mächtigen Pferd gesessen hatte, konnte ich mich noch sehr gut erinnern. Auch wenn sich Baghira dann doch als ziemliche Schlaftablette entpuppt hatte.

»Aber was hast du denn gedacht, warum wir zu den Stallungen gehen, Marzipanschweinchen? Die Schneehaufen sind doch viel zu hoch für die Autos und die Straßen sind nicht geräumt. Außerdem können wir uns nicht ewig Zeit lassen, sonst kommen Preston vielleicht neue klimatische Ideen. Oder er scheibt ein paar blutrünstige Eisbären in die Serie, die uns über die Felder jagen«, meinte Tante Gladys und führte dabei eine silbergraue Araberstute aus dem Stall. Sie war zwar keine begnadete Reiterin, aber im Fernsehen hatte ich sie schon ein paar Mal auf einem Pferd sitzen sehen. »Ich nehme die hier. Das Fell von Mary-Jane passt zur Farbe meines Mantels – das sieht bestimmt chic aus, wenn ich reite.«

»Und ich nehme Leondra. Der macht das Wetter nichts aus«, entschied Jasper und öffnete die Box von Julians schneeweißer Turnierstute. Im Stallgang saß er auf und schnalzte mit der Zunge, woraufhin Leondra brav vor- und zurücktänzelte. »Auch wenn sie ein wenig eingerostet ist, weil Julian sie wie ein Mädchen reitet.«

»*Du* kannst reiten? Du hast doch immer so getan, als hättest du nichts für Pferde übrig und fändest Reitsport absolut grauenvoll! Du elender Verräter!«, fauchte ich Jasper an. Ich hatte ihn noch nie auch nur in der Nähe eines Pferdes gesehen, geschweige denn *auf* einem Pferd.

Wenigstens war da noch Horatio – ein New Yorker Wissenschaftler und Donutverkäufer würde auf dem Pferderücken bestimmt eine noch schlechtere Figur abgeben als ich, da war ich mir ziemlich sicher. Doch kurz darauf wurde ich leider Zeuge, wie der vermeintliche Computer-Nerd einen Sattel aus der Sattelkammer zog und ihn fachmännisch einem von Lord Ashworths Wallachen anlegte.

Ich traute meinen Augen nicht. »Erzähl mir nicht, dass du auch plötzlich reiten kannst, Horatio«, stöhnte ich. »Wie zur Hölle hast du das denn gelernt?«

»YouTube-Tutorials.«

YouTube-Tutorials? War das wirklich so einfach? »Wie schön für euch alle!« Ich stemmte die Beine in den Boden. »Ich steige jedenfalls auf keinen Pferderücken, nur damit das klar –«

»Horatio, heben Sie sie zu mir hoch«, befahl Jasper.

Ich glaubte, nicht richtig zu hören. »Wie bitte? Ich soll zu dir in den Sattel, auf diesem Riesenpferd? Auf keinen –« Weiter kam ich nicht, denn Horatio packte mich an den Beinen, trug mich bis zu Leondras Flanke und übergab mich dort an Jasper, der unter meine Arme griff und mich zu sich in den Sattel hievte. So hoch oben zu sein, ließ eine erneute Panikwelle anrollen.

»Kann's losgehen?«, fragte Jasper (eine rhetorische Frage, die ich aber trotzdem mit »Nein!« beantwortete) und dirigierte uns nach draußen in die nächtliche Parkanlage, wo er Leondra in den Galopp fallen ließ und die Stute durch den Tiefschnee jagte. Bei jedem ihrer kräftigen Sprünge wurde ich im Sattel hin- und hergeschleudert wie ein Gummiball.

»Ich hasse dich!«, schimpfte ich in Jaspers Rücken. Die Show mit dem Galopp veranstaltete er nur, um mich zu provozieren. »Ich will hier runter! Und zwar sofort! Sonst wirst du das bitter bereuen.«

»Ich glaube, die beiden sind jetzt fest zusammen. Freund und Freundin oder so«, erklärte Horatio und knipste seine Taschenlampe an.

Tante Gladys rollte mit den Augen. »Das ist nicht zu übersehen.«

Am Hafen war es genauso kalt wie auf Ashworth Park. Als wir schließlich von den Pferden geklettert waren, banden wir die Zügel der Tiere um die Latten eines Weidezauns. Der Mond tauchte die Landschaft in ein blaues Licht.

»Und was jetzt?«, erkundigte ich mich, während mein Atem in Wölkchen vor mir aufstieg. »Wäre es nicht an der Zeit, uns deinen Plan zu verraten, Horatio?«

Horatio ging voran und spähte über die Treppenstufen, die entlang des Felsens bis zum Kapitänshäuschen führten. In den Fenstern brannte Licht, während die Brandung sanft rauschte. »Ich habe eine todsichere Strategie entwickelt, um Richard zu überreden, mit uns zurück nach New York zu kommen. Und dazu brauche ich die Hilfe von jedem von euch«, weihte er uns ein.

»Also, ich sage es gleich, wenn dieser Plan beinhaltet, dass ich ihm schöne Augen machen soll, vergessen Sie es.« Tante Gladys schnaufte beleidigt. »Ich bin nicht sein Typ.«

»Nicht notwendig. Ich habe lange darüber nachgedacht und weiß nun endlich, warum mein Halbbruder so versessen darauf ist, das Drehbuch für Ashworth Park zu schreiben«, erklärte Horatio. »Früher hat er keins seiner Drehbücher verkauft. Es hat nur Absagen gehagelt und deshalb hat er seine eigene kleine Welt kreiert. Aber wenn wir ihm weismachen können, dass –«, er überlegte, »… dass Ashworth Park im echten New York zu einem riesengroßen Quotenhit geworden ist … Die Serie einer ganzen Generation. Wie *Dallas* in den Achtzigern. Und *Beverly Hills 90210* in den Neunzigern …«

»Aber sie *ist* kein Quotenhit. Nur Tante Gladys und meine Familie können sie empfangen«, wandte ich ein.

Horatio sah mich aus seinen grauen Augen an. »Aber das

weiß Richard nicht, Abby. Er war schon seit über zwanzig Jahren nicht mehr in New York. Mit etwas Geschick können wir ihm den Erfolg der Serie bestimmt einreden. Er würde es glauben, dafür ist sein Ego groß genug.«

Jasper wirkte unsicher. »Und wie? Wenn du an seiner Tür klingelst und ihm bloß diese Geschichte erzählst, wird er es nie glauben.«

»Deswegen müssen wir ihn auch mit seinen eigenen Waffen schlagen«, gab Horatio ihm recht. »Und zwar so: Ich mache ihm den angeblich weltweiten Erfolg seiner Serie weis. Auf diese Weise locke ich ihn aus der Hütte, damit Abby und Jasper unbemerkt an seine Schreibmaschine gelangen. Und dann führen wir ihn ein wenig an der Nase herum mit ein paar gezielten Tricks und hinzugeschriebenen Requisiten.«

Jasper starrte ihn mit großen Augen an. »Du meinst … wir sollen die Schreibmaschine bedienen?«

Horatio nickte. »Warum nicht?«

Ja, warum eigentlich nicht? Horatios Idee war gar nicht so übel. Wenn wir erst einmal die Schreibmaschine hatten, saßen endlich *wir* an den Hebeln der Serie. Wir würden alles beeinflussen können, die Möglichkeiten wären schier unbegrenzt: Wir konnten zum Beispiel Lord Ashworths mysteriöse Krankheit über Nacht heilen. Die Isle of Roses mit Palmen und Sandstränden versehen. Es Donuts regnen lassen. Oder Einhörner erschaffen. Und eins davon fotografieren. Morgan stand total auf Einhörner.

»Und was soll ich dabei tun?«, unterbrach Tante Gladys meine Fantasien. Sie klang beinahe beleidigt. »Jetzt habe *ich* ja gar keinen Job.«

»Gladys, Sie sind die Wichtigste von allen«, versicherte ihr

Horatio. »Sie haben doch die Walkie-Talkies mitgebracht, um die ich Sie gebeten habe, ja?«

Tante Gladys nickte.

»Gut. Sie beobachten Richard und mich und geben Abby und Jasper währenddessen über das Walkie-Talkie Anweisungen. Damit können Sie die Serie in die richtige Richtung dirigieren. Dazu verstecken Sie sich in dem Wäldchen, oben in der Nähe der Straße, dort, wo Frederick neulich Ihr Auto geparkt hat. Wenn wir es richtig anstellen, wird Richard nie mitbekommen, dass ihr drei euch ebenfalls am Hafen aufhaltet.«

Das konnte ich nur hoffen. Denn ehrlich gesagt, fand ich Kapitän Preston im höchsten Maße unsympathisch. Und das lag nicht nur daran, dass er sich für einen Serien-Gott hielt, sondern an seiner ganzen Art, die ich neulich erst kennengelernt hatte. Als Tante Gladys und ich die Lady und DeWitt auf dem Steg belauscht hatten. Der Kapitän war unfreundlich, rüpelhaft und ich zweifelte nicht daran, dass er keine Scheu hatte, Gewalt anzuwenden.

Es dauerte auch gar nicht lange und meine Vermutung wurde bestätigt. Denn als Jasper und ich uns hinter dem Kapitänshäuschen versteckten und Horatio schließlich an Prestons Haustür klopfte, erwartete ihn etwas anderes als eine herzliche Begrüßung unter Halbbrüdern.

»Oh, scheiße. Jetzt ist es also so weit. Ich hab's geahnt«, waren die ersten Worte, die Richard Preston aussprach, als er Horatio vor der Tür entdeckte. Mit seinem breiten, etwas derben New Yorker Akzent passte er so gar nicht in die Serie. »Du bist tatsächlich hergekommen. Und außerdem ziemlich … alt geworden.«

»Auch schön, dich zu sehen, Richard. Und was den Alterungsprozess betrifft, da hat auch an dir der Zahn der Zeit genagt.«

Preston lachte. »Du redest immer noch so schwulstig daher wie früher, Horatio. Ein echter Freak eben.«

»Willst du mich nicht reinbitten, Bruderherz?«

»Ich würde ja. Aber dann wird es noch schwerer, dich wieder loszuwerden. Außerdem habe ich nicht aufgeräumt.«

»Das bin ich doch gar nicht anders von dir gewohnt. Aber wenn ich dich richtig verstanden habe, ahnst du bereits, warum ich hier bin«, begann Horatio vorsichtig. »Und zwar, um dich an den Deal zu erinnern. Hast du den etwa vergessen? Ein Happy End in der Serie und du kommst mit zurück nach New York. Zu Mum und Dad, in unser Haus nach Queens.«

»Du wohnst immer noch zu Hause?« Preston lachte. »Du Loser!«

Jasper warf mir einen Seitenblick zu, vermutlich, weil er dasselbe dachte wie ich. Horatio wohnte noch zu Hause? Okay, wenn das hier alles gut ausging und ich jemals wieder zurück nach New York konnte, durfte ich nicht vergessen, diese Info an Mum weiterzugeben. So wie es aussah, wusste die Arme ohnehin nur die Hälfte über ihren neuen Verehrer.

»Besser als in einer verfallenen Kapitänshütte, täglich bemüht, ein Happy End zu vereiteln«, giftete Horatio zurück. »Was uns, nebenbei bemerkt, erst kürzlich gelungen ist. Abby und Gladys haben deinem geschniegelten Superschurken das Handwerk gelegt. Weißt du das nicht mehr?«

»Also, entschuldige mal, leben wir eigentlich auf der gleichen Insel? Der Lord ist sterbenskrank und es fehlt nur eine kleine Randbemerkung in meinem Skript und Cooper wächst über Nacht ein Elefantenrüssel. Siehst du da etwa irgendwo ein mögliches Happy End?« Ein Feuerzeug klickte – vermutlich zündete Preston sich eine Zigarette an. »Also ich nicht. Nada.«

»Aber nur, weil du geschummelt hast«, fuhr ihn Horatio an. »Und jetzt mach den widerlichen Glimmstängel aus. Meine Mum hat dir verboten zu rauchen.«

»Horatio, das ist über zwanzig Jahre her, ich bin alt genug. Außerdem existieren hier doch gar keine Gerüche, die dich militanten Nichtraucher stören könnten.« Wir konnten hören, wie Preston entspannt Zigarettenqualm ausblies. »Abgesehen davon habe nicht ich, sondern *du* geschummelt. Wer von uns hat denn bitte schön zwei Menschen aus unserer Welt zu mir in die Serie verfrachtet, um all die Konflikte, all die Streitigkeiten und unglaublichen Wendungen, die ich mir mühsam ausgedacht habe, im Keim zu ersticken, hm?«, schleuderte er zurück. Sein Ton wurde immer wütender. »Ich komme nicht mit. Und jetzt verschwinde.«

»Ich lasse dich nicht hier. Du bist mein Halbbruder.«

»Ich befehle es dir aber.« Wir hörten, wie Preston in der Hütte verschwand und kurz darauf wieder zurückkam. Dann ertönte ein metallenes Klicken, als würde er eine Pistole oder Ähnliches laden. »Wenn du wirklich so clever bist, wie du immer tust, solltest du lieber auf mich hören.«

»Ich glaube, er hat eine Waffe«, vermutete auch Jasper.

»Leg das Jagdgewehr weg«, bat Horatio. »Das bist doch gar nicht du.«

»Erst wenn du abhaust. Ein für alle Mal«, drohte Preston. »Ich verstehe ohnehin nicht, warum du die Verbindung überhaupt noch aufrechterhalten hast. Warum lässt du mich nicht einfach für immer hier?«

»Weil es nicht richtig wäre. Außerdem denkt unsere Familie, du wärst ermordet worden. Selbst ich stand kurze Zeit unter Tatverdacht. Nun wurde der Fall zu den Akten gelegt. Und jetzt zum letzten Mal: Leg die Waffe weg. Willst du gar nicht wissen, warum ich gekommen bin?«

»Interessiert mich nicht. Hau ab!«

»Okay! Ich gehe ja schon! Dachte nur, du wärst neugierig zu sehen, welche Begeisterungsstürme deine Serie bei uns ausgelöst hat. Wie Ashworth Park dank deines Drehbuchs zu einem Megaserienerfolg geworden ist. Die aktuelle Staffel läuft inzwischen … weltweit.«

»Ich sagte, du sollst gefälligst –« Preston brach plötzlich ab. »Weltweit? Soll das heißen, dass diese Serie Tag für Tag von Millionen von Menschen gesehen wird? Ist das wahr?«

»Ich kann es dir sogar beweisen.«

»Und wie?« Preston klang skeptisch.

»Ich habe dir etwas mitgebracht. Belege dafür, dass Ashworth Park supererfolgreich ist. Alles, was du in den letzten zwanzig Jahren so verpasst hast.«

»Wo … sind die Beweise?«, verlangte Preston. »Her damit!

»Nun, sie befinden sich oben, im Kofferraum des Taxis, das mich aus Rosington hierhergebracht hat.« Horatio schlug einen beiläufigen Ton an. »Wusste ja nicht, ob du das Zeug überhaupt sehen willst.«

»*Natürlich* will ich das.«

»Na fein. Dann lass uns gehen. Aber lass dein Jagdgewehr da, sonst nehme ich die Sachen wieder mit.«

Richard zögerte erst, aber offenbar siegte seine Neugierde. Er ließ das Gewehr in der Hütte zurück und schloss die Tür hinter sich.

»Richard Preston ist wirklich ein ziemlicher Holzkopf«, wisperte Jasper. »Ein schräger Wissenschaftler und ein dümmlicher Serienschreiber, beide durchgeknallt, auf ihre eigene Art und Weise. Und ich dachte, *meine* Familie wäre abgefahren.«

»Los jetzt. Sie verschwinden. Wir müssen Horatio nun einige Requisiten in die Serie schreiben«, erklärte ich und drückte mich zum Eingang. »Mir hinterher.«

Als wir die kleine Kapitänshütte betraten, blickte Jasper sich aufmerksam um. »Okay. Also gegen den Typen bin ich echt ordnungsliebend«, murmelte er und ließ seinen Blick über das Chaos wandern, das auf diesen wenigen Quadratmetern herrschte.

Während Kapitän Preston in den letzten Tagen unser Schicksal auf Papier beschlossen hatte, musste er Unmengen an Glimmstängeln geraucht und kiloweise Junkfood in sich reingestopft haben. Der Boden war übersät von ausgedrückten Zigarettenstummeln, leeren Bierdosen und fleckigen Pizzakartons. Bestimmt war es äußerst praktisch, einfach alles, was man brauchte, in den Drehbüchern notieren zu können. Sich allerdings noch ein paar Wischmopps dazuzuschreiben, hatte Preston leider vergessen.

»Donutkringel, es geht los«, tönte Tante Gladys' Stimme durchs Walkie-Talkie, das in meiner Jeanstasche steckte. »Du hast Horatio gehört. Wir brauchen ein Taxi. Schreibt ihm ein Taxi in die Serie, und zwar sofort.«

Hektisch sah ich mich um. »Okay, wo ist die Schreibmaschine?«

»Da!« Jasper hielt inne und starrte das schwarz glänzende Gerät auf Prestons Schreibtisch mit großen Augen an. »Ich kann nicht glauben, dass alles … dass das ganze Leben meiner

Familie mit diesem Ding kontrolliert wurde. Vielleicht sogar ich selbst. Das ist gruselig. Gruselig und surreal.«

Während Jasper das Gerät immer noch wütend musterte, als wäre es sein persönliches Kryptonit, schnappte ich mir einen Stuhl und setzte mich davor. »Sieh mal, da ist sogar ein Blatt Papier eingespannt. Wie es aussieht, hat Preston gerade an einer Szene mit Lord Ashworth geschrieben, als Horatio an der Tür geklopft hat. Was steht denn da … Oh mein Gott! Lord Ashworth liegt im Koma. Und Cordelia ist natürlich völlig durch den Wind … Und sie glaubt außerdem, Lord Ashworth' letztes Stündchen hätte geschlagen. Will Preston Lord Ashworth etwa sterben lassen?«

Jasper eilte an meine Seite. »Wie bitte?«

»Okay, ganz ruhig, Jasper. Ich kriege das hin. Wir brauchen nur einen Satz.« Ich ließ meine Finger knacken, dann legte ich sie behutsam auf die altmodischen schwarzen Tasten. Sie waren noch warm und mich durchströmte plötzlich ein Gefühl von Macht. Und so tippte ich in Großbuchstaben eine Regieanweisung an den Rand: Doch plötzlich küsst CORDELIA LORD ASHWORTH auf seine eiskalten Lippen. Durch den zauberhaften Kuss seiner wahren Liebe erwacht der Lord aus dem Koma, erholt sich auf wundersame Weise und die beiden fallen sich in die Arme.

»Wie findest du das?«, fragte ich.

»Aus *Dornröschen* geklaut, aber schon okay.«

»Was tut ihr denn so lange da drin?«, kam es aus dem Walkie-Talkie. »Ihr küsst euch doch nicht schon wieder? Bestimmt tut ihr das! Verliebte Teenager haben wirklich einen Sprung in der Schüssel! Hallo? Hört ihr mich? Horatio braucht eure Hilfe, und zwar schnell.«

»Wir hören dich klar und deutlich.« Ich klemmte das Walkie-Talkie zwischen mein Ohr und meine Schulter, zog das beschriebene Blatt Papier heraus und spannte ein leeres in die Rolle. »Taxi, kommt sofort.«

»Gut.« Tante Gladys atmete aus. »Die beiden sind schon ganz in der Nähe des Wäldchens. Ich kann ihre Stimmen hören.«

Jasper kniff konzentriert seine Augen zusammen. »Okay, Abby. Wenn Preston das alles für bare Münze nehmen soll, dann müssen die Fakten stimmen. Es gibt nur einen Taxiunternehmer hier, Winkleys. Sein Fuhrpark besteht aus schwarzen, ziemlich verfallenen Oldtimern. Mr Winkley fährt sie jedes Mal selbst.«

»Also gut.«

AUSSEN – HAFENGEBIET schrieb ich ganz oben auf die Seite. Dann folgte auch schon die Regieanweisung. Ein schwarzer Oldtimer, der schon bessere Zeiten gesehen hatte, parkt im Dunklen hinter einer wuchtigen Tanne. Am Steuer sitzt MR WINKLEY und liest Zeitung.

»Gut so?«

»Perfekt«, versicherte mir Jasper.

Jetzt musste ich nur noch Tante Gladys informieren, wo wir ihnen den Wagen hingestellt hatten. »Horatio findet das Taxi im Wäldchen versteckt hinter einer Tanne. Siehst du es?«

Tante Gladys schnappte nach Luft. »Ach du grüne Neune, es hat funktioniert! Der Wagen ist da! Ich sehe die Rücklichter. Horatio und Richard haben ihn soeben entdeckt.«

Ich legte das Walkie-Talkie zur Seite. »Gut. Und nun die Requisiten«, sagte ich zu Jasper. »Irgendwelche Ideen?«

»Darf ich mal?«, fragte er zögerlich.

»Natürlich.« Ich überließ ihm den Chefsessel.

MR WINKLEY öffnet den Kofferraum. Darin befindet sich die neueste Ausgabe der New York Times, auf deren Titelseite das Herrenhaus von Ashworth Park prangt. Darunter steht in großen Druckbuchstaben:

»Serien-Sensation des Jahrhunderts«, half ich ihm.

Jaspers Finger hoben sich von den Tasten. »Echt? Ist das nicht eine Spur too much?«

»Du hast doch gehört, wie selbstverliebt er ist«, machte ich ihm klar.

»Na fein.« Jasper schrieb weiter. Darunter steht in großen Druckbuchstaben: Seriensensation des Jahrhunderts. »Was brauchen wir noch?«

»Fanbriefe. Einen ganzen Sack voller Fanbriefe«, überlegte ich laut. »An den mysteriösen Drehbuchschreiber des großen Erfolgshits, den noch nie jemand in natura gesehen hat. Und natürlich auch an die vermeintlichen Schauspieler der Serie.«

Jasper begann zu grinsen. »Sind da auch ein paar für mich dabei?«

»Na ja, die meisten sind natürlich für Julian, du hast ziemlich an Beliebtheit eingebüßt, seit du mit Miss Barrington-Whitley in der Bibliothek herumgeknutscht hast.«

»Zu blöd.« Er lachte. »Sonst noch was?«

»Oscars!« Mein Herz klopfte, so aufregend war das hier. »Wir brauchen Oscars! Die Preston sich natürlich nie abholen konnte, weil er ja nicht in unserer Welt war. Obwohl, warte, nein! Keine Oscars. Sonders Emmys. Oscars gibt's nur für Filme.«

»Gut. Ich habe vier Statuetten in den Kofferraum gepackt«, bestätigte Jasper. »Bestes Drehbuch, vier Mal hintereinander.«

»Ich weiß noch was! Das wird ihn ködern zurückzukommen. Und zwar ein Angebot aus Hollywood. Von Stephen Spielberg. Aus Ashworth Park soll ein echter Kinofilm werden.«

»Spielberg würde sich eher die Finger abschneiden, als so einen Mist zu kaufen«, murmelte Jasper. »Aber die Idee ist gut. Hoffen wir, dass sie funktioniert.«

»Das können wir leicht feststellen.« Ich hob das Walkie-Talkie an die Lippen. »Tante Gladys, ich bin es, Abby. Was siehst du? Sind die beiden schon am Wagen? Wir haben Horatio eine ganze Menge äußerst glaubwürdiges Beweismaterial in die Serie geschrieben.«

»Ich glaube, es funktioniert«, wisperte sie zurück. »Preston hat soeben einen der Emmys geküsst. Oder war es ein Fanbrief? Mist, wenn es nur endlich hell wäre, dann könnte ich der ganzen Show viel besser folgen.«

»Das haben wir gleich«, versprach ich ihr und legte das Walkie-Talkie zur Seite.

»Aber Lebkuchen –«

»Lass mich mal an die Schreibmaschine, nur ganz kurz.« Ich griff über Jasper, legte meine Hände auf die Tasten und tippte los: `In diesem Moment geht über dem Hafen die Sonne auf und taucht den Wald und das Taxi in goldenes Licht.`

Als Jasper meine Worte las, schnappte er nach Luft. »Was machst du da?«, schrie er mich an. »Damit hast du Preston doch verraten, dass jemand an seiner Schreibmaschine sitzt!«

»Zimtschneckchen«, zischte auch Tante Gladys aus dem Gerät. »Die Sonne geht auf! Warum in aller Welt lasst ihr die Sonne aufgehen?«

»Oh nein.« Mir wurde heiß und kalt. Was hatte ich getan? Warum nur hatte ich nicht einen Moment lang nachgedacht?

Warum war mir nicht eingefallen, dass ein Sonnenaufgang Preston sofort alles verraten würde?

»Ist … es ihnen aufgefallen?«, murmelte ich in das Walkie-Talkie, während Jasper die Augen verdrehte, aber das konnte ich ihm diesmal nicht verübeln.

»Hör es dir selbst an«, kam es zurück.

»Was soll das sein? Ein Trick? Ein elender Trick?« Tante Gladys' Walkie-Talkie musste sich einige Meter entfernt befinden und doch hörte ich Prestons Stimme laut und deutlich. Vermutlich, weil er so schrie. »Sag mir endlich die Wahrheit! Wie viele Menschen sehen Ashworth Park wirklich im Fernsehen, Horatio?«

»Niemand«, antwortete Horatio mit ernster Stimme. Vermutlich verfluchte er mich gerade in Gedanken, weil ich durch eine dumme Aktion seinen Plan zu Fall gebracht hatte. »Es läuft nicht im normalen Fernsehen. Und selbst wenn, niemand würde es schauen. Die Serie ist grottenschlecht. Nach wie vor.«

»Dann wolltet ihr mich übers Ohr hauen? Indem du jemand anderes an meine Schreibmaschine lässt, um mich für dumm zu verkaufen?«, brüllte Preston.

Ich hörte, wie Horatio aufschrie. Prügelten sich die beiden gerade?

»Wer ist es? Etwa Abby? Bestimmt ist sie es«, tobte Preston weiter. »Na warte, die hole ich mir. Mit der habe ich ohnehin noch ein Hühnchen zu rupfen.«

»Oh nein! Er kommt zurück«, wisperte ich erschrocken.

»Ich erwische ihn nicht mehr. Er ist auf dem Weg zu euch. Schnell, bedient die Schreibmaschine und haltet ihn auf«, schallte Tante Gladys' Stimme aus dem Gerät.

»Ich mache es wieder gut«, versprach ich. »Ich kann Preston vielleicht nicht steuern. Aber ich kann das Drumherum beeinflussen und ihn daran hindern, zum Hafen zu laufen.« Und so tippte ich wild drauflos: Ein eiskalter Orkan braust durch das Wäldchen, entwurzelt Tannen und lässt Baumstämme auf den Waldboden krachen. Die umgefallenen Nadelbäume bilden einen regelrechten Wall, der es unmöglich macht hinüberzuklettern.

»Woooaah«, ertönte Tante Gladys' abgehackte Stimme aus dem Walkie-Talkie. Der Orkan ließ die Verbindung ordentlich knistern. »Du hast ihn verfehlt! Aber mich hätte beinahe eine Pfanne erschlagen.«

»Eine Pfanne?«

»Eine Tanne.«

»Ach so. Entschuldige, Tante Gladys. Die Verbindung ist grottenschlecht.«

»Und nun lass dir etwas anderes einfallen. Preston ist längst aus dem Wäldchen gelaufen und will gerade die Treppe nach unten nehmen.«

Ich konzentrierte mich, atmete tief durch und startete noch einen Versuch. Vielleicht sollte ich den Sturm besser bündeln. Ein gefährlicher Hurrikan, Windstärke zwölf, bildet sich über der Küste, schrieb ich und wenige Augenblicke später begann das Kapitänshäuschen zu erzittern.

»Ähm, Abby …« Jasper blickte aus dem Fenster auf das Wasser.

»Ja, ja.« Also weiter: Doch der mächtige Hurrikan lässt das Kapitänshäuschen links liegen. Das Auge des Wirbelsturms erfasst stattdessen die hölzerne Treppe, die über die schroffe Felswand zum Hafen führt. Morsche

`Holzbretter wirbeln durch die Lüfte, dann lässt der Hurrikan das Hafengebiet hinter sich und zieht weiter.`

Ich hörte jemanden durchs Walkie-Talkie schnaufen, dazu das Geräusch von Schritten auf dem Waldboden. Offenbar legten Tante Gladys und Horatio gerade einen Sprint hin und eilten Richard Preston hinterher. »Super gemacht, ihr zwei«, sprach Tante Gladys schließlich ins Gerät. »Kurz bevor unser Möchtegern-Schreiberling die erste Stufe nehmen wollte, gab es keine Treppe mehr. Er kann nicht mehr nach unten zum Hafen. Jetzt weiß er nicht mehr, wohin. Huch, Mist! Ich glaube, er hat mich gesehen.«

»Oh, da ist ja Gladys, wie schön! War ja klar, dass du hier nicht ohne Verstärkung aufkreuzt, Bruderherz«, knurrte Preston. Nun, da es windstill war, konnte ich seine Stimme gut durch das Walkie-Talkie hören. Und wenn ich aus dem Fenster sah, konnte ich erkennen, wie er mit dem Rücken zu den Klippen stand und die Arme in die Seiten stemmte.

»Du hast mir ein Veilchen verpasst! Bist du jetzt zufrieden?«, klagte Horatio. »Hören wir doch endlich auf zu streiten, Richard! Komm mit nach New York«, bat er dann.

»Auf keinen Fall!« Prestons Stimme klang entschlossen. »Ich lasse mir diese Welt nicht nehmen!«

»Ihnen bleibt keine andere Wahl«, mischte sich Tante Gladys ein.

»Doch. Mir bleibt immer eine Wahl! Bevor ich gehe, sterbe ich lieber«, drohte er und tat einen Schritt rückwärts. »Haut ab, sonst springe ich über die Klippen. Wisst ihr, was das für die Serie bedeuten würde?«

»Ein mysteriöse Leiche an der Küste und mindestens zwölf unglaublich lange Folgen, die sich um den Mordfall ranken«, lästerte Tante Gladys. »Auch wenn es seltsam ist, dass der Serienschreiber damit selbst zum Drama wird. Das nennt man wohl Ironie.«

»Es ist nicht nur das«, feuerte Preston wild zurück. »Wenn es mich nicht mehr gibt, verschwinden Gladys, Abby und du, mein lieber Bruder, im Nichts, während diese Welt zerbröckelt.«

Jasper starrte auf das Walkie-Talkie. »Stimmt das?«, fragte er mich.

Ich schüttelte entschieden den Kopf. »Das ist ein Bluff.«

»Falsch«, erklärte ihm jetzt auch Horatio aus dem Funkgerät. »Du hast es wohl immer noch nicht verstanden, Richard. Wenn man einmal eine Parallelwelt erschaffen hat, ist sie so ziemlich unzerstörbar. Erst in Millionen Jahren geht sie vor die Hunde, genau wie auch unsere Welt.«

»Und die Figuren?«, bellte ihm Richard entgegen.

»Die lernen, selbst zu existieren und sich nicht länger von dir Sätze in den Mund legen zu lassen. Aber das ist dir bestimmt schon aufgefallen.«

»Nicht alle, oh nein!«, widersprach Preston und lachte hinterhältig. »Wenn ich tot bin, was wird dann aus Lady Ashworth? Und dem Lord? Und allen anderen, die mir unterstehen? Die nur deshalb existieren, weil ich sie in meinem Kopf entworfen habe, hm? Was ist dann?«

Stille.

»Was passiert mit den von ihm abhängigen Figuren?«, fragte Jasper. Er wirkte plötzlich auffallend blass.

»Ich weiß es nicht. Darüber haben Horatio und ich nie gesprochen«, gab ich zu und begann, an meinen Nägeln zu knabbern. Die Tatsache, dass Horatio nicht reagierte, bedeutete, dass dieses von Preston beschriebene Szenario nicht unwahrscheinlich war. Vielleicht hatte er damit doch noch ein Ass im Ärmel.

»Na, was sagst du jetzt, schlauer Bruder?«, lachte Preston. »Vielleicht bin ich gar kein so großer Dummkopf, wie du dachtest! Kein hirnloser Depp, der sich *dein* Multiversum zunutze gemacht hat, um sich darin zu absorbieren.«

»Du bist kein Dummkopf, Richard«, widersprach Horatio langsam. »Immerhin hast du eine Schreibmaschine entworfen, mit der du diese Parallelwelt beeinflussen kannst. Und jetzt komm von den steilen Klippen weg, du willst doch gar nicht sterben.«

»Willst du es herausfinden?«, drohte sein Halbbruder.

Und dann herrschte Stille im Walkie-Talkie, während mir mein eigener Herzschlag im Ohr pochte und ich fieberhaft überlegte, ob Preston tatsächlich auf so drastische Weise seinem Leben ein Ende setzen würde. Nur um zu verhindern, dass er Ashworth Park für immer aufgeben musste.

Jasper griff nach meiner Hand. »Wir müssen irgendetwas tun.«

Mir kam ein Gedanke. »Wie wäre es mit einem Cliffhanger?«

»Du willst die Folge enden lassen? Aber wir wissen doch gar nicht, wie man das anstellt –«

»Nicht so einen, Jasper. Ich spreche von einem Windstoß, der Preston erfasst und bis knapp über den Rand der Klippen trägt«, machte ich ihm klar. »Dann gibt es einen sprichwörtlichen Cliffhanger: Preston, der da oben hängt, schlotternd und verängstigt. Und nur Gladys, Horatio oder wir können ihm das Leben retten.«

»Das ist gefährlich, Abby. Was, wenn du den Wind zu stark schreibst und Preston über den Klippenrand fällt?«

»Dann müssen wir eben die richtigen Worte finden. Wie wichtig die richtige Formulierung war, hatte ich ja bereits gemerkt, als ich den Orkan erschaffen hatte und Tante Gladys beinahe von einem Baumstamm erwischt worden war. Wie wäre es mit: Ein plötzlicher Lufthauch weht über die Klippen?«

»Zu schwach«, befand Jasper.

»Ein Windhauch?«

»Nein. Eher eine Luftströmung. Oder eine Brise.«

»Brise ist gut«, erwiderte ich.

»Allerdings kann eine Brise auch ziemlich stark sein. Wenn Preston über die Klippen geht, weiß keiner, was passiert«, wandte Jasper ein.

»Eine sanfte Brise? Oder eine milde Brise«, probierte ich es erneut.

»Wieder zu schwach.« Er dachte nach. »Wie wäre: eine auffrischende Brise?«

»Das klingt gut«, stimmte ich zu. »Außerdem habe ich eine Idee: Du bleibst an der Schreibmaschine und tippst so etwas wie: Eine plötzliche auffrischende Brise brauste über den Rand der Klippen. Und ich laufe schnell nach oben zu Tante Gladys und Horatio. Sobald der Wind kommt, Preston rutscht und voller Panik an den Klippen hängt, ringe ich ihm das Versprechen ab, die Serie für immer zu verlassen.«

»Und wie willst du zu ihnen gelangen?«, fragte Jasper.

Ich stand auf. »Du hast die Schreibmaschine, schon vergessen?«

»Stimmt. Abby, warte!« Jasper hielt mich fest, schlang seine Arme um mich und gab mir einen Kuss. »Pass auf dich auf. Und wenn alles klappt und Preston an der Klippe hängt, halte ihn gut fest und lass ihn nicht ins Wasser fallen. Er darf nicht sterben. Aber lass auch nicht zu, dass er dir etwas antut, okay?«

Ich nickte und grinste vor mich hin. Jedes Mal, wenn Jasper mich so ansah, musste ich automatisch lächeln. Auch in einer so todernsten Lage wie jetzt. Keine Ahnung, wieso. Vielleicht hatte Tante Gladys recht und Verliebte hatten wirklich einen ordentlichen Sprung in der Schüssel.

Warum ich Jasper so toll fand, wurde mir erneut klar, als ich am Fuße der Klippen nach einer neuen Treppe Ausschau hielt und stattdessen einen Fahrstuhl in der Steinwand entdeckte, den Jasper eben in die Serie geschrieben haben musste. Genauer gesagt war es ein luxuriöser Panorama-Aufzug. Die Tür glitt auf und ein Liftboy in roter Uniform erschien. Er glich Butler Giles beinahe bis aufs Haar. Die Sache war absurd und gleichzeitig phänomenal.

»Wohin soll es gehen, Miss?«, fragte der Liftboy.

»Ähm … nach oben?«

»Natürlich, Miss«, antwortete der Liftboy, als ich grinsend über die Schwelle trat.

Wie abgefahren war das denn? Die Wände des Aufzugs waren aus festem Glas, der Boden aus purem Gold und mir kam der Verdacht, dass Jasper einen viel besseren Serienschreiber abgeben würde als Preston.

»Gerne, Miss«, sagte der Liftboy und drückte auf eine goldene Taste mit dem Buchstaben K, der vermutlich für Klippen stand.

Die Tür glitt zu, und während mir der Aufzug einen atemberaubenden Panoramablick auf die Bucht bot und eine Fahrstuhlmusikversion von *Unchained Melody* aus den Lautsprechern dudelte, zückte der Liftboy einen Strauß roter Tulpen.

Ich grinste noch breiter.

»Für Sie, Miss. Die soll ich Ihnen geben.«

Ich nahm die Blumen entgegen. »Vielen Dank, Mr –«

»Nennen Sie mich Miles.«

In diesem Moment glitt die Tür auf. Wir waren oben am höchsten Punkt der Klippen angelangt. Keine hundert Meter von mir entfernt standen Gladys und Horatio. Den Rücken den Klippen zugewandt, entdeckte ich Kapitän Preston.

»Hier wären wir, Miss.«

»Können Sie die für mich verwahren?«, bat ich Miles und drückte ihm die Tulpen in die Hand.

»Natürlich. Stets zu Ihren Diensten«, antwortete der Liftboy noch, doch da spürte ich bereits den Wind in meinen Haaren. Das musste Jaspers auffrischende Brise sein und sie verfehlte ihre Wirkung nicht.

Der Kapitän vor uns geriet ins Straucheln. Die Erde unter seinen Schuhen begann zu bröckeln, und als ihn die Windbö schließlich erreichte, verlor er das Gleichgewicht, stolperte und rutschte die Klippen hinab. Seine Brille fiel und im letzten Moment schaffte er es, nach einem festen Grasbüschel zu greifen.

»Richard!« Horatio rannte auf ihn zu. »Halt dich fest!«

»Horatio!« Prestons blaue Glupschaugen starrten mich an. Zum ersten Mal sah ich den Kapitän aus der Nähe. »Will mich deine Teenager-Gehilfin etwa umbringen? Weiß sie etwa nicht, was die übrigen Figuren dann erwartet?«

»Sahnekaramell, was … was tut Jasper da?«, schimpfte Tante Gladys, die kapiert haben musste, dass der Windstoß und der damit verbundene Cliffhanger unser Werk war.

»Das haben wir beabsichtigt. Reich ihm deine Hand. Schnell«, forderte ich sie auf.

»Zieht mich hoch!«, ächzte Preston. Bröckelndes Gestein rieselte vom Felsvorsprung hinab in die Tiefe. So, wie er nun plötzlich winselte, schien er wohl doch an seinem Leben zu hängen.

Tante Gladys reichte ihm die Hand, jedoch ohne ihn hochzuziehen. »Nun sind Sie selbst zu einem Cliffhanger geworden. Irgendwie eine schöne Wendung der Geschichte. Dabei wollten Sie sich doch noch vor einer Minute in den Tod stürzen, oder täusche ich mich da?«

»Nein ... das war doch nur so dahingesagt«, schrie er. Schweißperlen prangten auf seiner Glatze. »Los, macht schon. Worauf wartet ihr noch?«

»Erst ein neuer Deal!« Ich kniete mich an die Felskante, unter der Preston baumelte.

»Ein Deal, den du diesmal einhältst, Richard«, half mir Horatio und trat an meine Seite. Jetzt hatte auch er begriffen, welchen Plan ich und Jasper die ganze Zeit über verfolgt hatten.

»Sie kommen mit zurück nach New York?«, fragte ich an Preston gewandt.

»Ja!«

»Noch heute?«

»Jaha!

»Und dann trennen Sie und Horatio die Verbindung?«

»Einverstanden!«

»Und Jasper dürfen wir mitnehmen?«

»Was? Seid ihr irre?

»Ja oder nein?«

Er stöhnte vor Anstrengung. »Na fein. Der tat eh nie, was man ihm befohlen hat.«

»Und die Schreibmaschine werfen Sie ins Meer?«

»Ja … äh … Moment mal, nein! Die gehört mir. Damit kann man noch andere Welten erschaffen und steuern.«

»Richard!«, ermahnte ihn Horatio streng.

»Na gut! Ich würde es dir ja schriftlich geben, Bruderherz, aber ich habe gerade Brief und Siegel nicht dabei«, stöhnte der Kapitän. »Und jetzt macht schnell. Ich will noch nicht sterben. Ich habe noch mindestens zwanzig neue Erfolg versprechende Serienideen im Kopf, mit denen ich meine Karriere ankurbeln könnte, ganz ohne Parallelwelt. Die Geschichte von vier weiblichen Singles in New York. Oder einer Schülerin, die heimlich ein Popstar ist. Und dann wären da noch die verzweifelten Hausfrauen, die in der Vorstadt brisante Intrigen spinnen. Das könnte richtig gut werden.«

»Genug«, stellte Horatio fest. »Gladys, zieh ihn hoch.«

Prestons Erfolg versprechende Ideen waren in den letzten zwanzig Jahren schon anderen Schreiberlingen eingefallen, ging es mir durch den Kopf, während ich beherzt nach seiner anderen Hand griff und ihn gemeinsam mit Tante Gladys ruckartig nach oben ins Gras zog, wo Preston schnaufend liegen blieb.

Aber das würde ich ihm erst in New York verraten.

19

Ein würdiger Abschluss – das war die Bedingung, die Preston an uns gestellt hatte, nachdem Horatio, Tante Gladys und ich verhindert hatten, dass er über die Klippen in die Tiefe stürzte. Ein letzter Tag in der Serie, an dem er die Gelegenheit bekommen würde, alle Handlungsstränge zusammenzuführen, seinen gesteuerten Figuren ihr verdientes Happy End zu schenken und die endlose Eiszeit endlich einem ganz normalen Frühlingstag weichen zu lassen. Ihm diesen Wunsch zu gestatten, fiel Tante Gladys und mir gar nicht schwer. Wir benötigten ohnehin noch etwas Restzeit, um die Ashworths darüber zu informieren, was sich ab nun für sie verändern würde.

Tante Gladys würde morgen in der Serie England für immer verlassen und nach New York ziehen. Als Bürgerliche, wie Lady Ashworth sie oft abwertend nannte, fühlte sie sich dort ohnehin wohler. Außerdem, so wollten wir es den Ashworths weismachen, pflegte sie seit geraumer Zeit eine sehr intensive Brieffreundschaft mit einem Rockefeller-Erben und plante, ihn zu ihrem fünften Ehemann zu machen und in dessen Penthouse-Wohnung im Empire State Building einzuziehen. Und da die über einige leer stehende Zimmer verfügte, wollte sie Jasper anbieten, eins davon zu beziehen – um dort die Highschool abzuschließen und um ein Stipendium für ein College für Fotografie zu ersuchen. Letzteres war das einzige Körnchen Wahrheit in unserer ganzen Lügengeschichte.

Absurderweise hatte nicht Jasper, sondern ich ein schlechtes Gewissen, seiner Familie diese Ansammlung an Märchen aufzutischen, als wir gegen Mittag vom Hafen zurück nach Ashworth Park ritten. Horatio blieb in der Zwischenzeit bei Preston, um jedes Wort, das dieser in seine Schreibmaschine tippte, einer genauen Prüfung zu unterziehen. Punkt Mitternacht würden wir mit dem absoluten, unumstößlichen Serienende rechnen können, das uns, so ähnlich wie die unzähligen Cliffhanger zuvor, aus der Serie schleudern würde. Diesmal für immer, so hatten es uns die beiden versichert. Jasper sollte sich in diesem Moment in Tante Gladys' und meiner Nähe befinden, damit wir sichergehen konnten, dass er uns auch tatsächlich aus dieser Welt nach New York begleitete. Wir konnten uns auch gerne um Mitternacht küssen.

Diesen Auftrag würden wir nur zu gerne ausführen.

»Ich wohne allerdings nicht wirklich im Empire State Building«, gestand Tante Gladys Jasper. »Ich habe bloß eine Dreizimmerwohnung in SoHo, bestehend aus einem Schlaf-, einem Wohn- und einem Blumenzimmer, weil meine Blumen auf dem Balkon stets verwelken. Aber vieles davon ist eigentlich unnützer Luxus und Platzverschwendung, und deshalb darfst du, mein Junge, gern im Wohnzimmer schlafen«, bot sie Jasper großmütig an, nachdem wir die Pferde in die Stallungen gebracht hatten. Der Schnee war schon fast geschmolzen und die strahlende Sonne und der blaue Himmel bescherten uns endlich wieder normale frühlingshafte Temperaturen.

Jasper nahm zwei Stufen auf einmal über die Freitreppe und erwiderte lachend: »Ich habe kein Problem damit, Tante

Gladys.« Seit wir Preston das Versprechen abgerungen hatten, dass Jasper die Serienwelt für immer verlassen durfte, wirkte er ungeheuer gelöst. Nichts und niemand konnte ihm das Dauergrinsen aus dem Gesicht wischen. »Ich ziehe auch gerne in Abbys Wandschrank, wenn ich nur endlich von hier –« Seine Mundwinkel sanken nach unten, als er die Eingangstür öffnete. »Was um alles in der Welt ist denn hier los? Feiern meine Eltern eine Party?«

»Ich glaube, sie feiern Weihnachten, Jasper«, korrigierte ihn Tante Gladys und sah sich verdutzt um, nachdem wir weiter ins Herrenhaus vorgedrungen waren.

Eine wunderschön dekorierte Tanne nahm fast die gesamte Raumhöhe im Blauen Salon ein, über dem Kamin hingen Socken, am Türstock ein Mistelzweig und dazu herrschte im ganzen Herrenhaus ausgelassene Stimmung wie sonst nur im Ballsaal bei einer Galaveranstaltung. Reverend Pemberton, Schweinebauer Neil Stockton und Mrs Petterson aßen Weihnachtsplätzchen und tranken Glühwein, aus der Musikanlage dudelte ein Weihnachtssong und dazwischen ging Julian als Elf verkleidet durch die Menge und bot Nachspeisen auf einem Desserttablett an.

»Ich will einen Brownie! Sofort!«, verlangte der Sohn von Mr Petterson und zupfte unsanft an Julians schwarzem Pullover. Der kleine Rotzlöffel war mir schon auf der Gala anlässlich der Wahl zur schönsten Rose der Insel mächtig auf den Wecker gegangen und seine Manieren hatten sich offenbar nicht verbessert.

»Das ist kein Kuchen, sondern ein Weihnachtssoufflé, mein Junge«, korrigierte ihn Julian und tätschelte seinen blonden Haarschopf. »Genau genommen mein erstes Soufflé. Ich habe den ganzen Vormittag in der Küche gestanden. Es ist nahezu perfekt.«

Der Junge schien das nicht zu würdigen. Ohne mit der Wimper zu zucken, stopfte er das Soufflé in einem Stück in seinen Mund. »Fmeckt aber wie ein Bwownie«, behauptete er kauend.

»Julian.« Jasper stürmte auf seinen Bruder zu und nahm das Glöckchen zwischen die Finger, das an dessen gestreifter Elfenmütze baumelte. »Was in aller Welt ist hier los? Wo sind Mum und Monty? Und trägst du etwa rote Strumpfhosen?«

Bevor Julian antworten konnte, bog Lady Ashworth um die Ecke. Wobei, so sicher war ich mir nicht, ob es wirklich die Lady war. Es handelte sich um eine blonde Frau in Pullover und Jeans, die der Lady sehr ähnlich sah, allerdings gerade an einem Schokoladenlolli leckte und Sneakers trug – beides würde die echte Lady Ashworth nie tun, besonders Sneakers verabscheute sie und duldete sie ausschließlich in Sporthallen und an den Füßen von Kindern.

»Jasper! Abby! Gladys!« Die Frau nahm uns in den Arm und vollzog mit uns eine Art Gruppenkuscheln. Ein weiteres Zeichen, dass hier etwas eindeutig faul war. »Wo wart ihr nur so lange? Es ist außerordentlich viel passiert! Als es draußen endlich hell geworden ist, stand plötzlich die gesamte Bevölkerung von Rosington vor unserer Tür. Ausgehungert und halb erfroren. Und da ist mir zum ersten Mal der Gedanke gekommen, dass es diesen Menschen noch schlechter gehen muss als uns. Also habe ich ihnen unsere Vorräte überlassen. Und weil die armen Leute so niedergeschlagen und verängstigt waren, hatte Monty die Idee, einfach jetzt schon Weihnachten zu feiern. Das passende Wetter dazu hatten wir ja.«

Also doch. Weihnachten, mitten im Mai. Die Ashworths tickten nicht richtig.

»Deshalb gab es vorhin Champagner, Fruchtkuchen und tiefgefrorene Marzipantorte.« Lord Ashworth trat neben seine völlig veränderte Frau und legte den Arm um ihre Schultern. Er sah wieder gesund aus und trug eine Weihnachtsmannmütze, einen roten Pullover mit der Aufschrift *Ho ho ho!* und einen aufgeklebten Rauschebart. Nun kam auch noch Gatsby dahergetapst. Er trug ein Elchgeweih auf seinem haarigen Hundekopf.

Lady Ashworth nickte eifrig. »Und Geschenke! Ich habe ein paar Kleidungsstücke an Marge Petterson verschenkt – ihr wisst schon, diese Frau aus dem Dorf, die ich früher mal unerträglich fand. Sie ist eigentlich ganz nett.«

»Du hast *was*?« Tante Gladys glotzte sie an, als käme sie von einem anderen Stern. »Marge Petterson ist eine alte Zimtzicke ohne Kleidergeschmack.«

»Wie kannst du nur? Gladys, du bist manchmal so eine zynische, mies gelaunte Schreckschraube.«

»Du nennst *mich* zynisch?«, schnaubte Tante Gladys.

»Nun ja, vielleicht war ich früher auch etwas *temperamentvoll*«, gestand Lady Ashworth. »Aber als all diese Menschen vor mir gestanden hatten, das … war … wie eine plötzliche Erkenntnis. Die alles verändert hat. *Ich* habe mich verändert.«

Jasper und warfen uns einen verdutzten Blick zu. Es war also passiert. Wenn ich es von einer Serienfigur am wenigsten erwartet hatte, dass sie sich ihrem Serienschreiber widersetzt, dann von Lady Ashworth – ihres Zeichens Sittenwächterin, Scotch-Trinkerin und Giftspritze vom Dienst. Vielleicht war sie doch kein so hoffnungsloser Fall. Denn nun war sie … Ja, was war eigentlich aus ihr geworden? Eine ungeschminkte, Sneakers tragende, Schokolade essende Mutter. Die alte Lady Ashworth hätte sich zwar gesträubt, so etwas jemals zu hören … aber nun wirkte sie tatsächlich beinahe *normal*.

Wie sehr sich Lady Ashworth verändert hatte, wurde uns allen erst bewusst, als sie schließlich in Tränen ausbrach. Denn es kam eigentlich ziemlich selten vor (um nicht zu sagen, nie!), dass Lady Ashworth Gefühle zeigte. Aber dass sie es auch noch ausgerechnet dann tat, als Tante Gladys von ihrer Abreise erzählte, machte uns sprachlos.

»Tante Gladys und Abby? Ihr beide reist schon morgen in aller Frühe zurück nach New York? Abby, natürlich werden wir dich furchtbar vermissen, aber bei dir, Gladys, wird uns der Abschied noch viel schwerer fallen. Du warst doch so lange ein Teil unserer Familie! Wie sollen wir nur jemals über diesen Verlust hinwegkommen? Wie nur?«, jammerte sie einige Stunden später, als wir alle Ashworths zusammengetrommelt hatten, um endlich Klarschiff zu machen. Es klang wie blanker Sarkasmus, aber die Tatsache, dass die Lady echte Tränen vergoss, zeigte uns, dass sie es ernst meinte. »Deine amüsante Art! Dein lebensfrohes Wesen! Du wirst uns fehlen.«

»Aber du kannst dich damit trösten, dass ich in New York ein vornehmes Leben führen werde. Mit viel mehr Kohle als du. Als Rockefeller-Gattin«, behauptete Tante Gladys und rückte sich den Hut zurecht. Passend zum spontanen Weihnachtsfest hatte sie einen roten Samthut mit grüner Schleife aufgesetzt.

Zumindest das schien Lady Ashworth zu freuen, und als wir schließlich die Katze aus dem Sack ließen und ihr offenbarten, dass auch Jasper mitkommen würde, wirkte sie gar nicht so überrascht, wie wir es erwartet hatten.

»Du verlässt uns? Für immer? Nun, das ist wohl das Beste für dich, mein Junge«, antwortete sie und schloss ihn fest in die Arme. (Ja! In die Arme! Jasper warf mir über ihre Schulter einen Blick zu, als hielten ihn die Tentakel eines Monsters im Würgegriff.) »Du wolltest doch schon immer von hier weg. Weg aus der Einöde. Den immer gleichen Teegesellschaften. Den endlosen Wohltätigkeitsbasaren.« Sie schüttelte sich, als hätte sie plötzlich auch genug davon. »Du wirst in der Großstadt viel zufriedener sein, mein Sohn.«

Damit war die Sache gegessen. Ich konnte kaum glauben, wie einfach es gelaufen war. Auch Lord Ashworth hatte nicht groß widersprochen, nur Julian, Clarissa und Cooper wirkten betrübt und besuchten uns später noch in unseren Zimmern, um sich zu verabschieden. Clarissa erzählte mir außerdem, dass sie seit Kurzem überlegte, ihren Job als Dienstmädchen an den Nagel zu hängen, und wieder zur Schule gehen wollte (Ich wertete das als Zeichen, dass auch ihr endlich nichts mehr von Preston vorgeschrieben werden konnte.), während Cooper einfach nur dasaß, zwei Schichten Klamotten trug und keine Anstalten machte, etwas davon abzulegen. Ein ebenso gutes Zeichen.

Kurz vor Mitternacht wurde es schließlich ernst und wir trafen uns in Tante Gladys' Rosenzimmer, um alles vorzubereiten. Ein letztes Mal sah ich mich um, betrachtete die Rosen in den Vasen, die kitschigen Vorhänge und die hässlichen Kleider in meinem Schrank und fühlte mich plötzlich, als würde ein Teil von mir zurückbleiben. Ich war mehr als bereit zu gehen, keine Frage. Und doch hatte ich dieses schrullige Haus und die Personen lieb gewonnen. Und einen von ihnen sogar mehr, als ich es je für möglich gehalten hatte.

Als Jasper an meine Zimmertür klopfte, mit gar nicht mal so viel Gepäck, wirkte er blass. Er lächelte, aber ich spürte, dass etwas mit ihm nicht stimmte. Auch an seinem Begrüßungskuss merkte ich, dass er nicht bei der Sache war.

Mir wurde plötzlich eiskalt. »Ist alles in Ordnung? Du hast es dir doch nicht … anders überlegt?«

Er schüttelte den Kopf. »Es ist nur … Ich bin so nervös. Für immer in einer Welt zu leben, die, nun ja, keine Serie ist. In einer Welt mit Gerüchen. Echten, komplizierten Menschen. Und ohne Drehbuch. Ich weiß nicht, ob ich da überhaupt mithalten kann. Und dann stellst du vielleicht irgendwann fest, dass ich in Wirklichkeit gar nicht in dein New York passe.«

»Jasper! *Niemand* passt nach New York! Das ist alles ein zusammengewürfelter Multikulti-Haufen. Aus Glücksuchenden, Neureichen, Immigranten, Freaks und totalen Vollidioten.«

»Und Serienfiguren?«

»Ja, vielleicht.« Ich sah ihm tief in die Augen. »New York ist eine verrückte Stadt. Aber alle machen das Beste daraus.«

»Na gut.« Er nickte zögerlich. »Ich schaffe das.«

»*Wir* schaffen das.« Ich strich ihm seine Haare aus der Stirn, stellte mich auf die Zehenspitzen und drückte meine Lippen auf seine, als die Tür aufging und Tante Gladys mit drei prall gefüllten Koffern das Rosenzimmer betrat.

»*Wuah*, es ist doch nicht etwa schon Mitternacht?«, stöhnte sie. Der Blumentopf in ihren Händen plumpste zu Boden. »Bin ich … Bin ich etwa spät dran?«

»Es sind noch zwanzig Minuten«, beruhigte sie Jasper. »Wir üben nur.«

»Ich habe übrigens den Brief geschrieben«, erklärte Tante Gladys und präsentierte uns ein Kuvert mit Rosenaufdruck. »Den, in dem wir deinen Eltern erklären, dass wir kurzfristig schon in der Nacht abgereist sind anstatt am frühen Morgen. Denn jetzt liegen Monty, Cordelia und Julian schlummernd in ihren Betten und wir können ungestört alles vorbereiten.«

Ich nickte. »Ansonsten wären sie bestimmt aufgeblieben und hätten uns ein Taxi zum Hafen gerufen. So ist es unverfänglicher.«

»Und es erspart uns einen tränenreichen Abschied«, ergänzte Jasper. »So wie Mum nun tickt, könnte man denken, ist das nicht auszuschließen. Aber vermutlich ist das jetzt ihr wahres Ich. Dabei hatte ich mich beinahe an ihr altes Wesen gewöhnt –«

»Ihr liegt ja noch gar nicht in euren Betten!«, unterbrach uns da eine Stimme. Ein blonder Haarschopf im Flanell-Pyjama steckte den Kopf in den Raum. Es war Lady Ashworth mit offenen, unfrisierten Haaren. »Gut, dass ich euch noch erwische.«

»Mum?« Jasper fuhr herum.

»Kann ich kurz reinkommen?«, bat sie.

Ich sah auf die Uhr. Fünfzehn Minuten. Ich hoffte, sie machte es kurz.

»Nun, es ist mir etwas peinlich, euch darum zu bitten«, begann sie schließlich und knetete ihre Finger. »Aber Monty, Julian und ich … wir … nun, wir …«

»Rück schon raus damit, Cordelia!« Tante Gladys wirkte nervös.

»Wir … möchten euch gern begleiten. Nach New York«, stieß die Lady mit ihren funkelnden Augen aus. »Wir sind uns alle einig. Julian möchte dort gern Konditor werden. Und Monty hat sogar schon einen Brief an Vizebürgermeister Filmore geschrieben, in dem er ihn darum bittet, sein Amt zu übernehmen.« Sie knabberte an ihren Nägeln. »Monty und Julian schlafen bereits, denn eigentlich wollten wir euch erst morgen früh fragen. Aber ich konnte einfach nicht mehr warten.«

Wir schwiegen. Dreizehn Minuten bis Mitternacht.

Jasper schien geschockt. »Aber Mum –«

Tante Gladys sah mich an und schüttelte dabei den Kopf, was wohl bedeutete, dass wir sie unmöglich mitnehmen konnten. Denn dazu müssten wir ihnen erst einmal verklickern, dass Ashworth Park nicht mehr als eine Serie war. Eine Serie mit Serienfiguren, die bis vor Kurzem noch einem irren Drehbuchschreiber namens Richard E. Preston gehorcht hatten. Und das in … zwölf Minuten. Die Sache war aussichtslos.

»Mum, ich glaube nicht, dass das eine gute Idee ist«, begann Jasper. Offensichtlich teilte er unsere Meinung. »Lass uns morgen noch mal darüber reden, okay?«

»Morgen?« Sie biss sich auf die Lippe. »Aber –«

»Morgen, ja?« Er schnaufte und schob sie sanft aus dem Rosenzimmer. »Schlaf noch eine Nacht darüber.«

»Na fein. Dann sprechen wir beim Frühstück darüber.« Lady Ashworth wirkte beleidigt. Sie schien zu begreifen, dass sie gerade ungelegen kam. Ich hätte nie erwartet, dass das jemals passieren würde: Aber sie tat mir leid.

»Genau. Gute Nacht, Mum.«

Als Lady Ashworth schließlich die Tür hinter sich zugezogen hatte, sahen wir uns ratlos an.

»Bestimmt will sie das gar nicht«, unterbrach Tante Gladys die nachdenkliche Stille. Es klang nicht wie eine Feststellung, sondern eher wie eine Frage. »Bestimmt überlegt sie es sich noch anders. Oder?«

»Ich fürchte nicht«, sprach Jasper schließlich aus, was auch ich längst vermutet hatte. »Meine Mutter, Monty und Julian haben sich verändert. Sie haben sich vom Drehbuch gelöst. Und nun verspüren sie den Drang, von hier wegzukommen. Genau wie es bei mir schon länger der Fall ist.« Er seufzte traurig. »Man fühlt sich wie in einem Löwenkäfig. Ich kenne das Gefühl nur zu gut. Es ist zermürbend.«

»Dann können wir sie nicht hierlassen«, entschied ich.

»Und was sollen wir tun?« Jasper blickte mich unglücklich an. »Es sind nur noch zehn Minuten bis Mitternacht.«

Tante Gladys wanderte im Zimmer auf und ab. »Nun, wir machen es so: Wir schlagen sie einfach alle mit einer Schaufel aus dem Gartenhäuschen k. o., und wenn sie dann endlich bewusstlos sind, ein paar Sekunden vor Mitternacht, packen wir sie und los geht die wilde Reise.«

Jasper lachte auf. »*Tolle* Idee. Und jetzt bitte der echte Plan.«

»Das *war* der echte Plan«, murmelte Tante Gladys beleidigt.

»Prima.« Seine Stimme triefte vor Sarkasmus. »Wenn wir dann in New York sind, können wir gleich drei Serienfiguren mit Gehirnerschütterung behandeln lassen, die sich nicht daran erinnern können, jemals ein Flugzeug dorthin bestiegen zu haben. Kenn ich übrigens alles schon.«

Mir kam ein Gedanke. »Aber nun schlafen sie doch, nicht wahr? Wenn wir es hinbekommen würden, die drei im Schlaf zu transportieren, dann …«

»… hätten wir aber immer noch das Problem, dass wir ihnen

verklickern müssten, dass sie gerade ihre Serienwelt verlassen haben«, unterbrach mich Tante Gladys.

»Müssen wir das denn? Sie glauben doch momentan, dass wir drei in das New York reisen, das man auch in unser Serienwelt kennt.« Jasper stürmte zur Tür und nahm die Klinke in die Hand. »Es könnte klappen! Ich schnappe mir die Reisepässe und ihre wichtigsten Wertsachen. Und wenn sich das Serienende anbahnt und euch beide erfasst, dann nehmt ihr mich, Julian und meine Eltern mit nach New York. Und natürlich Gatsby, den dürfen wir nicht vergessen.« Er kratzte sich an der Stirn. »Und was wir ihnen später erzählen, tja, das –«

»Das weiß bestimmt deine Schwester Deborah«, ergänzte Tante Gladys zuversichtlich.

Vielleicht hatte meine Schwester ja wirklich eine Lösungsstrategie parat. Entweder das oder sie schlug sich gerade vor dem Fernseher gegen die Stirn, weil ich Tante Gladys dumme Versprechungen machte.

»Oder wir tun das, was ein Drehbuchautor immer tut, wenn er keine Idee hat, wie es weitergehen könnte: Er rettet sich mit einem Trick. Einem ziemlich miesen, nicht sonderlich originellen Trick«, überlegte ich laut.

»Und der wäre?« Jasper zog die Augenbrauen hoch.

»Einer hochgradige Amnesie«, antwortete ich und Tante Gladys nickte zur Bestätigung. »Verlust des Kurzzeitgedächtnisses. Kein Fünkchen Erinnerung ist mehr übrig von dem stundenlangen Flug nach Amerika. Das muss wohl an dem Druckverlust gelegen haben. Wir hatten ja auch ziemlich Turbulenzen während des Fluges – war es nicht so, Jasper?«

»Oh ja!« Jasper verzog das Gesicht. »Das war schrecklich.«

»Ich dachte, wir würden abstürzten.« Ich grinste.

Auch Tante Gladys schien den Plan zu mögen. »Gut. Versuchen wir's. Eine Amnesie ist prima, die passt wirklich immer.« Sie lächelte und sah auf die Uhr, die auf meinem Nachtkästchen tickte. Fünf vor zwölf. Hoffentlich lagen die Ashworths wirklich in ihren Betten und schliefen. »Eine perfekte Ausgangslage für einen Neubeginn.«

Epilog

Lady und Lord Ashworth haben die Lüge mit dem Druckverlust in der Kabine und der daraus resultierenden Amnesie geschluckt. Allerdings hatte das zur Folge, dass sie so starke Flugangst entwickelt haben, dass sie nie wieder ein Flugzeug besteigen und nach England zurückfliegen wollen. Gemeinsam mit Gatsby leben sie glücklich in den Hamptons und haben dort jenes Herrenhaus gemietet, das Richard E. Preston als Vorlage gedient hat, als er die Serienwelt um Ashworth Park erschaffen hat. Lord Ashworth plant, als Bürgermeister von New York zu kandidieren.

Ashworth Park ist nun ein Museum. Cooper und Clarissa, Giles und einige der anderen Dienstboten sind geblieben und geben bei den regelmäßigen Führungen gerne den einen oder anderen Schwank aus der Geschichte des Hauses zum Besten. Mr Piggles lebt immer noch in den Stallungen und bekommt von Clarissa jeden Tag einen Eimer voller Äpfel.

Lily Blooms Kind gedeiht prächtig. Manieren hat Baby Richard allerdings keine. Lily und Giles nennen ihn liebevoll »Satansbraten«.

Lydia und DeWitt sind auf der Insel geblieben. Während Lydia alle verfügbaren Jungs datet, wurde DeWitt auf Bewährung entlassen. Er hat sein ganzes Hab und Gut gespendet, kocht im Armenhaus, reinigt öffentliche Toiletten und steht zusätzlich als kostenloser Escortservice für alleinstehende Witwen zur Verfügung. Der Antrag auf Umbenennung des Dorfplatzes zum Robert-DeWitt-Platz wird nächste Woche im Gemeinderat diskutiert.

Horatio und Abbys Mum sind immer noch ein Paar. Sie hält ihn weiterhin für einen Donutverkäufer und hat kein Problem damit, dass er noch bei seinen Eltern wohnt. Das erst kürzlich gemalte Bild des halb nackten Horatio hat sie für mehrere Tausend Dollar an einen russischen Kunsthändler in Manhattan verkauft.

Tante Gladys ist wieder als Partnervermittlerin tätig und hat Jasper letztendlich ihr Blumenzimmer überlassen. Ihre empfindlichen Rosenstecklinge gedeihen nun prächtig auf dem Balkon.

Julian hat tatsächlich allen Frauen dieser Welt abgeschworen und es aufgegeben, seine Prinzessin zu finden. Er besucht eine Schule in den Hamptons, arbeitet nebenher in einer Patisserie an der Upper West Side und hat einen prestigeträchtigen Modelvertrag für ein Label an Land gezogen, das britische Reitkleidung herstellt. Er trifft sich regelmäßig mit einem französischen Austauschstudenten namens Jean-Luc.

Richard E. Preston lebt in New York und hat nie wieder eine Parallelwelt erfunden. Stattdessen hat er das bisherige Drehbuch seiner ehemaligen Serie leicht verändert, ihm Tiefgang verliehen und zu einem Theaterstück umgeschrieben. *Ashworth Park* wird seitdem am Broadway aufgeführt, hoch gelobt und von Kritikern als »sozialkritisches Feuerwerk« (Us Weekly) und »postmoderne Kritik an den oberen Zehntausend« (TIME Magazine) bezeichnet. George Clooney soll demnächst als Bösewicht DeWitt die Besetzungsliste ergänzen.

Deborah wurde am MIT angenommen, trotz der Tatsache, dass ihre Mum mit einem Donutverkäufer ausgeht. Sie studiert Physik, arbeitet nebenher in Horatios geheimem Büro und ist außerdem einer Vereinigung für Hochintellektuelle beigetreten – deren männliche Mitglieder Schlange stehen, um mit ihr auszugehen. Mit Morgan liefert sie sich immer noch hitzige Streitereien im Donutladen.

Jasper und Abby leben in New York und sind immer noch ein Paar. Sie küssen sich häufig auf Dachterrassen. Jaspers Reisedokumente aus Ashworth Park wurden in Amerika von allen Ämtern anerkannt. Wo Rosington liegt, hat noch nie jemand gefragt.

Danke

– an jeden Einzelnen des Loewe Verlags für den unermüdlichen Einsatz, die Hilfe beim Ideenfinden, das Organisieren der Lesungen und natürlich für die Geduld beim Auf-den-Text-Warten.
– an das ganze Team der Agentur scripts for sale.
– an Eva Schöffmann-Davidov, die dieses wunderbare Cover gestaltet hat.
– an alle Rezensenten, allen voran Tanja von Tanjas Rezensionen und Amelie von Amelies Rezensionen, die mir schon jetzt versprochen haben, dass es nach Erscheinen dieses Buches Aktionen und Gewinnspiele dazu auf ihren tollen Blogs geben wird. Vielen Dank dafür, dass ihr Fans der ersten Stunde seid! Ihr seid großartig!
– allen wunderbaren Lesern, die mir per Post oder über *www.sonja-kaiblinger.com* geschrieben haben und die Abby, Tante Gladys, Jasper und all die anderen genauso mögen wie ich. Dass ihr wissen wolltet, wie die Geschichte weitergeht, hat mich beim Schreiben unendlich motiviert!

I want you
RUSSELL
Home Run yeah!
I ♥ YOU
PART 3
kiss that frog
The dog is hot
AIR MAIL
25